Ancrées dans le Nouvel-Ontario, les Éditions Prise de parole appuient les auteurs et les créateurs d'expression et de culture françaises au Canada, en privilégiant des oeuvres de facture contemporaine.

Éditions Prise de parole
C.P. 550, Sudbury (Ontario)
Canada P3E 4R2
www.prisedeparole.ca

Nous reconnaissons l'aide financière du gouvernement du Canada par l'entremise du Fonds du livre du Canada (FLC) et du programme Développement des communautés de langue officielle de Patrimoine canadien, ainsi que du Conseil des Arts du Canada, pour nos activités d'édition. La maison d'édition remercie le Conseil des Arts de l'Ontario et la Ville du Grand Sudbury de leur appui financier.

Sur les traces de Champlain

Un voyage extraordinaire en 24 tableaux

Sur les traces de Champlain

Un voyage extraordinaire en 24 tableaux

COLLECTIF
LES 24 HEURES DU ROMAN

Éditions Prise de parole
Sudbury 2015

Idéatrice et directrice des 24 heures du roman : Anne Forrest-Wilson
Directrice éditoriale : denise truax

Un ouvrage publié en collaboration avec L'écriture en mouvement

Œuvre en première de couverture : Charles Pachter
Conception de la première de couverture : Olivier Lasser

Diffusion au Canada : Dimedia

Catalogage avant publication de Bibliothèque et Archives Canada

Sur les traces de Champlain : un voyage extraordinaire en 24 tableaux /
Anne Forrest-Wilson, directrice et idéatrice.

Publié en formats imprimé(s) et électronique(s).
  ISBN 978-2-89423-189-0. – ISBN 978-2-89423-338-2 (pdf).–
  ISBN 978-2-89744-009-1 (epub)

1. Champlain, Samuel de, 1567-1635 – Romans, nouvelles, etc.
I. Forrest-Wilson, Anne, éditeur intellectuel

PS8600.S87 2015   C843'.6   C2015-907183-6
                                          C2015-907184-4

ISBN 978-2-89423-189-0 (Papier)
ISBN 978-2-89423-338-2 (PDF)
ISBN 978-2-89744-009-1 (ePub)

Remerciements

Lecteur, tu as fini de lire ce livre étrange et magnifique, ou tu vas bientôt plonger dedans, selon que tu préfères commencer par le début ou par la fin. Arrête-toi un moment, prends le temps de te pencher sur les quelques noms qui suivent, une fois n'est pas coutume, de rencontrer tous ceux sans qui ce livre n'aurait pu exister.

Ils sont anonymes pour la plupart, tu ne les connaîtras jamais, mais ils sont là, présents à chaque page. Leurs regards, leurs mots, leur tendresse, leur compréhension, leur attention, qui ont accompagné cette folle aventure pour que tu aies le plaisir de tenir aujourd'hui ce livre entre tes mains. Écrire n'est ni simple, ni banal. Lire n'est ni simple, ni banal, c'est un choix. Lecteur, tu entres ici dans une des plus belles aventures d'écriture qui soient, notre Roman est à toi, et à eux aussi.

À ma famille :
Raymond Néfussy, Geneviève Linossier, Julie Chojnowicz, Anne-Sophie Boutet, Brendan Wilson.
À mes amis, tous mes amis trop nombreux pour tous les

citer, avec en tête Murielle Soussan, graphiste, qui a mis mes mots en dessins.

À ceux qui m'ont fait confiance et m'ont offert leur amitié au passage, des femmes et des hommes Majuscules:

Hélène Conway-Mouret, sénatrice, Richard Yung, sénateur, Annick Girardin, ministre, Claudette Jaiko, François Boivin, Charles Pachter, peintre, Kelly Burke, Paul Genest, et tous les consuls de France au Canada que j'ai croisés et qui m'ont soutenue à bras ouverts: Jean-François Casabonne Masonnave, Vincent Hommeril, Marc Trouyet, Catherine Feuillet, et tous les employés du Ministère des Affaires étrangères, qui m'ont écoutée sans relâche et m'ont conseillée.

À mes amies du CA de L'écriture en mouvement et plus qui ont été présentes du début à la fin – ce sont «Les filles»:

Marie Macauley, Caroline Lebrec, Olivia Wright, Fabienne Bautista, Sukriti Jodhka.

À tous ceux qui ont «embarqué» pour offrir leur talent, et qui en plus m'ont soutenue à 333 %:

Gaelle Vercollier, Aimé Avolonto, Alain Vercollier, Claudine Vercollier et Micheline Marchand.

Aux étudiantes qui ont gagné notre concours d'écriture oulipienne en mars 2015. Elles sont brillantes, efficaces, dévouées et passionnées. J'espère que l'aventure des 24 heures du roman aura changé en quelque sorte le cours de leurs vies, c'était mon vœu le plus cher:

Rachel Fiozandji, Université de Moncton, Printsessa Moussounda, Université de Toronto, Camille Contré, Collège Glendon, Université York, Fanie Demeule, UQAM, Brigitte Murray, Université d'Ottawa.

À notre photographe préféré, qui nous a photographiés sous tous les angles depuis le début, je n'avais jamais vu mon visage sous tellement d'angles différents. Ses photos sont généreuses, et elles nous offrent des souvenirs à n'en plus finir, merci Philippe Davisseau.

À celles qui nous ont concocté cette belle chanson qui fait rêver, *Track 24* :

Jeanne Béziers pour les paroles, Anne-Sophie Roy pour la musique.

À ceux qui vont nous immortaliser en images, pour que tu comprennes mieux ce qui s'est passé, et comment ce livre est arrivé dans tes mains :

Philippe Burnet, journaliste-producteur, Simon Madore, réalisateur et caméraman, Louis Frédéric Edwards, ingénieur du son, Chris Katsarov, caméraman, David Beata, producteur.

Et puis il y a tous les autres, qui étaient là, heureusement, pour régler les menus détails, offrir du café, permettre au monde de passer un peu de temps avec nous en direct dans le train :

Martine Rheault, Vanessa Henderson (Balzac's), Frédéric Pepin, vidéaste Radio-Canada.

La palme d'or revient à **VIA Rail, sans qui rien n'aurait été possible**. C'est la bonne fée qui a accompagné notre voyage.

Martin Landry, Ève-Danièle Veilleux, Susan Williams, Maxime Dupont-Demers, Joeanne Comisso, et tous les autres qui nous ont aidés à un moment ou à un autre, ils sont nombreux. Et enfin tous les employés à bord du train, François, Benoît et les autres. Lecteur, prends le train l'Océan une fois dans ta vie, et prépare-toi à un voyage enchanteur.

Le jour où ce livre était mis sous presse, on m'a invitée à embrasser la nationalité canadienne. Quelle étrange coïncidence! Comment ont-ils su? Le Canada et la France, mes deux pays désormais, embarqués dans la même aventure littéraire, partageant des cultures et une langue, la mienne, la leur, les nôtres. Le Français que nous avons en commun, et plus encore, Champlain qui a permis l'impossible, qui a effacé les frontières. Un roman est né, qui retrace notre histoire de Brouage au lac Simcoe. Une première mondiale, comme dirait mon ami et photographe Philippe Davisseau. Une parenthèse, une halte, un moment de bonheur, de complicité et d'échange dans un monde qui nous dépasse sans cesse. Prends donc un instant, lecteur, pour saluer mes amis qui sont désormais les tiens.

À tous ceux qui ont apporté le nerf de la guerre, même si de bataille il n'y eut point:

Nos Bailleurs de fonds courageux et généreux:
Le Conseil des Arts de l'Ontario, le Ministère des Affaires étrangères (France), LA SOFIA (France), le SAIC (Québec), le Nouveau-Brunswick Canada (comme son nom l'indique), la Ville de Moncton;
Les Organismes partenaires, sans eux…
L'AAOF, l'AAAPNB, le Conseil communautaire du Grand-Havre, le Festival Frye, le Salon du livre de Dieppe, l'Office des affaires francophones, le Commissariat aux services en français, la Francophonie des Amériques, et Ontario 400e;

Nos Commanditaires

Larousse, le Balzac's Coffee Roasters, Québec Amérique, le Rodd Hotel, le Lord Nelson Hotel, le Chelsea Hotel, et TFO.

Et enfin, il n'y a pas de mots assez forts pour exprimer ma reconnaissance à notre éditeur Prise de Parole, qui a pris un grand risque et nous a fait confiance à tous.

Admirablement efficace et talentueuse DENISE TRUAX, une grande dame de l'édition. Sans elle, pas de livre, en tous les cas pas ce livre-ci. Ma gratitude, mon amitié, et le désir de retravailler ensemble.

Stéphane Cormier, impossible à définir tant il est doué, patient, compétent. Leur collaboratrice Eva Lavergne, une merveille, une personnalité hors du commun, généreuse à outrance et pointilleuse juste ce qu'il faut.

Tous les trois, c'est… exactement ça.

Lecteur, il est temps pour moi de te laisser à ta lecture.

Tu sais maintenant que nous avons accompli un exploit sur les traces de Champlain, tu sais aussi qu'au-delà des hommes et femmes qui écrivent il y a des êtres humains. À nous tous, nous représentons quelque chose de plus qu'humain, ensemble, et avec toi. À la prochaine…

ANNE FORREST-WILSON

Plan de Brouage avant 1570.

Source : *Champlain*, sous la direction de Raymonde Litalien et Denis Vaugeois, nouveau monde éditions et Septentrion, 2004, p. 34.

Chapitre 1
Une semaine en enfance

PAUL FOURNEL

Pour l'enfant amoureux de cartes et d'estampes,
L'univers est égal à son vaste appétit.
Charles Baudelaire

UN MATIN IL FAUT COURIR.

Le fin poignet du petit Samuel serré dans la main de sa maman qui se hâte pour traverser en baïonnette les rues de Brouage.

– Vite, ne te fais pas traîner !

Samuel va de ses petites jambes, esquive les étals de légumes et les tas de morues séchées, évite de justesse les passants, se jette terrifié dans la robe de sa mère lorsqu'il croise un cheval. Elle ne cesse d'accélérer et de le tirer, relevant sans discrétion le bas de sa robe et de ses jupons avec la main gauche, sautant par-dessus les flaques, gâtant ses bottines. Dans l'urgence, elle est sortie en cheveux et des mèches s'échappent de son chignon.

Ils atteignent le bastion sud-est de la fortification qui limite la ville. Elle prend Samuel dans ses bras et ils montent au sommet de la tourelle. De là, ils découvrent le paysage brillant et sombre des salines qui entourent la ville et, au-delà, le vert des marais. Samuel suit le doigt de maman qui lui montre un groupe d'hommes à cheval, au loin. Dans la main gauche, elle serre maintenant un mouchoir de dentelle blanche qu'elle roule en boule et pétrit comme un petit pain.

– Regarde, ils avancent par ici!

Le groupe d'hommes coloré grossit, poursuivant un sanglier. On commence à entendre leurs cris de chasseurs sus à la proie. Ils vont dans un grand désordre de galops et d'embardées, épousant les caprices et la panique du gibier. À leur tête, planté sur un cheval blanc, collé à la selle, un bel homme barbu mène la traque. Il se rapproche peu à peu de la bête. Il mène si grand train que certains de ses compagnons peinent à le suivre et doivent piquer leurs montures.

Marguerite se penche sur son fils et lui crie:

– C'est lui! C'est Henri de Navarre. Le seigneur. Vois comme il galope!

Les cavaliers passent en trombe, les sabots lèvent des gerbes d'eau du marais. On entend les cris et les souffles, le cliquetis des mors, et ils s'éloignent dans le paysage.

– Sois-lui toujours fidèle, Samuel. Il te protégera.

Elle libère le mouchoir de sa main gauche et l'agite dans le vent comme un au revoir.

– Il pourrait être roi, s'il n'avait embrassé notre religion. Sois toujours fidèle au beau cavalier que tu vois.

Samuel regarde sa maman sans comprendre vraiment ce qu'elle dit. Ce qu'il comprend très bien, en revanche, c'est que le cœur de sa maman se lève et se lève, que ses cheveux sont en désordre, que ses joues sont rouges de plaisir et qu'elle a mis son bon sourire.

Un matin, il faut fermer les yeux et compter les pas. Maître Leber du Carlo donne à Samuel l'ordre de marcher sans voir.

– Ne crains pas, je suis ici. Fais confiance. Avance droit, veille bien à sentir la brise lorsque tu arriveras au croisement d'une rue.

Samuel avance, les bras devant lui, comme un somnambule. Du Carlo, son maître de géographie, marche à reculons à son rythme.

– Tu avances jusqu'au bout, lui dit-il, et ensuite, tu dessineras ce que tu n'as pas vu.

Samuel est habitué aux fantaisies du maître. Il sait qu'il met sa mémoire au défi, qu'il aiguise ses sensations, qu'il rend sa peau plus forte et plus fine à la fois, lorsqu'elle touche le monde.

– Tu as grandi, Samuel. Veille maintenant à compter un pas pour deux de tes enjambées. N'allonge pas, va selon ta marche normale et rappelle-moi, au passage, combien on compte de pas dans une lieue.

– Dans une lieue? Deux mille deux cents cinquante-six pas, maître… Ne suis-je pas bientôt au bout?

– Mais si. Ne sens-tu pas déjà le goût de la mer, de l'autre côté du mur d'enceinte? Ouvre les yeux et assieds-toi là.

Samuel s'assied à côté de son maître sur un banc de pierre. Il prend la planche à dessin qu'on lui tend et commence à tracer. Son trait est sûr. Il ferme les yeux à nouveau, comme pour retrouver les sensations de son parcours puis soudain s'arrête et laisse tomber la main.

– Je suis fatigué, dit-il, j'ai dessiné cent fois Brouage et je n'en peux plus.

– La cent unième sera la bonne, répond le maître. Et quand tu auras terminé, tu grimperas sur la palissade et tu dessineras les salines.

– Je n'en peux plus de dessiner des angles droits !

– Alors tu tournes la tête à gauche, par là-bas, tu ouvres grand les yeux et tu te passes de mon enseignement pour le reste du jour.

Le maître se lève et s'enfonce sans un mot dans la ville. Samuel regarde un moment sa silhouette s'éloigner puis se dirige vers la fortification que l'on est en train de bâtir. Il croise les bras sur le sommet du mur de pierre, pose son menton sur ses bras croisés et regarde. Là, devant lui, tout n'est que courbes, festons, plages, vagues, écume ; une barque tourne paisiblement autour de son ancre dans une crique. Des bateaux de toutes tailles s'engagent dans la passe qui les mènera au port, évitant les hauts fonds. Il reconnaît les pavillons : les Écossais qui apportent la houille, les Hollandais qui apportent le fer et le bois, les Anglais qui apportent le suif et les cordes… Tous repartiront chargés de vin et de sel pour leurs morues, leurs harengs et leurs viandes. Pour Samuel, la vraie vie commence exactement de l'autre côté de ce mur. Un jour, il embarquera avec son père, le marin Antoine, ou avec son oncle, le maître Guillaume, et il ira voir là-bas.

Il se penche ; les navires passent juste au-dessous de lui. Il reconnaît les barques, les flibots, les pataches et surtout, les grands trois-mâts carrés vers quoi vont ses préférences. Il note la forme des étraves, la hauteur des gaillards, l'inclinaison des mâts de misaine et la quête des grands mâts.

Aux Anglais, il crie « Hello ! », « Hola ! » aux Espagnols, qui lui répondent comme on le fait à un petit frère.

UNE NUIT, ON POLISSONNE.

Samuel pousse les fesses de son copain Étienne, qui tarde à gravir l'échelle. Étienne se retourne et lui fait signe de se taire, Samuel le pousse de plus belle et le pince. Il est tellement impatient. La journée à l'école, passée à apprendre l'art de la guerre, a été interminable. Samuel ne pouvait détacher son esprit du galion entré au port pendant la nuit. Le plus gros et le plus lointain de sa vie : un énorme ventru, une hourque de plus de cinq cents tonneaux, arrivée du Pérou, chargée d'or, sans doute, bourrée de poudre noire, menée par des hommes en armures et en casques d'argent gavés de vin sucré et de fruits rouges… Il n'a eu de cesse d'entraîner son complice pour visiter le vaisseau à l'heure où l'équipage dort pour partie et, pour autre partie, danse des estampies autour d'un feu sous le gibet des pirates de Brouage.

Ils ont attaché leur canot au bas de l'échelle et escaladent la paroi ventrue du navire. Samuel passe et repasse la main sur la précieuse coque qui a traversé les orages et les tempêtes, qui a franchi le grand Sud.

Soudain, Étienne disparaît, avalé par un trou de canon, à l'entrepont. Samuel le suit. Il fait un noir de four. Ils contournent l'affût, la pyramide de boulets, et avancent à tâtons. Plus loin, un quinquet éclaire un escalier étroit. Ils s'engagent et les voici dans le ventre de la baleine. Au fond, des canots en fagots, prêts à être remontés par les charpentiers de marine ; à l'avant, des centaines de barriques solidement arrimées, des panières, des caisses à perte de vue. Le déchargement n'a pas commencé. Ils avancent jusqu'au fond, vers le quartier des marins, le dos courbé pour rester dans l'ombre. Dans les hamacs, ils devinent les hommes qui dorment, tournent et naviguent dans leur sommeil. Ils s'écartent sans bruit.

Samuel veut gagner le pont pour juger du gréement du bateau. Il entraîne Étienne par la main et ils grimpent à l'échelle. Samuel sort d'abord la tête pour jeter un regard circulaire. Il ne voit qu'un homme de guet vers l'arrière, dans le feu d'une torche. Il a la peau sombre, le nez droit, les yeux bridés et de longs cheveux noirs. Il est assis, enroulé dans un habit multicolore. Lorsqu'il détourne la tête, Samuel fait signe à Étienne que la voie est libre. Ils se dressent sur le pont et deux mains s'abattent sur leurs nuques.

Étienne se dégage vivement et s'élance par-dessus bord pour atteindre l'échelle et la descendre à brûle-mains. Samuel, lui, est trop fermement tenu. La poigne le lève au-dessus du sol et ses pieds battent dans le vide.

L'homme qui le tient porte un grand uniforme. Le Capitaine, sans doute. Il pose Samuel à terre et lui maintient le poignet.

– Holà, galopin ! Que fais-tu à mon bord au milieu de la nuit ? Qui es-tu ?

– Je suis Samuel de Brouage.

– Et quel âge as-tu, Samuel de Brouage ?

– J'ai onze ans et demi, et mon père est un marin : Antoine de Champlain, on le nomme.

– Et qu'es-tu venu voler à mon bord, Samuel de Brouage ?

– L'air du large, Capitaine !

Tous les jours apprendre.

– À quoi bon apprendre à cavaler quand on veut vivre en mer ?

– Parce qu'un jour, Samuel, on descend du bateau et on se rend compte que la terre est grande comme une autre mer.

– À quoi bon démonter la barque qu'on vient juste de construire ?

– Pour la remonter aussitôt.

– À quoi bon apprendre la mathématique ?

– Parce que les chiffres mènent aussi le bateau.

– À quoi bon apprendre le ciel ?

– Parce que le ciel te couvre plus sûrement qu'un chapeau.

– À quoi bon le chemin des étoiles ?

– Parce que le chemin des étoiles est aussi ton chemin.

– À quoi bon prendre le chemin de l'église ?

– Parce qu'il croise le chemin du temple.

– À quoi bon croire ?

– Parce que croire c'est naviguer.

– À quoi bon savoir la forme du monde ?

– Parce qu'on ne la sait pas.

– À quoi bon apprendre à tirer l'arquebuse ?

– Parce que l'arc existe.

– À quoi bon apprendre à braver la tempête ?

– Parce qu'un jour, en mer, forcément on l'appelle.

– À quoi bon les autres ?

– À quoi bon toi, Samuel ?

UN JOUR ON FAIT LA FÊTE.

Samuel s'est mis sur son trente-et-un. Il a pris un bain d'eau douce, peigné ses cheveux en arrière, enfilé des habits propres et vérifié qu'ils ne faisaient pas de faux pli. Subrepticement, il a volé un peu de parfum à sa mère.

C'est un jour sans école, un jour sans cheval, sans arquebuse, sans mathématique, sans charpente de marine et sans histoire. Un jour de fête.

Lorsqu'il entre dans la cuisine, la cuisinière l'inspecte de la tête aux pieds. «Tu es beau comme une demoiselle», lui dit-elle. Il fait un tourbillon sur lui-même et entreprend la tournée des pots et des chaudrons. Les pâtés sont sur la table, celui qui est en croûte porte sa cheminée, les anguilles au vert mijotent sur le feu, les cagouilles cuisent pour être servies brûlantes au dernier moment, la chaudrée est dans le pot sur un coin de flamme, les volailles sont au four. La cuisinière les arrose. Il y aura du bon jus.

Dans la salle à manger, sa mère est en train de repasser au fer chaud la nappe blanche sur la table pour qu'elle ne froisse pas. Samuel l'aide à dresser le couvert. Les assiettes fines, les couteaux du côté des couteaux, les cuillères de l'autre, les serviettes de lin. Il essuie soigneusement chaque verre pour qu'il brille dans les chandelles. De chaque côté, il place des pots de vin, du meilleur, venu de La Rochelle, et celui de son oncle monté du pays d'Oc. Sa mère s'esquive pour aller mettre sa robe de velours et de fête.

Les invités arrivent en famille, chargés de cadeaux ; les capitaines, les maîtres de Brouage, la famille Champlain, la famille Le Roy. On s'installe, on boit, on discute. Un capitaine dit que plus de mille deux cents embarcations sont passées cette année par le port. Les greniers de la ville sont pleins, la récolte de sel noir est bonne ; on en veut à la cour. Les Basques ne tarderont pas à débarquer avec leurs cargaisons de poissons bleus.

Samuel veille au bon ordonnancement de la table, il inspecte à la dérobée la mise et la tenue de chacun et chacune, avance une chaise, propose à boire. Il déteste les grossiers qui se servent eux-mêmes ou piquent dans les plats avec les doigts. Pire encore, qui se dépoitraillent.

Le roi de la fête entre : c'est Antoine. Il est flanqué de Guillaume Allène, le « capitaine provençal », son beau-frère. Dans sa langue d'Oc et son accent d'une autre mer, il demande le silence.

Samuel regarde son père, coiffé, brossé, lui aussi. Il porte un bel habit neuf, de couleur marron clair, qui laisse voir à travers les crevés sa chemise blanche immaculée. Il se tient droit, comme lorsqu'il est à la barre.

– Mon cher beau-frère, déclare Guillaume, te voilà aujourd'hui maître et c'est justice. Quand on aime la mer et le commerce de la mer comme toi, on ne peut qu'en devenir maître. Permets-moi de t'offrir ceci qui t'accompagnera partout dans tes voyages.

Il lui tend un chapeau à larges bords du même coloris que son habit.

– C'est un feutre en sous-poil de castor qui fait la fortune des voyageurs du Nouveau Monde et des trappeurs. On n'aura bientôt plus un castor vaillant dans les rivières de nos pays. Il est imperméable et traverse les tempêtes et les grains, mais pour que tu penses à revenir à terre voir ma sœur Marguerite, j'ai glissé sous le ruban deux plumes de faisan.

On applaudit, on s'écrie, on reprend du vin et on apporte les pâtés.

Antoine prend Samuel par l'épaule et l'attire à lui.

– Alors, matelot, comment tu le trouves, mon chapeau?

Samuel appuie la tête sur l'épaule de son père: il sent bon. Il aura mille occasions d'essayer le grand feutre.

La table est belle dans la lumière des chandelles. Déjà, quelques nez et quelques joues brillent. On parle fort. On se touche le bras.

Samuel passe à la cuisine, s'empare de quelques victuailles qu'il met dans un torchon et se glisse au-dehors. Il va rejoindre son inséparable Étienne pour faire bombance et lui faire tâter ses beaux habits neufs.

À L'AUBE, ON SORT DU PORT DE LA ROCHELLE.

Dès la sortie du port de La Rochelle, où ils sont venus charger des tonneaux de vin, Antoine demande à Samuel de prendre la barre. Pour la première fois, Samuel est maître à bord. Il mène seul la grosse barque de quinze tonneaux à deux mâts et deux voiles, pendant que son père fait mine d'être absorbé par autre chose. C'est Samuel seul qui lance les ordres aux matelots et qui décide du cap à tenir. À bâbord, il a la côte qu'il s'efforce de laisser à distance et, à tribord, il a le monde des rêves et des vagues, le monde des Colomb, des Magellan, des Cartier, des Espagnols et, au-delà d'eux, un plus grand monde encore… C'est dans cette direction-là que porte son regard. Il se redresse comme pour mieux scruter le lointain lointain, celui qui est sans horizon.

Le vent souffle du nord-ouest, les voiles sont gonflées et la cadence est bonne. Une patache remonte contre le vent, en sens inverse, en tirant des bords. À caboter ainsi à vue, Samuel se sent accroché à la côte, il se sent terrien plus que marin. Heureusement que le bateau roule et danse sous lui pour lui parler de la mer.

Son père vient justement lui parler de la terre, lui, et de ses nécessités.

– Les pièces de devant, lui explique-t-il, sont pour les Basques. Tu les décharges en premier parce qu'ils embarquent demain pour la morue. Les pièces du milieu sont pour les Anglais. Tu veilleras à ce qu'ils paient en or et au bon poids. Tu peux prendre ton temps, ils n'ont pas fini de charger le sel. Les trois tonneaux, là, derrière, sont en réserve. Tu les laisses à l'abri. Nous trouverons un client. Toi qui parles espagnol, tu pourrais peut-être demander à ceux du galion ? Il leur arrive de nous prendre du vin quand ils ont bu le leur. Les bricoles, là, dans le sac, sont pour le capitaine et le reste, en vrac, ici, est pour ta mère. Tu n'oublieras pas ?

Samuel ne répond pas, les yeux toujours fixés sur le large.

– Si je mets à tribord toute, où allons-nous ?

– Nous allons en Chine sans doute, mais c'est un long voyage et nous n'aurons jamais assez de vin !

– Oui, mais nous reviendrons avec la soie et l'or !

Il fait mine de tourner la barre à tribord. Son père l'arrête de la main.

– En attendant, mets à bâbord et prépare-toi à entrer dans le chenal. Si tu m'approches un haut-fond, si tu m'accroches une chaîne d'ancre ou si tu m'érafles un bas-bord, je te jette à l'eau !

– Je ne sais pas nager !

– Justement. Et n'oublie pas que ce soir, tu apprends les étoiles.

Et puis un jour, il faut partir, prendre le chemin des secrets et de la guerre, prendre les chemins de l'âge, prendre son large.

Chapitre 2
Moi, la mer

YARA EL-GHADBAN

Les voilà qui embarquent.

Pêcheurs, troqueurs, marchands. Esclaves, colons, exilés. Explorateurs, conquistadors, cartographes, géographes, hydrographes, topographes. Flibustiers, boucaniers, pirates, prisonniers, persécutés, réfugiés, rebelles, rebelles, rebelles !

Le voilà qui embarque. Il appelle depuis Honfleur. L'enfant de Brouage lance son rêve au large. Nous sommes en 1603. Ce n'est ni nouveau, ni surprenant, ces enfants des empires naissants qui se jettent dans les bras de l'Atlantique.

Arrogance, ambition, bête curiosité ! Désir, convoitise, domination, subjugation planent sur mes vagues, me coupent, me traversent. Négriers, guerriers !

Il n'est pas soldat, pas plus que sa barque n'est une caraque. Il part à l'aventure sur ces belles caravelles aux silhouettes élancées, aux voiles carrées qui piègent le vent, caressent les vagues.

Caravelles gloutonnes, flûtes-serpents, chaloupes-couleuvres. Pressent leur ventre bourré de richesse, de misère, de rêves, de cauchemars contre mon corps liquide. Transpercent ma peau translucide. Déchirent l'écume. Se dressent contre mes courants. Chevauchent l'anticyclone des Açores. Conspirent avec les Alizés, même la Galerne! La salope! Et les étoiles et le soleil. Les voilà qui foncent tête première dans la poitrine des vents de l'ouest. Les voilà qui embarquent! Ils cherchent la brise, la cajolent, la convoitent, la caressent, la trappent dans leur voile, l'idiote! Pour mieux me dominer. Moi, la mer. Ha! Moi, leur mère. Moi, l'Atlantique, j'accouche et avorte de mille îles, accouche, avorte de glaciers meurtriers, accouche, avorte navigateurs, navires, moi qui ai brisé les continents en mille pièces. Moi qui peux d'une trombe d'eau les anéantir.

Ils embarquent depuis longtemps… Depuis que les Basques pêchent dans le détroit de Belle-Isle, qu'ils traitent avec les Montagnais, les Algonquins et les Iroquois de pêche, de cuivre, de fourrure. Depuis qu'ils naviguent le fleuve sur leurs chaloupes et pinasses. Ils embarquent depuis que tu appelles les baleines à la grève de Tadoussac où la mort les attend. Toi, la mer. Toi qui as ouvert la route du cuivre du Saguenay et la route de la fourrure des Grands Lacs. Toi qui as mené à bon port Bretons, Normands, Espagnols, Portugais.

Et je les ai vus. Depuis 1492, les ai portés, appelés, séduits. Je vois. Depuis 1492. Ce qu'ils ne voient pas. Connais. Je connais

leur histoire. Ils l'écrivent. La chantent. Avec leurs plumes.
Ils l'écrivent. La dessinent. Avec leurs quadrants, cartes por-
tulans, compas magnétiques, astrolabes nautiques, tables de
déclinaison, arbalètes, lochs à ligne, lochs à plateau, boussoles. Ils l'écrivent, la taisent. Avec leurs éloges. Taisent mes
légendes, mes sirènes, mes envolées. Ils l'écrivent, l'effacent de
la mémoire. Ils l'écrivent. Ha! Ils l'inventent. Fables, aventures,
conquêtes, victoires, drames, tragédies.

Il écrit, oui. Il navigue et canote sur mille lieux, trente mille
marées, trente-cinq mille kilomètres. Inventorie arbres, animaux,
topographie et sols. Nomme et renomme les villages, les hommes,
redessine les cartes, détourne les destins de peuples entiers. Il rêve
à la route vers la Chine. Rêve au recommencement, rêve à une
France nouvelle, refaite, parfaite. Rêve à Nusquama, *nulle part,*
une terre qui n'existe pas.

Découverte! Ils jouent avec le feu. Ils jouent avec la glace.
Depuis 1534 qu'ils jouent avec mes enfants, qu'ils les dévorent,
les emportent dans leurs filets, enfoncent leurs hameçons, leurs
lances, les harponnent, les abattent, les égorgent, ma morue
qui meurt, mourut, amoureux de mes baleines qui meurent,
moururent. Depuis 1534 qu'ils couchent les arbres sur le
ventre, qu'ils flottent sur les arbres, qu'ils me tapissent, me
tapent, me tapissent. Leurs navires m'égratignent, me mordent,
me giflent. Leurs navires vont, viennent, revont, reviennent.
Chaque fois plus nombreux, chaque fois plus ambitieux. Les
voiles, traîtresses! Leurs voiles me défient, me mentent, les
ramènent à la terre, me souillent de terre. D'abord le sud, mon
sud, ils m'ont prise par les pieds et voilà le nord, mon nord.

Visionnaires et actionnaires du rêve de l'Empire. Je suis pavée de rêves d'Empires! Pavée de cadavres qui jonchent mon lit. Chut! Pas un mot sur les hommes-souris empaquetés dans les intestins des navires. Les chaînes. Des chaînes! Leur tintamarre qui rebondit, bondit d'une cheville à l'autre, d'un poignet à l'autre, de la sainte barbe à la sainte vague, à la sainte liberté, au dernier souffle dans le négrier.

La sainte barbe. Chambre des canonniers à l'arrière des vaisseaux. Là où couchent les passagers malchanceux. Non-fils de ci, déshérités de ça, émigrés volontaires et involontaires, missionnaires et religieuses qui ont fait de la souffrance un métier, serrés avec les porcs, les moutons, les poules, les bœufs et les chevaux. N'est de niveleur que le manque généralisé.

Résonnent, sonnent les cris des marins, les ordres, les chants! Onde après onde à travers ma peau, de mon épiderme blanc à mon derme bleu. Elles me bourrent, les ondes, bourrent de tintements mes glandes sébacées. Pas un mot sur les balles des canons, prises dans ma gorge. Sur les mâts, échardes, incisures sanglantes dans mes gencives. Pas un mot. Chut! Ne dites rien des marins qui se sont jetés dans mes bras. Désespérés, déprimés. Ou bien non! Trop saouls, trop malades, trop affamés, vomissant, bavant bravoure, lâcheté, sautant pour prendre les seins d'une sirène dans leurs mains.

Deux à trois semaines si chanceux. Deux à trois mois de lutte contre le vent de l'ouest, les glaciers, le froid, les tempêtes voraces, le scorbut qui tue pas à pas, et la peur de l'inconnu. «Il faut prier une fois avant de partir en guerre, deux fois avant de s'aventurer en mer… », disaient les Espagnols. « *Mieux vaut être sur la lande avec un vieux chariot que sur mer dans un navire neuf* », disaient les Flamands. « *Celui qui craint les eaux, qu'il demeure au rivage* », répondaient les Émigrés. Malgré tout, ils partaient.

Je lutte, avec mes griffes je les arrache à ma peau. Je lutte et pourtant ils reviennent! Naufrages, avaries, j'ai même mis la puce à l'oreille aux corsaires. Que les chiens s'entredévorent et me fichent la paix! J'aspire le vent et leur crache brume et tempêtes. Aspire le vent et les arrose de froid jusqu'à leur brûler les oreilles et leur manger les orteils. Je me suis glissée dans leur eau, y ai semé pourriture et odeurs fétides. J'ai mastiqué leurs hamacs, les ai trempés dans ma bave pour qu'ils grelotent en dormant jusqu'à se casser les os. Et que j'ai ri en les voyant virer fous d'ennui, à s'emparer des animaux, qui pour les manger, qui pour s'apaiser. Et pourtant ils reviennent! Posséder les peaux, posséder les terres, posséder la vie! Je ne reconnais plus mon visage, combien de rides leurs navires ont creusées, combien de rictus figés, de grimaces à jamais gravées sur mon visage. Gravées, gravées, gravées!

Gravé. Vagabond des vents de l'ouest, troqueur, marchand, naviga-teur, homme de main d'Aymar de Chaste, gouverneur de Dieppe, détenteur du monopole de la traite des fourrures. Avec eux, il a embarqué. Le néophyte qui aimait la mer, celui qui n'a jamais mis les pieds dans les Terres Neuves. Ce peintre qui cherche les traits de la terre, les traits des eaux, des mers, des courants. Il s'est trouvé ap-prenti sorcier. C'est vrai. Il a payé son voyage en vendant sa plume aux troqueurs de fourrure, aux trafiquants du Nouveau Monde, au roi, c'est vrai.

Je connais leurs noms, à ces vagabonds. Les Gravé, les Chauvin, les Mons. Je connais leurs bateaux. Je les vois passer, passeurs de peaux, de fourrures. Moi qui fus condamnée à lécher les plages, à me heurter contre les falaises de Gachepé (Gaspé), à caresser les mamelles de Thadoyzeau (Tadoussac), à rêver du jour où j'usurperais son eau fraîche au fleuve, ses chutes, ses rapides, au jour où je mettrais la main sur le vent Noroît et le vent Suroît pour rejoindre la baie d'Hudson, enjamber forêts, prairies et montagnes jusqu'à la mer de Beaufort. Me voilà réduite à m'arrimer à leurs caravelles, flûtes, chaloupes. À coller mon sel à leurs pieds pour qu'ils m'amènent vers ces eaux que la terre a éloignées, m'amènent vers ceux qui ont fait ma légende, ceux qui m'ont donné un nom, une histoire, ceux qui chassent sans mépris dans le boréal, la toundra, qui parcourent le bouclier et les côtes rocheuses sans jamais avoir pensé à me traverser.

Ils s'appellent Wendat. De la baie Georgienne. Ils s'appellent Montagnais. À l'entrée du Saguenay. Ils s'appellent Micmacs dans la baie des Chaleurs. Ils s'appellent Algonquins en amont de Trois-Rivières. Ils parlent avec les Basques, les Français, les Anglais, bien avant que le géographe n'arrive à Tadoussac.

Et les voilà, ces vagabonds, depuis vingt ans. Les voilà qui dansent avec moi. Les voilà qui tanguent à ma berceuse et qui font de moi un pont, Dupont, qui pond des œufs dorés pour les Chaste et les Mons, Dupont-Gravé pour le roi, sa Majesté, combien de fois j'ai voulu les couler. Combien! Ah! Et pourtant. Les voilà qui embarquent sur leur navire : l'un, enfant du port, l'autre, enfant du fleuve et son frère, seuls revenants de leurs peuples.

D'abord ils étaient deux. Ils étaient invités. Deux fils de Stadaconé (Québec). Ils partent en France avec Cartier, reviennent, lui prennent la main le long du Saint-Laurent, jusqu'à la porte de leur village (Canada). Puis, ils étaient dix. Ils étaient kidnappés. Neuf ne reviennent jamais, et la dixième, une fillette-fleur, son sort sera pour toujours mystère. Les voilà de nouveau deux, partis avec le chauve (Chauvin), de retour avec le pont (Dupont-Gravé) sur La Bonne Renommée. *L'un est né d'un arc-en-ciel, l'autre de l'écorce d'un grand bois, leur destin soudé à celui de l'apprenti sorcier. Ils ont survécu à la France et à ses maladies, il l'a quittée pour planter la France dans la chair du Nouveau Monde.*

L'enfant qui a tant voulu monter mes vagues sans jamais apprendre à nager, qui, adulte, a caboté aux lisières des continents, m'a touché les orteils en se laissant balloter par le Sainte-Hélène. Il a fait le plein des champs, son imaginaire champ plein de Terres Neuves et de Terres Anciennes, de terres dans des mers bien lointaines. Champlain, plein, plein, de fantasmes, de grandeur, de renommée tant voulue, tant désirée.

Les voilà qui embarquent avec lui, les arrachés à leur terre, à leur langue, les donneurs de peau, leur peau, de fourrure, leur fourrure, de poisson, leur poisson, de tabac, leur tabac. Et j'entends des noms, leurs noms, Mistenapeo, Kapishat, et j'entends d'autres noms, aussi leurs noms, Sauvageau et Grandbois. Ah! Mon Mistenapeo, toujours aussi beau, la lumière dans tes yeux, comme tu m'as manqué! J'entends ta voix, ton chant, j'entends ton histoire, ton rêve, j'entends tes silences auxquels est si sourd cet arriviste de Brouage, amoureux de moi qu'il prétend, tes silences auxquels ces vagabonds, marchands, explorateurs sont si aveugles. Trafiqueurs, troqueurs de rêves d'Empire, que savent-ils des univers qui se cachent sous la peau d'ours, la peau de castor, qui se cachent derrière la fumée?

Lors de son départ, je l'avais aperçu et j'étais étonnée. Il m'avait dit qu'il voulait partir, découvrir cette terre étrange qui flotte sur mon autre joue. Il m'avait dit: ne t'inquiète pas la Mer, ma mère, laisse naviguer ces hommes pâles dans tes plis, n'est-il pas temps de ressouder les continents? N'es-tu pas aussi soie qui recouvre le béant, fil qui recoud la déchirure? Il m'avait dit: j'irai pour mieux raconter à mon peuple d'où viennent les Gravé, les Champlain, les Chaste, les Mons. Et tu verras, tu me retrouveras, la Mer, ma mère, sur un autre navire; je reviendrai.

Je l'aurais coulée, *La Bonne Renommée* de Gravé. Je l'aurais coulée avec ses marins, ses passagers, sa sainte barbe qui dégorge d'âmes, avec son géographe, et son trafiqueur, et même avec Kapishat, si Mistenapeo n'avait pas été sur le navire.

Tant de saisons et tant d'orages ont déferlé depuis la visite de Cartier, la carte n'est déjà plus la même, les noms ont changé. Adieu Stadaconé, adieu Hochelaga. Champlain ne rencontrera pas d'Iroquoïens, mais la guerre va le rencontrer. Iroquois contre Montagnais, Montagnais contre Iroquois. Un jour le continent entier. Demeurent les Micmacs et le détroit du fleuve qui s'appelle désormais Québec.

Les voilà, embarqués. À chacun ses rêves, ses peurs, ses exploits. Le troqueur, le géographe, l'autochtone. Qui cherche le tabac, qui la Chine, qui les siens. L'un aura sa tabagie, l'autre perdra la Chine mais fondera l'Empire, et Mistenapeo, lui ?

Une rage blanche me monte aux yeux. Je siffle, rafle, tourne, retourne le vent en ouragan. J'ai envie de crier, mais ne sourd de moi que la tempête, ne souffle de moi que le vent de l'est, chaud, orageux, colérique. Il ramasse mes vagues, les monte, monte, monte jusqu'à dresser un mur, un barrage de colère salée. Tsunami !

Chapitre 3
Le rêve d'Ours-qui-Pêche

Ian Monk

Nous étions au festival du solstice d'hiver et le moment était venu de la cérémonie du partage des rêves. Après avoir entendu toute une série de rêves étranges mais familiers en même temps, visiblement parlant d'amour, de chance à la chasse, par exemple, ou d'autres affaires plus ou moins quotidiennes, racontées par tout un chacun et expliquées par les meilleurs interprètes des songes que les cinq nations iroquoises pouvaient réunir, Ours-qui-Pêche a pris la parole :

— J'ai fait un rêve, a-t-il dit, ou plutôt un cauchemar, le pire cauchemar que j'aie jamais fait, et je veux votre aide pour deux raisons : d'abord pour savoir comment un cauchemar d'une telle taille et d'une telle laideur a pu s'infiltrer dans mon esprit, sans se faire happer par le capteur de rêves qui m'a si bien protégé depuis mon enfance ; et ensuite pour connaître le sens de mon rêve, afin de comprendre si les dieux de la chasse et de la rivière sont en colère contre moi. Et s'ils le sont, pourquoi.

– Raconte donc, a répondu le Grand Interprète, visible-ment un peu secoué déjà, puisqu'il pressentait l'importance du rêve qui allait être raconté. Et n'omets aucun des détails de ton rêve. Même s'ils te semblent sans importance.

– Dans mon rêve, a commencé Ours-qui-Pêche, nous sommes partis comme toujours à la pêche dans la grande rivière, à une heure sûre, bien choisie entre deux mascarets. Il faisait beau. Les arbres étaient tous habillés des mille couleurs de l'automne. Le ciel était bleu. Seulement un ou deux petits nuages blancs le traversaient, sans se presser, comme des canots tranquilles, pris par les amants pour s'amuser pendant quelque bel après-midi. Nous étions environ une dizaine de pêcheurs. Moi, le Grand Chef, nos frères, et toi, Grand Interprète, en personne. Et tout se passait comme d'habitude. La rivière regorgeait de poissons de toutes sortes, que nous attrapions avec une aisance digne des grands pêcheurs que nous sommes. Même toi, Grand Interprète, qui ne pêches pas avec nous depuis de longues années. Et puis, soudain, l'eau de la rivière s'est mise à trembler, comme si un dieu l'avait saisie entre ses mains puissantes pour la secouer. «Attention, ai-je dit à tout le monde, c'est le mascaret qui arrive, mais à une drôle d'heure, à une heure tellement inhabituelle que le monde a dû changer le rythme de sa respiration, ou bien le dieu de la rivière a dormi trop longtemps ce matin et cherche à rattraper son retard.» «Mais non, nous avez-vous dit, ô Grand Chef, dans mon rêve. Ce n'est rien, c'est juste le vent qui fait parler la surface de l'eau. Continuons notre partie sans crainte.»

À peine aviez-vous fini de parler, ô Grand Chef, que le tremblement s'est transformé en secousses de plus en plus violentes, et la rivière s'est mise à monter à une vitesse qui dépassait tous les mascarets que j'avais vus de ma vie, en hiver ou en été, sous une pleine lune ou par un soleil brûlant. Et vous aviez raison, ô Grand Chef, de dire qu'il ne s'agissait pas d'un mascaret mais, en même temps, vous aviez tort de dire que nous pouvions continuer à pêcher sans crainte. Car, tout d'un coup, la montée de la rivière a pris la forme d'une vague colossale et blanche, qui avalait tout sur son passage. Nous, au lieu de fuir comme des lâches, mais des lâches plutôt sages et raisonnables dans leur prudence devant une telle calamité, nous avons fait face à l'arrivée de cette vague, en nous tenant tous droits dans la rivière, nos lances tendues devant nous, comme confrontés à un ennemi humain ou animal que nous savions pouvoir combattre. Mais nos armes étaient bien sûr inutiles devant une telle force et nous avons été engloutis par une immense vague blanche, comme les faibles hommes que nous sommes. J'ai senti l'eau brûlante pénétrer dans mes poumons et tout est devenu noir. Mais je ne suis pas mort. Pas plus dans ce rêve noir que dans n'importe quel autre rêve plus doux. Quand mon esprit vagabond a fini par retrouver mon corps, je gisais couché sur les galets qui bordent la rivière. Seul. Personne d'autre de cette partie de pêche maudite n'avait retrouvé la rive.

– Quel cauchemar, en effet, a dit le Chef. Mais quelle est sa signification selon toi, ou selon vous tous? a-t-il continué, s'adressant à l'assemblée unie autour du feu de bois, au milieu de la forêt.

– Mais ce n'est pas fini, a repris Ours-qui-Pêche. Une fois que mon esprit et mon corps ont semblé à nouveau réunis, j'ai regardé autour de moi et, au lieu de retrouver mes compagnons, comme je l'avais espéré, je n'ai vu que les galets sur la rive, et les taches blanches laissées sur eux par la grande vague : une sorte d'écume qui bouillonnait toujours, comme du lait qui chauffe, sur les pierres qui jonchaient la rive. Ensuite, il s'est passé une chose terrible. Au lieu de se calmer, comme il se doit, les eaux blanches se sont remises en branle. Une trace d'écume s'est rapprochée d'une autre. Et puis d'une troisième encore, et ainsi de suite, jusqu'à ce qu'elles forment petit à petit des silhouettes blanches, d'abord couchées sur les galets puis, au fur et à mesure que d'autres traces d'écume se joignaient à elles, des formes humaines ont commencé à se dessiner, puis à se mettre debout et finalement à marcher comme des fantômes, ou des esprits, ou plutôt comme de vrais hommes, mais aussi blancs que l'écume de cette énorme vague. Ces hommes-écume se sont mis alors à se promener sur la rive, sans faire aucunement attention à moi, laissé pour mort comme j'étais, puis un par un se sont regroupés. Une fois assemblés en une masse aussi compacte qu'un troupeau d'oies, ils se sont mis en route vers notre habitation, formant une sorte de nouvelle vague terriblement rapace, emportant tous les arbres et les rochers qui se trouvaient sur leur passage, jusqu'à disparaître au-delà de l'horizon, loin devant la dévastation désertique qu'ils avaient créée. Exténué, je décidai de me laisser mourir. J'avais l'impression que l'eau me recouvrait la peau, mais plus doucement cette fois-ci, et qu'elle me prenait dans les bras de son courant pour m'emmener loin vers le grand océan et le repos éternel. Et c'est alors que je me suis réveillé.

Un long silence a suivi le récit d'Ours-qui-Pêche. Un silence que personne ne semblait vouloir briser. Tout le monde regardait par terre, ou bien vers le ciel, ou bien ses voisins. L'empressement habituel des experts plus ou moins véritables, plus ou moins auto-proclamés, à interpréter un rêve aussi étrange brillait par son absence totale.

— Je crois pouvoir affirmer ceci, au moins, a dit le Grand Interprète, les yeux fixés sur Ours-qui-Pêche comme pour la première fois. Je crois pouvoir expliquer l'inefficacité de ton capteur de rêves face à ce grand cauchemar livide. Les capteurs de rêves que nous fabriquons, mes confrères et moi, pour attirer les bons rêves et barrer la route aux mauvais, sont comme les trous ronds qui laissent passer les bâtons ronds mais pas les bâtons carrés, ou bien comme les peaux de bisons tendues et aplanies et colorées qui filtrent et teintent la lumière du soleil. Seulement, ce rêve que tu as eu, Ours-qui-Pêche, possède une forme jusqu'ici inédite et une couleur jamais vue de nos yeux, nous, hommes des cinq nations iroquoises. Et c'est ainsi que ton cauchemar a pu passer à travers ton capteur de rêves, grâce à sa forme biscornue et sa blancheur absolue.

— Soit, a conclu Ours-qui-Pêche. Mais as-tu une idée de sa signification ? Car j'avoue me sentir perdu dans des spéculations plus tristes les unes que les autres.

Le Grand Interprète n'a pas répondu. Un nouveau silence s'est installé. Puis une voix a déclaré enfin :

— Je pense que tu es maudit, Ours-qui-Pêche, et que tu ne devrais plus venir pêcher avec nous. Malgré ton nom. Malgré ta grande prouesse.

Et puis une deuxième voix a ajouté :

— Je pense que tu as effectivement attiré la colère d'Han Wen Neyu, le grand esprit qui vit dans les eaux et dans les rochers. Mais pourquoi ? Personne ne le sait. Scrute ton cœur, Ours-qui-Pêche, et tu trouveras sans doute.

Une troisième voix a renchéri :

— Je pense que tu devrais te retirer des gens des cinq nations iroquoises, et jeûner loin de nos habitations, et ainsi tu regagneras peut-être la faveur des esprits, au lieu d'attirer leur colère sur nous tous.

Un murmure de consentement a parcouru l'assemblée. Ours-qui-Pêche, sentant les regards de tout le monde qui pesaient sur lui, a regardé par terre un moment, puis a levé la tête pour clamer :

— Je vous comprends, mes frères. Je comprends votre confusion. Je comprends votre peur et votre désir de ne plus me voir parmi vous, dans l'espoir d'éloigner une telle calamité. Mais je suis le récipiendaire du rêve ; je ne suis pas sa source. Le rêve m'est venu il y a un peu plus de deux lunaisons. Depuis la nuit où je l'ai eu, j'ai eu beau chercher dans mon esprit, je ne trouve aucune raison pour que tel ou tel dieu, tel ou tel esprit ressente une pareille colère, ni contre moi ni contre vous, mes frères. Car ne l'oubliez pas, si le rêve dit vrai, c'est vous tous qui allez mourir avant moi. Finalement, il ne faut pas oublier que depuis que j'ai fait ce rêve, j'ai participé à plusieurs parties de pêche et de chasse avec vous, sans attirer la moindre catastrophe sur nos têtes. Au contraire. Ces parties ont toutes été plutôt fructueuses et, dirait-on, bénies de tous les dieux.

La vérité de ses paroles a fait redescendre le silence sur toute l'assemblée. Le Grand Interprète, qui avait fixé des yeux Ours-qui-Pêche tout au long de ses nouvelles explications, a enfin détourné son regard. Il a fait trois pas vers le feu, dont il s'est mis à agiter les cendres avec le bout de son bâton, faisant voler de petites étincelles dans le noir, qu'il semblait ignorer, son attention étant focalisée entièrement sur le foyer au centre des flammes.

— Ours-qui-Pêche dit vrai, a-t-il enfin murmuré. Nos parties de pêche et de chasse ont rarement été aussi bénies. Puis quand je regarde Ours-qui-Pêche droit dans les yeux et quand je lis aussi loin que je sais lire dans son cœur, je ne vois pas un homme qui a offensé les dieux et qui doit être puni par l'exil, pour éviter que leur colère ne s'abatte sur nous. Non, ce que je vois, c'est un homme qui possède la première part d'une vérité nouvelle, et qui cherche à comprendre comment celle-ci parle de nous. Je vois un homme que les esprits ont choisi comme messager afin de nous aider. Cherchons la source de son rêve plutôt que de blâmer celui qui répand la nouvelle sans la comprendre.

Un nouveau silence de réflexion a été brisé par le Grand Chef:

— En fouillant dans mes souvenirs et dans la mémoire des souvenirs de nos ancêtres, je vois que la seule explication possible, si le Grand Interprète dit vrai, est qu'il s'agit du retour de l'homme blanc. Il arrive comme une vague depuis la mer dans ses bateaux, puis envahit nos rives, comme les spectres d'eau dans le rêve d'Ours-qui-Pêche. Exactement comme nous, les Iroquois, l'avons vu avec les Vasquais, ou bien les Bahrakings, au temps de nos ancêtres. Si c'est bien là l'explication du rêve, nous ne devrions pas nous inquiéter outre mesure, car nous ne courons pas le risque de nous faire emporter tous par une grande vague violente. J'entrevois plutôt une houle comme celle des marées entre l'été et l'hiver. Comme elle, ces hommes blancs vont et viennent. Ils font du bruit, ils font des dégâts.

Mais leur présence est éphémère et la moindre vraie résistance de notre part, ou de la part des peuples amis ou ennemis qui nous entourent, suffit toujours à les chasser de la terre et de la mer – surtout si l'on introduit le Maître-de-la-Peur dans le monde de leurs rêves à eux. Et la normalité, une fois reparti l'homme plus blanc que la lune, redescend aussi vite que la lune elle-même change de forme.

— Je pense que le Grand Chef tient le bon bout de la vérité, a opiné le Grand Interprète. Mais n'oubliez pas ce que je vous ai dit à propos du capteur de rêves et de son incapacité à arrêter ce cauchemar sur son chemin : si ce rêve non seulement prend une nouvelle forme mais revêt en plus une nouvelle nuance de blanc, l'expérience éveillée qu'il reflète sera, elle aussi, d'une nature et d'une couleur inédites pour nous et pour nos frères, amis ou ennemis.

— Alors, a repris le Grand Chef, le rêve d'Ours-qui-Pêche veut tout simplement dire que l'homme blanc va revenir, mais qu'il ne se contentera pas, cette fois-ci, de chercher à voler les pierres de la terre et les bêtes des forêts ; il va essayer de nous chasser de nos terres, comme le vent balaie la poussière au seuil de nos longues maisons. Mais pourquoi ? Seul le plus grand des grands esprits saurait peut-être le dire. Il se peut que l'homme blanc ne se sente plus chez lui là où il vit habituellement. Ou bien, comme un enfant qui ne voit pas plus loin que son plaisir d'aujourd'hui, peut-être a-t-il déjà arraché toutes les pierres de ses terres, comme les plumes d'un pauvre petit aiglon, qui tremble nu et sans protection contre les vents.

La texture du silence qui s'en est suivi était différente de celle de tous les silences qui avaient précédé. C'était un silence dense, compact et aussi noir que la vague du rêve avait été blanche et fluide.

— Je vois, a dit le Grand Interprète, son regard toujours plongé dans les flammes. Je vois que notre Grand Chef a fait couler une grande partie de la sève de la vision d'Ours-qui-Pêche. Je crains qu'il dise vrai. Je crains qu'il faille se préparer au pire. Car si l'homme blanc revient, c'est pour faire la guerre. Et pour faire la guerre d'une manière nouvelle. Il ne cherchera pas simplement à nous montrer qu'il est plus fort que nous, il cherchera à nous tuer et à nous voler nos esprits jusqu'à ce qu'on lui donne tout ce qu'il souhaite, quand il le souhaite. Et tout ce qui était à nous, à nos frères amis et ennemis également, et aux bêtes de la forêt, des eaux et des airs également, n'appartiendra plus qu'à lui, et il trouvera tout ça aussi bon et normal que la pluie sur la terre ou le sourire sur le visage d'un enfant.

— Il va falloir nous battre, a tranché une voix.

— Il va falloir nous battre jusqu'à la mort, si nécessaire, a assuré une autre.

— Il va falloir mourir pour que nos enfants puissent vivre comme des hommes, a dit une troisième voix.

— Certes, a concédé le Grand Interprète, levant les yeux du feu pour considérer les hommes autour de lui, l'un après l'autre. Certes, il va falloir nous battre et il va falloir mourir. Nous n'allons pas rendre la tâche facile à l'homme blanc quand il arrivera. Mais ne vous faites aucune illusion. L'homme blanc triomphera. Il triomphera, mais sa punition et notre réconfort se trouveront unis dans l'illusion qui bercera sa vie, et qu'il prendra aveuglément pour la vérité. Car dans le grand fleuve du temps, sa vague blanche et victorieuse, oui, celle qu'Ours-qui-Pêche a vue dans son rêve, sera d'aussi courte durée que n'importe quelle autre vague qui s'abat sur les rives de l'éternité de nos rêves.

Chapitre 4
Ailleurs que dans les yeux

Daniel Grenier

Certains l'ont vu, à ce moment-là, et ils en témoignent encore aujourd'hui, poser une main sur la poitrine de fer de son commandant, le sieur du Pont, qui semblait vouloir accélérer le pas et ouvrir la bouche pour s'adresser au grand sagamo Anadabijou, chef des Innus de tout ce pays-là. Ce dernier les attendait dans le mélange d'obscurité et de lumière créé par les flammes qui allait caractériser leurs relations pour les siècles à venir.

Il a vu le chef des Innus de tout ce pays-là, le chef de ceux qu'ils appelaient les Montagnais, les regarder ailleurs que dans les yeux. Leur faire prendre place à ses côtés, selon la coutume. Le chef n'a serré la main de personne et n'a pas fait non plus de révérence, non, personne ne dit ça, il est resté assis et a désigné un espace entre lui et un de ses fils.

Des années plus tard, il repenserait à la voix d'Anadabijou, et il la confondrait dans sa tête avec celle d'Henri IV, elle aurait une sonorité avoisinante et des accents similaires. La voix de son souverain, celui qu'il avait adoré, serait la même que celle de cet homme presque nu, à la coiffe inflammable toujours si près du brasier. Il se retournerait dans ses draps humides un 25 décembre et les voix se mêleraient pour prononcer des phrases millénaires qui auraient tout à voir avec le temps qui passe et nous réclame, et avec l'étendue du territoire qu'on traverse et qu'on réclame. Anadabijou prendrait un bâton de parole, tendu par Mistenapeo, et se lèverait et haranguerait en lui tournant le dos la plupart du temps. Le sagamo prendrait un sceptre et enfilerait ses trousses et se glisserait dans un pourpoint aux ailerons à grandes taillades, ajusterait sa fraise et se dirigerait droit vers lui pour le faire commandant de marine. Il le fixerait droit dans les yeux et lui dirait que là-bas, par-delà les huit saults de la rivière aux Iroquois, ce serait son royaume, qu'il le posséderait comme on possède un jardin. Il était un homme de valeur, on le lui avait fait comprendre en de multiples occasions. Les expectorations sortaient de son larynx et se collaient sur l'arrière de ses dents de sagesse douloureuses, jamais complètement sorties.

Le sieur du Pont a posé le pied sur la terre ferme le premier, c'est ce qu'on raconte, mais sa botte à lui était plus large, au cuir plus neuf, tanné de frais. Les orteils du sieur étaient rongés comme des algues brunâtres et les siennes n'avaient pas encore perdu leurs couleurs. Il a hésité, son pas, il était hésitant, mais ça a duré une fraction de seconde. Le reste appartient à l'histoire.

Sur le bateau, on lui parlait à peine, c'est un détail qui a traversé le temps, ce genre de détail, tout le monde s'en souvient, lui le premier. Il prononçait des mots, mais c'étaient des mots refoulés, qui goûtaient le repas de la veille, le pain rance et la vieille barrique. C'étaient des mots qui goûtaient le renvoi, qui montaient de bien plus bas que sa gorge et qui y restaient prisonniers. Ceux qui venaient lui parler ne revenaient plus pendant des semaines. On lui posait des questions et les mots se rencontraient dans les airs et retombaient raides morts de puanteur.

Il a posé une main sur la poitrine de fer du commandant de l'expédition et a pris les devants, dans le noir auréolé, est entré dans le cercle du feu. C'était la première fois qu'il voyait le grand sagamo, ses fils et les autres membres de sa famille et de sa nation, réunis ici pour fêter la guerre sempiternelle, et il a entraperçu, dans un œil ou dans l'autre, une lueur d'humanité, fugace comme une prière d'enfant. Il a pensé à ce qu'il écrirait, à l'orthographe qu'il choisirait.

Leurs mains étaient propres, leur visage était lisse. Autour de leur tête il y avait des nuages de fumée qui se dissipaient et que leurs poumons recréaient tout de suite après, et chacun d'entre eux avait droit à un nuage par tour, et lorsqu'il s'est fait offrir l'objet il l'a placé dans sa bouche, entre ses lèvres, et ils faisaient des signes on ne peut plus clairs pour lui expliquer comment agir et il a gonflé les poumons, et quelques secondes plus tard ils riaient tous et on aurait dit qu'ils étaient des milliers, qu'ils s'étaient dédoublés et reproduits, et les sons de la nature l'ont rendu sourd.

Celui qu'ils avaient appelé Sauvageau ne s'est pas assis avec eux. Il est resté debout, bien droit, le dos presque dans le feu, et il a commencé par dire son vrai nom plusieurs fois, Mistenapeo, avec des intonations différentes. Il changeait une syllabe d'une fois à l'autre, il la déplaçait dans un roulement, mais on ne savait jamais laquelle remplaçait la précédente.

C'était un langage qu'il entendait pour la première fois parce que sur le bateau on avait interdit à Sauvageau et à Grandbois de jouer aux sauvages. Plus tard, on a retrouvé leurs pantalons et leurs chemises cousues à Honfleur sur la grève, enlevés vite, comme des jupons de courtisanes.

C'était un langage sans élégance, discordant et guttural, il ne l'avait jamais entendu parce que sur le bateau, les sauvages parlaient tout bas, souvent avec des gestes et des grimaces. On aurait dit des sourires mais c'était autre chose, c'étaient les joues qui se distendaient et les yeux qui devenaient des fentes illisibles. Il passait tout droit et prenait garde de ne pas se cogner le genou contre une des planches empilées là par les charpentiers de la marine.

Il était habile de ses mains et on raconte qu'il a posé la droite sur la poitrine du sieur, et a pris les devants, mais le grand sagamo Anadabijou les a fait s'asseoir à sa gauche et, sans les regarder dans les yeux, a reconnu le sieur du Pont, sur la ferraille duquel les flammes se reflétaient, sur sa tête et sur son torse. On raconte que la croix qu'il portait à son cou était toujours inclinée du côté de son cœur, comme s'il donnait le nord.

À l'extérieur de la grande tente, les hurlements et les grands éclats de rire continuaient de retentir. Le grand sagamo écoutait Mistenapeo, dit Sauvageau, lui décrire les merveilles vues et entendues, comme les plumes blanches et soyeuses accrochées aux robes des femmes, ou les cloches accrochées aussi haut que les pics du sud, les choses touchées, comme les murs verticaux des habitations, aussi durs que les pierres au fond du lac aux saumons. Il voulait demander au sieur du Pont de lui traduire les mots un par un, mais l'autre écoutait en se lissant la barbe et lui a fait signe de se taire.

Certains disent même qu'il aurait levé un bras pour dire quelque chose, mais les quelques sauvages installés tout près auraient sursauté et se seraient précipités sur lui. À plusieurs, accrochés à son bras, à son doigt levé pour placer un mot puant, plein de moisissure et de vin avarié. Ils le disent quand ils ont confiance, quand ils savent que leurs paroles ne seront pas interprétées à tort. Quand ils savent qu'il n'est plus là pour témoigner et raconter à sa manière.

Des années plus tard, un 14 juillet à l'aube, après avoir baptisé de son nom l'étendue d'eau infinie s'étalant devant ses yeux, croyant peut-être mourir auprès de ses rives, il enfilerait son plastron et serrerait sa cuirasse, passerait sa bandoulière, son porte-épée, sa cartouchière et son baudrier de cuir lavé et brossé, saisirait son casque d'étain et, à son grand désarroi, serait incapable d'observer nulle part sa réflexion, celle de son image comme celle qu'il se faisait quelques heures avant la bataille, le métal s'étant sali lors d'un portage. La tête vide et l'arquebuse bien pointée, il cheminerait à l'ombre des troncs et entre deux sauvages de sa connaissance, dont les traits lui seraient familiers, dont les traits se démarqueraient, l'un par une balafre oblique, l'autre par un nez d'esclave africain. Il était un homme d'honneur, on le lui avait dit dans plusieurs circonstances différentes. Les grands pins autour de lui chercheraient à le lui répéter.

Sur le bateau, il avait été témoin de quantité de phénomènes étranges et inexpliqués, des lueurs noires surgissant des vagues vertes et des cris de sirènes traversant la coque étanche de la proue à la poupe, la mer parlait, mais rien ne l'avait préparé à la sensation d'empoignement qui l'a aveuglé après qu'il eût aspiré la fumée, l'a soulevé de terre et l'a replacé exactement au même endroit avec un tison dans la poitrine.

Mistenapeo a terminé sa harangue et on pouvait voir sa peau calcinée, ses oreilles pendantes et sa mâchoire déplacée par les sons étranges et incongrus qu'il crachait. Il a jeté un œil latéral à son commandant, qui comprenait tout, qui venait sur cette pointe depuis près d'une décennie, qui connaissait les fils du chef par leur nom. Le sieur du Pont faisait son âge dans la lumière vacillante des flammes.

Tout le monde répète depuis ce temps-là, ils le jurent sur leur nom et celui de leur famille, qu'il avait les traits fins, les cheveux brun pâle, les ailes du nez droites, les sourcils pointés dans la bonne direction, l'œil déterminé et le menton dégarni. Quand il se levait pour se dégourdir les jambes, il faisait une tête de plus que le sagamo Anadabijou, chef des Innus de tous ce pays-là. Souvent, on le surprenait à ouvrir la main et à la fermer, à répétition, on le surprenait à donner des coups de bras vers le sol, fort, comme pour faire sortir du sang au bout de la plume qu'il adorait tenir et qui, une fois déposée sur une surface lisse comme de l'écorce, traçait des images.

Une fois, quelques jours avant que les sauvages repartent dans la forêt, alors que les festivités se poursuivaient du côté de la plage à l'autre bout de l'anse, il est grimpé seul dans une de leurs embarcations après l'avoir poussée sur l'eau, et il a saisi une pagaie au fond et a rejoint l'autre rive du bras d'eau qu'ils appelaient Saguenay. Il y a mis toute la nuit et quand il est revenu, tout le monde l'attendait. Le sieur du Pont et quelques-uns de ses hommes, entourés de millions de sauvages. On lui a fait comprendre que par là-bas, tout ce qu'il voyait s'il pointait comme ça, et qu'ensuite il faisait un grand mouvement vers la gauche avec son bras, que tous ces endroits, ils appartenaient aux Innus et à leurs alliés de toujours. Que s'il voulait y aller, il faudrait leur demander la permission. La rivière aussi leur appartenait, et les poissons qu'il y avait dedans et les oiseaux qui la survolaient.

Le dit Sauvageau a parlé brièvement au nom du roi de France, Henri le quatrième, et a remis le bâton de parole au sieur du Pont, qui s'est porté garant de toutes les merveilles décrites avec tant d'éloquence, ainsi que des promesses de son souverain relayées par le jeune Indien. Il a prononcé le mot paix et le mot ennemi. Il a prononcé aussi le mot guerre, et les têtes acquiesçaient tout autour. Ses mains ne tremblaient pas, il faisait chaud. Il a parlé de peupler le sol et la terre avec des hommes et des femmes et des enfants à la peau rose comme la sienne, et son écho est arrivé aux oreilles du sagamo Anadabijou dans sa propre langue, traduite par celui qu'ils avaient baptisé Grandbois, à cause de la couleur de ses cheveux et des rides qui creusaient son visage, malgré sa jeunesse et sa vigueur.

Dans une caisse il avait éparpillé des instruments civilisés, qui lui permettaient de s'orienter quand il était au milieu de l'océan comme au milieu de la forêt. Il n'avait qu'à poser son œil sur un tube de métal ou à ajuster l'aiguille d'un cadran et ensuite il hochait la tête, satisfait. Quand le soleil apparaissait entre deux nuages de pluie, il était content, mais pas pour la même raison que les autres.

On dit que ce n'est pas lui qui a foulé la terre en premier, mais qu'on lui a donné la permission de le faire, en s'écartant, en désignant l'endroit précis où il pouvait le faire sans se mouiller, sans salir sa botte. On en entend encore parler, par des voix diverses et dans des langues éloignées de la sienne. On dit qu'on lui a montré exactement où poser le pied et quels pas faire ensuite, mais qu'on ne lui a pas expliqué comment rester en vie pour toujours. Il l'a compris tout seul et il s'est mis à écrire.

Le grand sagamo Anadabijou s'est levé après avoir reçu le bâton de parole des mains du sieur du Pont et il a d'abord évoqué les arbres qui les entouraient. Il a parlé longuement de leur grandeur, de leur hauteur et de leur odeur, qui était la même chose que leur hauteur, mais dans l'autre sens, on ne pouvait pas la voir, mais on pouvait la toucher, d'encore bien plus loin. Il a parlé ensuite des feuilles qui tomberaient sur le sol dans quelques lunes et il a parlé aussi de toutes les lunes qu'il faudrait pour arriver à vaincre leurs ennemis, ceux qui montaient d'en bas, de là-bas derrière les collines rondes. Il a dit que le grand chef Henri, d'après ce qu'il avait entendu, lui semblait un homme fier, fiable, droit, puissant et honnête. Qu'il avait des armes de guerre lumineuses comme le soleil et grondantes comme le tonnerre et qu'il le respectait pour ça. Il a évoqué le vieux temps des alliances entre les peuples qui s'étaient partagé la Terre, bien avant que son père et le père de son père naissent, et il a dit que le peuple venu de France aurait le droit de recevoir une parcelle aussi, parce que le peuple de France était vaillant et qu'il savait viser le cœur des ennemis de ses amis.

En pleine mer, il vivait le plus souvent dans sa cabine, écrivant et dessinant. La crasse entre ses phalanges se mêlait avec l'encre et il s'en mettait partout quand il s'oubliait. Il en avait dans le front et sur les lèvres quand il est monté sur le pont après avoir entendu l'appel d'un des marins juchés haut dans le mât. Il a noté la date dans sa tête, c'était le début de quelque chose.

Des années plus tard, quand on viendrait à l'intérieur des murs lui annoncer la mort du grand sagamo Anadabijou, chef des Innus dits Montagnais, il repenserait au moment où François Gravé, sieur du Pont, avait scellé la première alliance au nom du roi et du Seigneur, après quoi on avait consommé dix grandes marmites de viande d'orignal, d'ours, de phoque et d'autre gibier plus rare encore. Les trois sauvages sont entrés comme s'ils étaient chez eux, l'insolence à fleur de peau, et se sont plantés devant l'habitation. Il est sorti, une main sur son missel et l'autre sur un couteau graisseux mais très bien affûté.

Dans l'enceinte de Québec on avait réussi à faire pousser des oignons et des citrouilles, des carottes et des petites fleurs qu'on traitait en infusion. On avait fait creuser un puits et on arrosait le potager chaque deux jours. Les sauvages étaient presque nus parce qu'il faisait très chaud et le premier du groupe avait poussé l'arrogance jusqu'à se gratter entre les jambes en lui adressant la parole. Il ne comprenait toujours pas ce qu'ils disaient, les mots qu'ils employaient étaient le même, répété en mille variantes et mille incarnations. Ce n'étaient pas des mots, mais seulement des sons qu'ils lui envoyaient, des balbutiements d'enfants ingrats et sales, et un jeune truchement dont il oubliait le nom a remis les syllabes en ordre apostolique, et il a compris qu'il allait pouvoir enfin monter jusqu'au grand lac, d'un rond parfait, auquel on lui avait refusé l'accès tant de fois.

Quand ils ont mouillé dans la petite baie de la pointe de saint Mathieu, tout près de là où on avait construit un poste appelé Tadoussac quelques années auparavant, les bourgeons éclataient tous en même temps dans les branches, les hautes comme les basses, les petites comme les grosses, et les épines des pins reprenaient de la vigueur et on voyait tous les détails d'un pays sans fin qui s'aplanissaient devant les yeux éblouis comme sur une carte ordonnancée. Ils ramenaient deux sauvages avec eux sur le bateau, qui ne se parlaient pas dans leur langue, sauf quand personne ne regardait, et le plus jeune des deux, qui avait refusé le baptême durant deux ans, a senti bien avant tout le monde l'odeur du grand feu qui crépitait dans ses narines.

Le dit Sauvageau a terminé sa harangue, il a redit son nom plusieurs fois, Mistenapeo, et il l'a regardé, lui aussi, il l'a regardé et ses yeux à lui se sont fixés dans les siens et leurs humanités respectives se sont entrechoquées. Ils ont presque partagé quelque chose à ce moment-là, que certains ont cru voir passer entre eux, quelque chose comme un partage, mais ça a duré une fraction de seconde. Le reste appartient à l'histoire.

Chapitre 5
Mistenapeo

Virginia Pésémapéo Bordeleau

Il s'est dirigé vers son chef Anadabijou, accompagné des navigateurs français, encore vêtu des habits qu'il portait lors de la traversée de la grande mer pour son retour après deux années passées en France. On l'appelait Mistenapeo – le grand homme – car il avait une stature imposante, une charpente tout en finesse avec une ossature enveloppée d'une chair souple, qu'il avait gardée malgré la nourriture mangée dans ce pays, si différente de celle de son peuple. Les Français, eux, l'avaient surnommé Sauvageau : il demeurait silencieux et souriait à peine lorsque les gens s'adressaient à lui. Au fil des mois, il avait assez bien appris la langue du pays en compagnie de son ami montagnais, Kapishat, surnommé Grandbois, qui avait voyagé sur le même vaisseau que lui, dont le capitaine portait le nom de Chauvin.

Mistenapeo ne comprenait pas vraiment la raison pour laquelle il avait accepté de vivre cette aventure. Toutefois, la présence de son compagnon lui avait donné un sentiment de sécurité et ils avaient partagé leurs impressions et leur incrédulité face à l'immensité de cette eau qu'ils ne connaissaient qu'à partir de la côte. Ils avaient appris par ces étrangers qu'il fallait des jours et des jours pour arriver jusqu'à leur terre, mais jamais il n'aurait cru qu'il en fallait autant. Le voyage avait été si long que la viande que Mistenapeo avait l'habitude de manger avait manqué, malgré les bonnes prises de poissons des marins. La pensée de sa compagne lui était revenue sans cesse ; il s'était demandé si ces hommes barbus avaient des épouses qui les attendaient à destination, car il n'y avait aucune femme à bord. Il avait vu des scènes lubriques entre les matelots, se satisfaisant l'un l'autre, et lorsqu'un d'eux l'avait serré de trop près il l'avait rembarré en lui pointant son couteau contre le ventre – non qu'il soit pudique, mais l'odeur et l'aspect physique de cet homme le répugnaient. Les marins n'avaient pas insisté, craignant les conséquences de leurs gestes malheureux envers un des invités de marque du capitaine.

Mistenapeo est revenu sur le motif de sa rencontre avec Anadabijou en se remémorant la demande de cet homme, Champlain, qui tout le long du trajet avait porté le regard sur lui. Ses attentions, sa sympathie envers lui – comme s'il était une femme – l'avaient parfois rendu mal à l'aise... Il devait maintenant dire devant son peuple tout ce qu'il avait vu de bien chez ces étrangers, et devait témoigner de leur volonté de leur apporter une aide matérielle pour développer leurs territoires et combattre les Iroquois à leurs côtés. Aucune de ses paroles ne lui est apparue fausse sur le moment alors qu'il déclamait toutes les grandeurs et les richesses qu'ils avaient vues là-bas, de l'autre côté de La Grande Eau. Il était éblouissant dans le pourpoint rouge et noir agrémenté d'une collerette pendante en tissu blanc, sur laquelle ses cheveux noirs, qu'il avait gardés longs, flottaient au gré d'un vent capricieux. Il a raconté les villes avec les maisons construites en pierres taillées de si grandes dimensions qu'il avait cru qu'il s'agissait d'un peuple de géants, jusqu'à ce qu'il assiste à une taille de maçonnerie avant l'érection d'une église. Il a parlé du nombre infini d'habitants de cette bourgade appelée Paris, population si grande qu'il n'y avait plus de mots en la langue innue pour en donner seulement un début d'évaluation et d'entendement. Il a décrit sa rencontre avec le roi, qu'il a peint comme le père de tous les résidents de ces territoires et de ces villes, un grand chef qui avait droit de décision sur tout dans son royaume. Anadabijou a été fort impressionné par les paroles de son émissaire et, avant de discourir à son tour, il l'a remercié de toutes ces bonnes nouvelles et l'a invité à partager la tabagie avec lui et ses invités français.

Mistenapeo s'est retourné lorsque son chef a pris la parole. Il a aperçu sa compagne parmi les femmes qui préparaient le festin. Elle se tenait debout face à lui et a souri timidement, ne sachant pas s'il était encore son mari, pensant qu'il avait pu prendre épouse là-bas, une étrangère à la peau blanche, puisque lui-même était habillé tel un Mistigoughi. Elle était belle, élancée et ne portait pas d'enfant en apparence, les seins nus au-dessus de son pagne entourant sa taille : peut-être avait-elle attendu son retour ? Les traversées se terminant souvent par la mort de leurs hommes, atteints par des maux qu'aucun remède ne parvenait à guérir, les Amérindiennes prenaient souvent un autre amant dans leur cabane pour les assouvir et les tenir au chaud au long des hivers sans fin. Mistenapeo lui a souri à son tour. L'alliance était ainsi rétablie et il a su qu'il irait sur ses fourrures cette nuit.

Alors que la harangue d'Anadabijou s'éternisait, celui que les Français nommaient Sauvageau s'est éloigné de l'assemblée afin de jouir de la vue de ces forêts et de cette bourgade si dissemblables à celles qu'il avait découvertes en Europe. Il avait appris les termes désignant les découpages que les Blancs font de leurs terres : continent, pays, région, ville. Un frisson d'angoisse l'avait saisi quand il avait compris que ce séjour chez l'étranger l'avait transformé à jamais – en effet, comment allait-il allier ses souvenirs de France à ceux de sa vie aux Indes occidentales, selon le terme que les Français utilisaient pour désigner son territoire qu'il savait immense, car les nations entretenaient des relations d'est en ouest et du nord au sud ? L'attachement qu'il ressentait pour son peuple lui faisait entrevoir ce que ces hommes, avec qui il avait vécu deux longues années, allaient véritablement apporter au peuple rouge.

Debout à côté du grand chef, Samuel de Champlain a jeté un regard vers le lointain, vers le ciel et les nuages qui prenaient des teintes rosées par la descente du soleil, qui emportait aussi avec lui la chaleur du jour. Il se réjouissait à l'idée qu'un jour ce continent appartiendrait aux Français, but véritable de toutes ses pérégrinations, quitte à unir les deux races par le sang ! Le cartographe a alors vu Sauvageau, seul devant la baie de Tadoussac, dos à tous et dont les épaules semblaient porter un lourd fardeau, et il a tremblé secrètement au souvenir de cet homme dont la beauté lui révélait la nature de ses désirs. Il l'avait rencontré pour la première fois sur le navire. Champlain avait connu des sauvages lors d'un précédent périple, mais ceux-là n'avaient jamais eu de contact prolongé avec sa civilisation, bien qu'ils fussent aussi bien bâtis physiquement que ce Mistenapeo, qui avait la grâce des gestes appris à la cour de France. Le voyage avait duré près de deux mois. Champlain était souvent allé sur le pont pour voir si le sauvage y était, car Sauvageau tendait à se tenir là, devant la mer étale ou démontée, ou même de nuit, à regarder en l'air du côté des étoiles, par temps clair. Champlain ne savait pas ce que cet homme pensait, ce qu'il gardait en lui de ses expériences françaises.

Les yeux du cartographe avaient erré sur la peau foncée du Montagnais quand son pourpoint, qu'il avait fini par accepter de porter – en partie parce que ses vêtements de peaux le gênaient dans cet univers nouveau, et en partie parce que ses hôtes le regardaient comme une bête curieuse – se détachait. Champlain avait été séduit par les lignes fines des veines qui couraient sous la transparence de cette chair bleutée par endroits. Il avait mis sa paume sur cette poitrine ferme, celle d'un guerrier. Mistenapeo avait retiré la main en plantant son œil dans celui de cet être aux mœurs de femme : un geste doux mais décidé, car l'Indien savait qu'il ne pouvait user de violence ni en territoire étranger ni sur ce vaisseau, que sa vie en dépendait, tout comme celle de son ami Kapishat. Il devait se montrer diplomate, car ces gens allaient soutenir les Montagnais dans leurs guerres contre les Iroquois, et s'il provoquait ce Champlain, qui semblait être respecté par le capitaine, tout le projet du chef Anadabijou tomberait à l'eau. La mission dont il avait été investi réussirait si les avances de cet homme ne le poussaient pas à le précipiter dans les eaux de l'océan complice. Oui, les Français possédaient l'armement pour vaincre les Iroquois – non seulement des arquebuses, mais aussi des machines noires monstrueuses crachant la mort qu'ils nommaient canons. Sauvageau s'était tenu le plus souvent avec son compagnon innu, évitant de se trouver seul, gardant ainsi Champlain à distance. Tous les deux devisaient de leur retour et des mots qu'ils diraient devant leur communauté et devant ces Blancs, qui seraient témoins. Ils partageaient le sentiment d'étrangeté qui les habitait comme si tout ce périple eût été un rêve, semblable aux songes qui tenaillaient Mistenapeo de plus en plus souvent la nuit dans son sommeil.

Ignorant que Champlain fixait son regard sur lui, peut-être pour la dernière fois, Mistenapeo s'est dit en lui-même : « Il me semble que nous sommes allés dans un autre univers, sur la déesse de la nuit, la lune, et que personne n'arrivera à nous comprendre même si nous répétons de jour en jour ce que nous avons vu. »

La nuit venue, la tabagie terminée, il a rejoint son épouse sur sa couche. Leurs ébats ont duré un long moment, non qu'il n'ait pas connu de femme là-bas – les Françaises étaient friandes de nouveauté sexuelle –, mais il retrouvait ici l'odeur, le goût de la peau de l'Amérindienne, une saveur naturelle, animale et non dissimulée par des parfums qui parfois lui avaient soulevé le cœur lorsqu'il avait fait l'amour avec une Blanche. Peu avant l'aube, le silence a fait place aux derniers cris des fêtards qui terminaient les restes de viande. Il s'est endormi profondément sur le corps de sa femme.

Puis le songe est arrivé.

Une nation habitant dans une baie éloignée racontait qu'un monstre femelle gigantesque vivait dans une forêt et qu'elle se nourrissait d'humains. Nul n'avait jamais été témoin de sa présence, bien que des rumeurs prétendaient le contraire. Mistenapeo voyait Champlain s'approcher de sa tente, avec son visage couvert de poils et ses longues boucles. Il voulait l'empêcher d'entrer en bloquant l'accès avec des fourrures et en ordonnant au chien de sa femme de le mordre si besoin était. Il voyait à travers l'écorce du tipi et se doutait qu'il rêvait. L'homme blanc se tenait devant la sortie, se mettait à mouvoir ses mâchoires d'une façon d'abord grotesque puis de plus en plus horrible, car son visage et son corps se transformaient d'instant en instant. Ses cheveux poussaient à un rythme effréné, ses dents s'allongeaient en crocs, sa bave coulait sur son menton, qui s'étirait… Le guerrier devait porter son regard de plus en plus haut pour voir la transformation de Champlain en femelle carnivore, la Gougou des Micmacs.

Sorti de son sommeil dans un immense cri, Mistenapeo a réveillé sa compagne. Celle-ci a constaté dans le demi-jour la terreur sur le visage de son homme, qui ne la reconnaissait pas et qui continuait à hurler en se roulant sur les fourrures. Il s'est levé brusquement puis est sorti en courant follement à droite et à gauche sur le sentier menant vers la baie. La femme a ressenti un profond sentiment d'impuissance, ne sachant pas quel sort ces gens venus d'ailleurs avaient jeté dans l'esprit de Mistenapeo. Une haine féroce a jailli dans son ventre.

Le Montagnais, toujours sous l'emprise du songe, s'est jeté à l'eau dans l'espoir de lui échapper. Il était nu, frissonnant au contact du froid sur sa chair, mais il est revenu à la réalité. Il a plongé afin de laver sa tête des images intolérables qui s'y étaient logées, a nagé un moment avant de revenir vers la grève. Soudain, il a eu une vision : une multitude de constructions de pierres semblables à celles qu'il avait vues en France s'étalaient sur le paysage à la place des cabanes et des forêts. Il est retourné vers sa femme à la course. Celle-ci lui a fait boire une tisane amère, espérant avec cette médecine guérir son conjoint de l'esprit mauvais qui l'avait attaqué dans son sommeil.

– Je dois parler avec le sorcier, il me dira le sens de ce songe.

Le sorcier n'a pas été d'un grand secours pour Mistenapeo. N'ayant pas traversé la mer vers le continent de Champlain, il ne pouvait comprendre cette prémonition. Seul et à part soi, Mistenapeo arrivait quand même à entrevoir l'ampleur du désastre qui menaçait son peuple. Il avait été témoin de l'insalubrité des rues de Paris, de la pauvreté des petites gens qui y vivaient, de leurs dents cariées et de leur mauvaise haleine. Il savait que des seigneurs prenaient le meilleur et que le peuple devait se soumettre, puisque les soldats du roi les contrôlaient. Alors que chez lui, chacun avait sa part de nourriture et de fourrures lorsque le gibier abondait, là-bas, tout revenait aux nantis. Ses visions lui montraient qu'un jour les gens d'ici, des âmes libres, deviendraient également des esclaves sur leurs propres territoires. Leurs espaces si giboyeux seraient réduits à peau de chagrin. Que sur l'immensité, des habitations s'élèveraient et envahiraient les étendues d'herbe et d'arbres. Il se désespérait de ne pouvoir partager ces idées et ces pressentiments avec qui que ce soit, sauf sa compagne.

Il a alors pensé à se débarrasser de Champlain, que la majorité appréciait. Il entendait parfois des mots durs prononcés contre lui par les ouvriers français qu'il ne traitait pas aussi bien que ceux vivant auprès de lui.

Sa vision – sa transformation en Gougou –, le tourmentait. Il ne saisissait pas complètement le sens de cette image ; cependant, il sentait confusément qu'elle était en lien avec la présence des Français. Peut-être valait-il mieux faire une alliance avec leurs ennemis naturels, les Iroquois, pour repousser ces envahisseurs vers leur pays? Comment faire comprendre aux chefs le danger qui les menaçait tous, hommes, femmes et enfants?

Il en était à ces réflexions lorsque les feuilles ont commencé à tomber. Les formations d'oies dans le ciel annonçaient la fin de l'opulence estivale. Les Français avaient pris la décision de construire des habitations afin que quelques-uns d'entre eux y passent l'hiver. Connaissant la rigueur du gel d'ici comparée à celle de la France, il s'apercevait que les étrangers avaient omis de se renseigner sur les conditions auxquelles ils allaient faire face au cours des mois où leurs couvertures en lainage et leurs habits en tissu ne suffiraient plus à les protéger. Il connaissait aussi cette maladie qui affectait les gens en manque de nourriture saine. Il surveillait de loin et par ouï-dire l'avancement des travaux de fondation de la colonie, que les Européens voulaient permanente. Il se prenait à espérer que ces gens allaient tous périr vu la férocité de la saison hivernale et leur incapacité à chasser ici, par manque de vigueur et de connaissance des mœurs animales du pays. En raison du froid et à force de manquer de vivres, ils délivreraient Mistenapeo de ce péril qui pesait sur sa vie et celle des nations essaimées sur tout le Monde Ancien.

Un espoir fou a vu le jour dans son cœur. Il s'est mis à hululer et à danser sur place, les pieds au chaud dans ses mocassins et le corps enveloppé de fourrures. Il a entonné un chant de victoire à la nuit tombée puis s'est penché pour ramasser les lièvres tués plus tôt dans la journée. Il a marché, de nouveau léger, vers l'abri calfeutré de sa femme.

Chapitre 6
Construire un village.
Le désastre de l'île Sainte-Croix

JEAN M. FAHMY

Les rayons du soleil ricochent à l'infini sur un vaste charnier de glaces.

Louis se tient à mes côtés, les yeux écarquillés. Cela fait déjà deux semaines que la baie a commencé à geler, et Louis et moi ne cessons de nous précipiter tous les matins sur la berge pour regarder, effarés, l'extraordinaire spectacle qui s'offre à nos yeux.

Voilà deux semaines, quand les premiers blocs de glace se sont formés à la surface de l'eau, nous avons admiré l'immense étendue blanche qui commençait à prendre sous nos yeux. D'heure en heure, l'eau moirée de l'océan perdait ses teintes assombries, les vagues cessaient de clapoter doucement avant de mourir sur la berge et la baie s'aplanissait graduellement, devenait grisâtre. En quelques jours, elle a dessiné un vaste champ plat, gris et froid.

Une nuit, une petite neige fine est tombée pendant plusieurs heures ; le lendemain, le champ gris et désolé qui s'étendait la veille devant Louis et moi est devenu une vaste plaine blanche et éblouissante. Le paysage est maintenant féérique. Le soleil éclabousse de blanc l'infini qui se déploie devant nous et remplit l'île, le ciel et l'horizon d'une lumière dure, incandescente.

Monsieur de Mons a ordonné à certains hommes de se rendre vite sur le continent afin d'en rapporter quelques victuailles et de demander aux Indiens, s'ils étaient encore dans leur village, d'abattre pour nous un cerf ou deux. Nous avons vu trois hommes, accompagnés du truchement de l'expédition, partir gauchement sur la glace, glisser avec leurs minces chausses sur la surface lisse, tomber et se relever à grand-peine. Quand ils sont revenus, ils n'avaient réussi à ramener que quelques fruits et petits animaux attrapés au collet ; quant aux Indiens, ils avaient abandonné le village construit quelques mois plus tôt.

Les trois hommes ont fait rapport à monsieur de Mons de la difficulté qu'ils ont eue à traverser la baie. Leurs chausses glissent tout le temps sur la glace et leurs pieds s'engourdissent d'un froid mortel, ralentissant leur marche. J'ai vu messieurs de Mons et de Champlain froncer le sourcil.

Un jour, nous avons remarqué que la glace commençait à se fissurer. La marée, qui nous a surpris par sa hauteur quand nous sommes arrivés sur l'île, semble se colleter avec la glace en de longs craquements sinistres, la combattre, la briser en mille morceaux. Le champ de glace paraît maintenant se hérisser contre cet assaut, se couvrir de mille épines, de mille pieux comme pour freiner l'irrésistible avancée de l'eau qui reflue en furie dans la baie.

Le lendemain, les hommes que monsieur de Mons voulait dépêcher sur le continent reviennent au bout d'une heure : ils n'ont pu franchir qu'une centaine de toises et leurs pieds, déchiquetés par la glace, sont ensanglantés. Je vois monsieur de Mons convoquer monsieur de Champlain et certains autres de ses aides dans sa vaste demeure ; quand ils en ressortent une heure plus tard, leur air grave confirme ce que nous avions tous compris : nous sommes prisonniers de l'île Sainte-Croix, tant que ce champ de glace étendra entre l'Acadie et nous l'infranchissable barrière de ses crocs durs et acérés.

Nous nous tenons donc, Louis et moi, debout comme d'habitude sur la berge ; nous avons, nous aussi, compris la gravité de la situation dans laquelle nous nous trouvons, ainsi que tous les hommes qui sont venus avec nous de France pour bâtir dans le pays de Canada cette « Nouvelle-France » que ne cessent d'évoquer messieurs de Mons et de Champlain.

Louis se tourne vers moi : « Te souviens-tu, Denis, de ce jour où nous avons quitté Le Havre ? T'en souviens-tu ? Le soleil brillait comme aujourd'hui, mais il n'y avait ni glace ni vent aigre dans le port. »

Je m'en souviens parfaitement. C'était il y a plus de huit mois ; huit mois déjà ! Que d'aventures depuis ce jour où un voisin est venu, à Honfleur, frapper à la porte de mon père pour lui parler d'un sieur de Champlain ! Que de péripéties ! Que de dangers ! Mais aussi quelle exaltation ! Quelle ivresse du large, de la découverte, de la fraternité dans l'aventure et le danger !

Le voisin s'appelait Martin. Il était venu raconter une histoire extraordinaire à mon père, qui le recevait dans notre atelier de menuiserie. J'y rabotais une planche et j'entendis toute leur conversation.

Martin évoquait une expédition que le roi Henri organisait pour explorer et peupler le vaste territoire du Canada, de l'autre côté de l'océan. Sa Majesté avait nommé à la tête de cette entreprise un certain sieur de Mons, un gentilhomme au noble cœur. D'autres gentilshommes étaient également de la partie, dont un certain sieur de Champlain, qui, disait Martin, était déjà allé en Amérique.

Les envoyés de monsieur de Mons, a poursuivi Martin, cherchaient de bons charpentiers pour construire là-bas de solides demeures. «Et c'est alors que j'ai pensé à toi, Denis», a-t-il ajouté en se tournant vers moi.

Je sciais et rabotais du bois depuis toujours, dans l'atelier de mon père, qui m'avait appris toutes les finesses du métier : comment préparer des planches, comment monter un mur, comment installer des fenêtres ou des portes. Martin connaissait mon talent. C'est pourquoi il était venu nous voir.

J'avais dix-neuf ans et l'océan qui s'étendait devant nous à Honfleur m'avait toujours fait rêver. Mon père hésitait, mais je lui ai promis de prendre bien soin de moi-même et de revenir au bout d'un an. Il a fini par accepter et, un jour d'avril de l'an de grâce 1604, le *Don de Dieu*, le navire sur lequel je devais voyager, quittait le port du Havre, où j'étais arrivé quelques jours plus tôt, après m'être arraché aux embrassades de mon père et aux larmes de ma mère et de mes sœurs.

C'est sur le navire que j'ai vu pour la première fois monsieur de Mons. Je savais qu'il allait diriger l'expédition. Je n'ai pas tardé à remarquer à ses côtés un homme qui le quittait rarement et qu'on m'a dit être le sieur de Champlain. « C'est lui, me dit un vieux marin, qui connaît l'océan. » Il connaissait aussi cette Amérique vers laquelle nous voguions, et que nous voulions aborder par le pays dit de l'Acadie.

La traversée a été rapide ; je dormais dans la cale, non loin de l'enclos où l'on avait entassé les porcs, les dindons et les poulets ; j'étais tellement exalté par tout ce qui m'arrivait que je n'étais guère incommodé par l'odeur nauséabonde qui y régnait et dont se plaignaient même les marins qui avaient souvent navigué sur l'océan.

Quelques jours après notre départ, j'ai vu sur le pont un visage qui ne m'était pas inconnu : c'était Louis, un marin de Honfleur, plus âgé que moi d'un an, que j'avais croisé dans le port. Nous sommes bientôt devenus amis. Louis m'a appris à interpréter la force du vent et la dérive des nuages, tandis que je l'emmenais dans les cales pour lui montrer avec fierté les amoncellements de bois d'œuvre que transportait le navire pour nous permettre de construire un bourg français en Acadie.

Toute la science de Louis ne l'avait cependant pas préparé au déchaînement furieux de l'océan, trois semaines après notre départ. Des vagues hautes et serrées ont déferlé sur le *Don de Dieu*, et le navire gémissait de toute sa mâture, se penchait tant sur l'eau que je croyais qu'il ne se redresserait jamais, et je récitais mon Pater Noster au milieu des imprécations des marins et des grognements des porcs affolés dans la cale.

Nous avons finalement atteint, un mois plus tard, la côte de l'Acadie. J'ai aidé les autres charpentiers à monter les chaloupes que nous avions démontées pour l'embarquement, au Havre. Monsieur de Champlain est parti explorer la côte avec

Louis et quelques autres marins, tandis que je m'attelais à réparer les avaries que l'océan avait infligées au navire.

Quand monsieur de Champlain est revenu, quelques semaines plus tard, il semblait déterminé. Le *Don de Dieu* a quitté son mouillage et nous avons pénétré dans une vaste et belle baie, appelée la baie Française. Le navire a jeté l'ancre devant une île, « que nous appellerons l'île Sainte-Croix », a annoncé monsieur de Mons.

Ah! Qu'elle était belle, l'île, en ce beau jour de printemps où nous y avons abordé pour la première fois. Elle était couverte de prairies qu'ombraient de nombreux bosquets d'arbres majestueux. Nous avions été prisonniers du navire pendant de longues semaines et nous sommes descendus dans l'île courir, nous délasser; et j'ai vu de jeunes marins se rouler dans l'herbe en riant. Même les horribles moustiques, ces bestioles semblables à de minuscules mouches noires qui nous dévoraient le visage et parsemaient notre corps de cuisantes brûlures, n'ont pas réussi à nous abattre.

Nous voilà enfin arrivés, dans cette Amérique dont nous rêvions tous! Nous étions libres et nous allions découvrir un monde nouveau, créer un beau pays pour notre roi, rencontrer les sauvages à qui nous allions parler de Notre Seigneur; nous allions découvrir de vastes et riches mines, explorer les chemins qui nous mèneraient en Chine, avant de retourner au pays chargés de grandes richesses.

Devant le vaste et beau pays qui s'étendait devant nous, j'ai vu de vieux marins dont les yeux s'embuaient, j'ai vu de jeunes mousses qui se bousculaient en riant, et même les porcs et les poulets, heureux de sortir enfin de leurs cales sombres, s'ébrouer dans l'herbe haute ou caqueter en agitant leurs ailes.

Il a cependant fallu nous mettre rapidement au travail. Nous avons sorti des cales du *Don de Dieu* et de *La Bonne Renommée*, le second navire de l'expédition qui venait de nous rejoindre, tout le bois d'œuvre que nous avions amené avec nous. Il a fallu abattre les arbres de l'île, pour la dégager pour nos constructions. Au dernier moment, monsieur de Mons a demandé qu'on épargne, au milieu de l'île, un arbre majestueux qui se dresserait au centre du bourg.

Il a fallu construire, à l'extrémité de l'île, une plateforme pour y jucher un canon ; on se méfiait en effet des vaisseaux anglais ou hollandais, et surtout des navires de contrebandiers qui pouvaient nous surprendre. Une fois notre sûreté assurée, nous avons commencé à édifier le bourg, qui deviendrait, nous assuraient monsieur de Mons et ses aides, « la première ville de France en Amérique ».

Je travaillais avec acharnement, et les vieux charpentiers qui dirigeaient la main-d'œuvre, voyant mon enthousiasme, me félicitaient. Même monsieur de Champlain, qui venait régulièrement inspecter l'avancement des travaux, me gratifia à quelques reprises d'encouragements qui me touchèrent d'autant plus qu'on le disait homme sévère et réservé.

Louis l'accompagnait souvent quand il partait pendant quelques jours pour explorer l'Acadie. Mon ami me racontait ensuite des merveilles : il décrivait un pays généreux et riche, et des Indiens qui venaient palabrer longuement avec monsieur de Champlain, à l'aide d'un truchement qui parlait leur langue.

Sur l'île, les travaux avançaient rondement. Nous avions fini de construire la belle demeure de monsieur de Mons et nous nous sommes attelés à ériger les casernes des Suisses et le vaste magasin où l'on entreposait les vivres. Une haute et belle palissade entourait le tout, et je n'ai pu m'empêcher d'admirer bientôt ce beau bourg tout neuf qui me rappelait des villages de France, sauf peut-être pour la belle maison de monsieur de Mons.

Il a fallu se préparer à affronter l'hiver. Les pilotes qui nous avaient conduits à travers l'océan nous disaient qu'il ne fallait guère s'inquiéter, qu'on était justement à la hauteur de Honfleur, que l'Acadie regorgeait de victuailles et de bois, et que les Indiens rencontrés par monsieur de Champlain se montraient accueillants.

En novembre, les bises aigres nous ont rappelé les vents les plus froids qui soufflaient sur Honfleur au cœur de l'hiver. Cela ne ressemblait guère au climat de notre pays! Il a fallu abattre de nombreux arbres, car nos bûches s'épuisaient vite et nous avions de plus en plus froid, la nuit, dans nos dortoirs.

La neige s'est mise à tomber avec violence. Elle s'entassait contre nos murs, grimpait le long de la palissade, enterrait le canon, qu'il fallait dégager chaque quelques jours, jusqu'à ce que le gel de l'eau de la baie éloigne tout danger de notre établissement, aucun navire, ami ou ennemi, ne pouvant plus s'approcher de l'île.

Messieurs de Mons et de Champlain ont décrété qu'il fallait rationner les vivres; il était impossible de pêcher du poisson et, de toute façon, nous n'aurions pu le cuire, faute de bois.

Le soir de la naissance de Notre Seigneur Jésus-Christ, le vent soufflait si fort, la neige tombait si dru que nous ne pouvions pas nous voir à quelques pas de distance les uns des autres.

❖

Nous avons maintenant de plus en plus faim ; les porcs et les poulets qui étaient sur nos navires ont été dévorés depuis longtemps, et la morue séchée qui remplissait les cales du *Don de Dieu* et de *La Bonne Renommée* s'épuise bien vite, comme s'épuisent les légumes que monsieur de Champlain avait fait planter en été dans les jardins de l'île.

Mais c'est le froid qui nous tourmente le plus. C'est un froid mordant, terrible, qui nous laboure la peau et nous brûle les yeux. Les pilotes qui avaient affirmé que nous jouirions du climat de Honfleur n'osent plus se montrer devant nous.

Un mal curieux s'abat sur certains hommes. C'est un mal terrible, et certains marins affirment en avoir entendu parler par de vieux loups de mer qui ont fait de longues traversées sur les océans.

Marins, artisans et même soldats, parmi les plus vieux ou les plus faibles, se mettent à se tordre dans d'atroces douleurs. Deux ou trois en sont morts, puis d'autres, et d'autres encore. Les hommes les plus forts peinent à les traîner hors de l'enceinte et à les abandonner dans la neige, car le sol est trop durci par le gel pour qu'on puisse leur assurer une sépulture chrétienne.

Un matin – nous sommes vers la fin du mois de février – Louis s'approche de moi : il est pâle, plié en deux. Il a mal partout, me dit-il. Je pâlis à mon tour... J'ai souvent entendu d'autres hommes de l'établissement se plaindre ainsi.

J'entraîne mon ami vers le dortoir, le mets sur sa couche et le couvre de plusieurs peaux. Dans la pénombre, j'entends des gémissements ; Louis commence à son tour à se plaindre, à se tordre, à gémir de plus en plus fort. Quand il arrive à reprendre son souffle, il me murmure d'une voix faible : « J'ai mal, Louis, j'ai mal!» Je ne sais comment le soulager, et les larmes me montent aux yeux.

Je le veille ainsi plusieurs jours et plusieurs nuits. Les chirurgiens sont impuissants, et les hommes continuent de mourir. Louis sait ce qui l'attend, et me répète, dans un souffle de plus en plus court, inaudible: «Je vais te quitter, Denis. Je ne reverrai plus Honfleur.»

L'un des deux prêtres de l'établissement vient le confesser; nous savons que sa fin est proche.

C'est alors que je sens de légères crampes me durcir tout le corps. Mon cœur se met à battre très fort: c'est exactement ce que Louis a d'abord senti. Je me couche vite près de lui; il me regarde avec étonnement, mais quand il m'entend commencer à gémir, lui qui souffre mille morts depuis plusieurs jours, il me jette un regard plein de pitié et d'amitié.

Je me mets à souffrir mille morts à mon tour; des spasmes terribles me secouent; j'ai le sentiment que tous mes organes se tordent dans mon corps. Je sais que je vais mourir. Et quand on vient ramasser la dépouille de Louis, qui a rendu le dernier souffle, je n'ai même pas la force de pleurer.

Dans les rares moments où la douleur ne m'assomme pas dans ma couche, des fragments de rêveries me traversent l'esprit; je me demande si je rêve ou si je délire.

Je me retrouve à Honfleur, dans le port de ma ville, en train de rêver devant l'océan; je me vois sur le *Don de Dieu*, en train de rêver à cette Amérique que nous allions conquérir sans l'ombre d'un doute, et à cette Chine dont nous allions trouver la route pour nous emparer de ses richesses.

D'autres fois, je me rappelle ce que tout le monde dans l'établissement disait des rêves et des ambitions de monsieur de Champlain : il allait découvrir un monde nouveau, créer des liens avec les Indiens, en faire de loyaux sujets du bon roi Henri, les amener à la vraie foi. Et voilà que messieurs de Champlain et de Mons nous ont entraînés dans une impasse. Le rêve s'est fracassé sur cette île, sur ces champs de glace, sur cette nature morne et froide.

J'ai rêvé et mon rêve s'effondre. Ceux des autres aussi, et surtout de ce monsieur de Champlain, qui est l'âme de cette entreprise ; je me demande si les rêves doivent toujours se fracasser contre un monde hostile. N'est-il donc pas possible de rêver à une grande chose, et ensuite de la vivre ?

D'autres fois, je pense à mes parents, à mon père, à qui j'avais promis de revenir à la maison sain et sauf. Fou que j'étais ! Je n'avais pas saisi à quel point le monde était cruel.

Les jours passent et je m'affaiblis de plus en plus. Puis, un matin, un marin que je ne connais guère se penche vers moi, me tend un gobelet et me fait boire une potion. Je m'endors. Quand je me réveille, on me force à boire de nouveau la même concoction.

Deux jours plus tard, je me sens mieux. Je m'étonne : comment ces atroces douleurs ont-elles pu diminuer ainsi ? On m'explique que le mois de mars a fait fondre un peu la glace de la baie, qu'on a pu se frayer un passage entre les gros blocs pour se rendre en canot sur le continent. Monsieur de Champlain s'y est rendu, y a rencontré des Indiens et a obtenu d'eux des herbes qui soulagent le mal mystérieux qui s'est abattu sur nous. Et ces herbes ont longuement macéré dans la potion qu'on m'a fait boire.

Au bout de quelques jours, je me sens moins faible ; on me dit que la glace a complètement fondu dans la baie et que je vais pouvoir admirer de nouveau le soleil miroiter sur l'eau. Un autre jour, monsieur de Champlain vient dans notre dortoir. Nous y sommes deux ou trois survivants. Il se penche vers moi et me dit: «Je suis content, Denis, de savoir que tu as réchappé à ce mal. Nous allons bientôt quitter l'île, retourner en France, refaire nos forces pour revenir ici. Nous allons construire au Canada une belle province pour notre bon roi. Et j'aurai alors besoin de bons charpentiers, comme toi, Denis!»

Chapitre 7
Port-Royal, pas si royal que ça

Gracia Couturier

Ce soir, l'Ordre du bon temps a lieu chez monsieur de Champlain lui-même. C'est d'ailleurs lui qui en a eu la brillante idée. Pour bien nourrir son monde, a-t-il dit, pour que le scorbut ne vienne plus, comme un avare, lui ravir encore des vies. Il faut dire, à la défense de la sordide maladie, que l'hiver a été très dur à Sainte-Croix. Depuis le déménagement à Port-Royal, la température est plus clémente. L'hiver demeure l'hiver, mais on a eu le temps de s'y préparer, les hommes ne souffrent plus de la disette, et le moral demeure très bon.

Bertrand s'est posté dans un recoin discret à l'extérieur de la forge afin de bien voir défiler les Deschamps, Lescarbot et autres Latour et Poutrincourt dans leurs beaux habits que lui, Bertrand, dit Rouget, n'a jamais pu caresser que des yeux. Il aurait pu dire à ces gracieux messieurs tout ce qu'ils allaient manger dans ce grand dîner puisque, plus tôt dans la journée, il avait vu les victuailles livrées à pleine porte à la maison des

sieurs Champlain et Pont-Gravé. Il se pourléchait d'envie
devant les outardes et les canards qui se balançaient au bout des
bras habiles qui venaient de les tirer. Ou peut-être était-ce plutôt des perdrix, Bertrand ne pourrait le jurer, car il a la vue un
peu courte. Chose certaine, les lapins étaient bien des lapins,
et les Micmacs qui les apportaient étaient de vrais Micmacs.

Bertrand les regarde arriver tous, ces sauvages, hommes,
femmes et enfants, ils sont plus de quarante à suivre le sagamo
Membertou. Accueillis par un valet! «Y'a jamais un valet qui
m'a ouvert la porte, à moi», se dit Bertrand. Et il essaie d'imaginer l'émotion qu'il ressentirait à se faire ouvrir la porte par
un subalterne qui l'accueillerait en visiteur. Et ce qu'il imagine
lui procure une sensation de bien-être qu'il n'est pas certain
d'avoir éprouvé auparavant.

Porté par sa fabulation, Bertrand se dirige vers la maison
des sieurs de Champlain et du Pont-Gravé, maison qui, bien
sûr, arbore un toit surélevé par rapport au reste de l'Habitation. Comme le statut même de ces messieurs qui y logent.
Bertrand approche, l'ombrage de son corps frôlant presque le
pied du mur de la demeure. Celui-ci le sait bien, aucune porte
ne s'ouvrira devant Bertrand, dit Rouget, et c'est pour cela qu'il
s'avance à pas feutrés, un peu en biais, espérant donner l'impression qu'il se dirige ailleurs sans aucune intention d'épier
par la fenêtre de cette maison inaccessible aux roturiers. Son
ombrage est maintenant collé de toute sa longueur sur le mur
de la maison. La fenêtre n'est plus très loin qui lui permettra
de voir à l'intérieur se réjouir ces aristocrates de France qui les
ont charriés malgré eux dans ce pays de froid et de maladies,
«alors que nous, les inférieurs, pense Bertrand, devons nous
contenter de graines et de ce que nous pouvons nous-mêmes

pêcher ou chasser. Personne ne nous livre la nourriture à nos portes, nous. »

Aaaah ! Bertrand arrive juste à temps pour voir l'entrée fastueuse des officiants, monsieur Champlain en tête – c'est lui qui reçoit – portant un sceptre impossible à identifier, serviette blanche sur l'épaule, sourire retroussant davantage sa moustache, un homme élégant, Bertrand est obligé d'admettre. Et les autres à sa suite, chargés de plats fumants et autres mets qui semblent tous aussi délicieux à Bertrand et qui lui creusent l'estomac, même s'il sort à peine de la cuisine. C'est que le Bertrand a bon appétit. Encore un peu sous l'effet du vin qu'il a soudoyé à son voisin le charpentier lors du souper, il lui reste suffisamment de place pour s'en enfiler quelques litres supplémentaires dans le gosier. Dire que tous ces Micmacs y auront droit et pas lui, ça lui tord les boyaux, au Bertrand.

– Hey !

Une main ferme s'abat sur son épaule.

Bertrand sursaute. Sans se retourner, il fait un signe à l'intrus de s'approcher en silence. Mais l'intrus le met plutôt sous arrêt, lui ligote les mains et l'emmène. Petit problème, il n'y a pas de prison dans cette nouvelle habitation, construite avec les maisons récupérées de Sainte-Croix. Où garder le malfrat pour la nuit, jusqu'à ce que monsieur du Pont-Gravé décide de son sort ? Eh ben voilà, le garde conduit Bertrand dans la maison où habitent les soldats. Le voyou sera sous bonne garde.

La nuit est longue pour les soldats suisses qui doivent assurer le guet tour à tour. Et davantage pénible pour ceux qui essaient de s'endormir malgré les ronflements de Bertrand.

Au petit jour, qui se lève tard durant les mois d'hiver, Samuel de Champlain sort de chez lui, reniflant à pleins

poumons le grand air qui nourrit quotidiennement ses rêves
d'établissement en Nouvelle-France. À cet instant, il voit un
soldat approcher à grands pas. Déception de Champlain d'entendre la mésaventure de la veille, mais aucune surprise d'apprendre le nom de l'épieur. Champlain en avertira le lieutenant
Pont-Gravé.

Dans la demeure des Suisses, Bertrand tient conversation
au soldat qui le garde à vue. Ces habits de soldats, c'est chaud?
Est-ce que la paie vaut la peine qu'il se donne? Et le travail?
À part s'entraîner et arrêter les honnêtes gens, ils font quoi?
Lui, le soldat, a-t-il déjà commis un crime? A-t-il une femme
qui l'attend quelque part? Des enfants? Mange-t-il à sa faim?
Le pauvre soldat en a les oreilles rouges d'émotion à se faire
questionner de la sorte, sans arrêt, lui, le plus doux du groupe,
le plus jeune. Vers midi, il est soulagé de voir apparaître, dans
l'embrasure de la porte, le rebord du chapeau de Pont-Gravé.
Le lieutenant toise Bertrand.

– Passé une bonne nuit?

Bertrand baisse les yeux.

– Je voulais seulement voir.

– Eh bien, tu vois où cela t'a mené.

Pont-Gravé le sermonne sur la discipline qu'il faut main-
tenir dans un lieu où chaque jour exige une vigilance absolue
pour assurer la survie. «Ta désinvolture et ta négligence n'aide-
ront pas la colonie à progresser.» Et bla-bla-bla, Bertrand n'entend déjà plus les remontrances du lieutenant qui le ramène à
l'ordre. Puis tout à coup, il s'ébroue comme un chien qui sort
de l'eau quand il entend Pont-Gravé lui demander s'il a faim.

– J'en meurs, Monsieur.

– Parfait. Si tu as compris que la solidarité est notre gage de survie, très bien. Va à la cuisine.

Le soldat défait les liens de Bertrand et celui-ci s'esquive. Pont-Gravé le hèle :

– Et ne prends que ta quote-part.

– Oui, Monsieur. Merci, Monsieur.

Bertrand, dit Rouget n'est pas homme à abandonner une idée qui le tourmente. Quelle que soit l'idée. Même si pour l'atteindre, il doit fournir quelques efforts, il n'est pas regardant à l'ouvrage si cela sert ses desseins. Sitôt le ventre plein, en tout cas moins vide, il sort de la cuisine et franchit à pas rapides la porte de la palissade pour rendre visite à Kito, son copain micmac, convaincu de le trouver à la chasse à cette heure de la journée. De fait, Bertrand ne fait pas trois lieues dans le sentier de neige battue qu'il rencontre Kito et son compagnon sur le chemin du retour. Ils portent un chevreuil suspendu à un bâton. Quel beau morceau ! Une pareille bête lui ouvrirait toute grande la porte de cet Ordre du bon temps qu'il convoite tant ! Il considère même qu'il y a droit. Après tout, son estomac est beaucoup plus grand, il en est certain, que celui d'un Champlain ou d'un Lescarbot. Bertrand n'est peut-être pas bon tireur comme ce monsieur François Addenin, dont le talent pour abattre les sarcelles lui a valu ses entrées dans l'Ordre, mais son ami Kito est un maître chasseur, et un chevreuil donne beaucoup plus de viande qu'une petite bestiole à plumes. En plus de la peau qui garde au chaud durant toute la nuit. Et voilà que Bertrand se met à rêver qu'il dort, ou qu'il ne dort pas, sous une peau de chevreuil, avec une jolie fille.

❖

Toujours est-il que la prochaine réception de l'Ordre du bon temps se déroule chez Marc Lescarbot. Bertrand a convaincu Kito de lui prêter un bandeau et quelques plumes, une pipe et des vêtements de peau afin qu'il puisse se fondre parmi la trentaine de Micmacs admis à la fête. Bertrand se délecte déjà du festin qui l'attend et de la musique qui va lui caresser l'ouïe, musique qu'il n'a toujours entendue que de l'extérieur. Il va enfin savoir comment s'amusent ces gens si dignes et empesés.

Il entre donc chez monsieur Lescarbot, à la suite du sagamo, en se dissimulant derrière son ami. Il observe, fait comme eux, et Kito fait de son mieux pour le faire passer inaperçu. Déjà que Bertrand a eu énormément de difficulté à se raser la barbe, et que des poils hirsutes le trahissent sur le menton et sur la joue gauche. Enfin! les mets défilent devant lui au son de la musique. Les nobles se mettent à table, ils mangent, ils boivent, Bertrand en bave, il attend, leur tour viendra bien puisqu'ils sont invités. Enfin un valet s'approche d'eux, leur lance quelques miettes de pain.

– C'est tout? grogne Bertrand.

Le valet regarde dans la direction de l'impudent, Kito lève la main vers lui comme pour le remercier, cachant par la même occasion le visage de Bertrand.

Monsieur Lescarbot va maintenant déclamer quelques vers, un sonnet qu'il a écrit dans l'espoir d'un avenir prometteur, poème qu'il adresse à monsieur Champlain. «Même si cette colonie n'est encore qu'embryonnaire, dit-il, les plus grands espoirs nous sont permis, tant les âmes nobles qui la dirigent et la soutiennent sont mues par le plus grand désir de servir notre Roi Henri.»

Champlain, ja dès long temps que je voy que ton loisir
S'employe obstinément et sans aucune treuve
[...]
Que si tu viens à chef de ta belle entreprise,
On ne peut estimer combien de gloire un jour
Acquerras à ton nom que desja chacun prise.

Pendant la déclamation de monsieur Lescarbot, le valet observe de haut ces Micmacs assis par terre, ne comprenant rien au discours qu'ils entendent. Et découvre, parmi les Micmacs... un intrus. Champlain est dans tous ses états. Cette mauvaise graine de Rouget pourrait faire pourrir ceux qui l'entourent. Il dormira à nouveau chez les soldats suisses.

Deux jours plus tard, les soldats n'en peuvent plus de ne pas dormir. Ils confient au plus jeune la mission d'intercéder auprès de Champlain afin de leur épargner une nuit de plus avec le ronfleur. Champlain accède à leur demande et obtient la libération de Bertrand. Pont-Gravé en profite pour lui servir à nouveau quelques remontrances.

– M'obligeras-tu, Rouget, à faire construire une prison dans cette enceinte que nous voulons un lieu harmonieux où tous les habitants vivent heureux et prospères ?

Cette fois, Bertrand devra accomplir un travail pour payer sa faute. Il aidera le charpentier à construire les murs qui fermeront le pourtour de la plateforme du canon et qui servira de lieu de détention pour les récalcitrants.

Denis le charpentier et Bertrand, dit Rouget se mettent aussitôt au travail. Le charpentier est un homme courageux qui a du cœur à l'ouvrage. Il ne cesse de louer le ciel de l'avoir épargné de la mort à l'île Sainte-Croix l'hiver précédent. Tout en travaillant, le charpentier raconte à Bertrand l'enfer qu'il a vécu sur cette petite île où tout était resté figé durant des mois. Même le temps.

– T'as pas idée, le Rouget. On était prisonniers du froid, de la faim, de la maladie. Prisonniers de l'île! Allez! Reste pas planté comme une statue, apporte les planches qu'on la fasse, cette prison.

Bertrand hésite, pas certain que cette petite cellule lui fasse plaisir. D'y habiter ne fait pas partie de ses projets.

– Au moins si tu y séjournes, tu seras nourri. Parce que cette année, on a eu le temps de planter des jardins, de récolter des grains, on a du pain, du gibier. On a même du vin et du cidre. Ce qu'on n'avait pas sur l'île Sainte-Croix. Et que tu n'avais sûrement pas, le Rouget, dans les prisons de France.

– T'as peut-être raison, le charpentier, mais moi, j'ai pas quitté les prisons de France pour me faire geler les joyaux dans une prison d'Acadie. Et pourquoi y'a que les nobles qui ont droit à la fête?

Le charpentier hausse les épaules, « Rien ne nous empêche, nous aussi, de nous faire une fête à nous. »

La graine était semée et il n'a fallu que quelques secondes pour qu'elle germe dans la tête de Bertrand, qui convainc aisément Denis le charpentier d'organiser une fête dans la maison des artisans. La perspective de cette fête réjouit tant Bertrand qu'il accélère la cadence, charroie les planches, passe les clous, court chez le serrurier chercher l'essentiel pour cadenasser la porte. Il va même chercher des branches de sapin afin de couvrir le sol et de faire une couche pour les éventuels prisonniers.

Le travail terminé, Bertrand court chez son ami Kito pour l'inviter, lui et sa sœur, à la première «fête de cuisine» chez les artisans. Une coïncidence, sûrement, que cette première se tienne le même soir que l'Ordre du bon temps, qui a lieu cette fois chez monsieur de Poutrincourt.

Chez les artisans, la bouffe abonde, le gibier ne manque pas, Kito et ses compagnons y ont vu. Les Français contribuent leur quote-part de pois, de pain et autres aliments disponibles. En plus de leur ration de vin et de cidre. Et quelle fête! Tout le monde y est. Ou presque. Ce soir, Bertrand ne les envie pas, ces aristocrates, il n'y pense même pas, il a le ventre plein, le cidre à la main, et la belle Kiwinta dans sa mire. Il n'entend pas le sitar des nobles, tellement il tape du pied, accordant à contretemps les cuillers du charpentier qui s'en donne à cœur joie dans une chanson à répondre.

La soirée est encore jeune quand on s'aperçoit que la cruche de cidre est tarie et qu'il n'y a plus une goutte de vin.

– Y a toujours le magasin, claironne Bertrand.

Denis le charpentier se fait un devoir de lui rappeler que leur ration du jour est épuisée. Bertrand s'entête; il ira se servir au magasin.

– Laisse tomber, le Rouget, le magasin est gardé.

Voilà. Quelques-uns manquent à la fête: les soldats suisses, qui protègent les installations. Pont-Gravé ayant prévu que les ripailles des roturiers pourraient bien tourner à l'excès, il a posté deux soldats à l'entrée du magasin. Qu'à cela ne tienne, Bertrand sait où trouver du cidre. Il sort en faisant mine de rien.

Pendant ce temps, à l'opposé de l'Habitation, monsieur Lescarbot lit un passage de son *Théâtre de Neptune*, créé quelques mois plus tôt. Il sied ce soir de rappeler le passage du panégyrique en l'honneur de Poutrincourt, puisqu'on est chez lui.

Va donc heureusement, et poursuis ton chemin
Où le sort te conduit : car je vois le destin
Préparer à la France un florissant Empire
En ce monde nouveau, qui bien loin fera bruire
Le renom immortel de De Mons et de toi
Sous le règne puissant de Henri votre roi.

Et pendant que Lescarbot amuse ses amis,

On s'infiltre chez lui, heureusement, sans bruit
Pas de loup, mains fouineuses, à tâtons et tatti
Repère dans le noir, dans un coin de l'armoire,
Le cruchon de cidre qui fera de lui,
Bertrand, dit Le Rouget, le héros de la nuit.
Il s'enfuit aussitôt, une ombre dans le noir…

– Hey!

Une main ferme s'abat sur l'épaule du Rouget.

Étrange comme Bertrand a une impression de déjà vu. N'a pas le temps de penser plus loin. La cruche de cidre se retrouve hors de ses mains, dans celles du valet qui l'a dénoncé. Éberlué, les poignets liés par le soldat qui faisait sa tournée de surveillance. Le sort s'acharne donc sur Bertrand, qui étrenne la prison qu'il a lui-même construite! Cette fête, qui lui avait tant donné espoir, vient le lui ravir aussitôt. La vie n'est qu'un leurre pour le pauvre Rouget qui n'a l'heur de trouver son heure de gloire. Combien de temps encore le malheur s'acharnera-t-il sur lui? Il ne voulait pourtant que s'amuser, réchauffer un peu cet hiver trop long.

Le matin filtre sous la porte, la journée s'anime dans la cour. Bertrand attend qu'on vienne le délivrer, ça tarde, il a besoin de se soulager un brin. L'urine creuse une petite rigole qui file sous le mur de la prison. Bertrand fixe le liquide qui disparaît dans la nature, pensif. Si personne ne le sort d'ici aujourd'hui, il creusera sa rigole de ses propres mains. Sa décision encore toute fraîche sous la tuque, Bertrand voit la porte s'ouvrir. Il se hâte aussitôt vers la sortie, mais un soldat le retient à l'intérieur, lui tend un morceau de pain et un bol d'eau.

– C'est tout ?

Le soldat lui jette un œil mauvais. Pourquoi Bertrand a-t-il encore l'impression de déjà vu ? Il a l'impression de croiser de vieux fantômes. Il se sent tout à coup fragile. Pour la première fois de sa vie, il craint de voir sa raison flancher. Cet endroit n'est pas pour lui.

Toute la journée et toute la nuit, Bertrand écoute attentivement les sons à l'extérieur de son «alcôve». Le lendemain, il échafaude son plan. Et au matin de la troisième journée, quand le soldat lui apporte son déjeuner, Bertrand, dit Rouget est déjà à la chasse avec son copain Kito.

Cent ans plus tard, des grappes de Rouget parsèmeront le Saint-Laurent.

Chapitre 8
Petitous

MARIE-JOSÉE MARTIN

La fébrilité règne dans Port-Royal. À peu près tout le monde a été invité. Ici, depuis la fondation de l'Ordre du bon temps, on ne rate jamais une chance de festoyer, et on ne saurait rêver d'une occasion plus propice à la fête que ce mariage, événement encore rare en Nouvelle-France et présage d'un avenir radieux.

Anne a le cœur léger ; ses pieds effleurent à peine le sol en ce doux matin de juin. Dans quelques heures, elle sera mariée. Il lui tarde d'enfiler la belle robe crème aux manches évasées dont lui a fait cadeau la famille de son fiancé, une robe à ses yeux digne d'une reine, bien que déjà passée de mode là-bas, dans le pays des Français. Les parures de dentelle ont la finesse d'un givre matinal sur l'étang à l'approche de l'hiver. Anne aurait voulu l'enfiler dès le lever du jour ; toutefois, comme la cérémonie n'aura lieu qu'en après-midi, cela n'aurait pas été très raisonnable. Elle n'allait tout de même pas risquer une tache ou une déchirure!

La jeune femme franchit en un rien de temps la distance qui sépare l'établissement du logement de sa grand-mère: une maison ovale aux murs d'écorce à la lisière de la forêt. Elle a promis de rendre visite à l'aînée, sa *nokmes*[1], de lui laisser le plaisir de la coiffer et de l'instruire une dernière fois avant qu'elle n'entame sa vie aux côtés de Pierre Martin. Ce sont des heures qu'aux dires du prêtre, une bonne catholique devrait passer dans la chapelle blanche en prière, afin de préparer son âme aux graves responsabilités qui l'attendent comme épouse et mère. *Nokmes* a insisté, et sa petite-fille a écourté son temps de prière pour courir vers elle, sentant d'instinct qu'il y a d'autres préparations tout aussi essentielles: un savoir transmis de femme à femme que nulles dévotions au Dieu roi des cieux ne sauraient remplacer.

Du sentier, Anne aperçoit au loin la vieille qui tisse un panier en l'attendant. Elle a tôt fait de la rejoindre.

– Petitous!

– Appelle-moi Anne, s'il te plaît, *nokmes*!

– Anne, dit la vieille en se levant.

Elle prononce le nom de baptême de sa petite-fille avec un sourire moqueur au coin des yeux, insistant longuement sur la première voyelle. Puis elle redevient sérieuse et, empoignant les bras de Petitous, l'oblige à reculer d'un pas afin de mieux pouvoir l'étudier. Elle reste ainsi pendant de longues minutes,

---

[1] Grand-mère en abénaki (source: http://www.bigorrin.org/archive8.htm)

étonnamment droite et solide pour son âge, ses cheveux blancs noués sur sa nuque par un bout de babiche.

– J'vais nous faire une infusion, l'eau est déjà chaude. Tu vas en prendre, hein ?

La femme disparaît dans la maison et revient au bout de quelques instants avec des gobelets et une marmite fumante qui dégage une bonne odeur de comptonie voyageuse. Baignées par les chants et les parfums de la forêt, elles boivent et se regardent en silence. Il ne faut pas brusquer une conversation.

Une parcelle de l'âme de la vieille paraît flotter ailleurs, peut-être au-dessus des eaux de la baie Française, ou peut-être juste au-dessus de leurs têtes.

– Tu es bien sûre ? Sûre, sûre, sûre, un mariage de soutane ? l'interpelle la vieille, comme si elle avait d'un coup, tout entière, réintégré son corps.

– Oui, *nokmes* ! dit Anne, en s'efforçant de contenir l'impétuosité de ses seize ans.

– Oh. Tu veux pas faire un essai avant ? Tu sais, ces Français, ils sont pas toujours très habiles en amour. Tu devras probablement lui apprendre.

D'un simple geste de la main, la vieille indique à la jeune fille de venir s'asseoir à ses pieds, sur une peau de cerf qu'elle a posée là exprès. Elle entreprend alors de démêler sa longue chevelure, aussi noire et lustrée que le plumage des corbeaux.

– *Nokmes*, tu aurais préféré que je marie un homme de notre peuple, n'est-ce pas ?

– C'est ton choix, Petitous – Anne... C'est ton choix, et je le respecte. Tu as choisi un chemin différent du mien. Un chemin différent de celui de ta mère et de nos sœurs. Je ne peux donc pas dire quels obstacles tu risques d'y rencontrer. Bien sûr, chaque chemin présente des obstacles qui lui sont propres, mais certains sont quand même plus faciles que d'autres. C'est tout.

Le vent fait bruisser les feuilles des arbres. La vieille le laisse parler quelques instants, tandis qu'Anne s'abandonne à ses mains expertes, les seules qui sachent défaire, sans lui arracher une grimace, les nœuds qui, immanquablement, se forment dans ses cheveux.

— Beaucoup de fiers guerriers et de sagamos de ce continent ont été aveuglés par l'éclat de la quincaillerie apportée par ces hommes blancs de l'autre bord de l'océan ; ils ont été fascinés par leurs couteaux, leurs arquebuses et leurs verreries. Ce sont des gens bien étranges, et je me demande si nous les comprenons vraiment. Après tout, il n'y a pas si longtemps qu'ils sont installés ici.

— Pierre est né ici, comme moi !

— Il n'est pas né dans une maison ovale, mais carrée ; ses coutumes ne sont pas les nôtres, et nos coutumes à nous choquent encore bien souvent les Français. Je me souviens de la première rencontre entre leur Champlain et le sagamo Anadabijou. J'étais à la grande tabagie de Tadoussac. Tu ne savais pas ça, hein ? Oh, je n'étais pas bien grande. Mes seins n'avaient même pas commencé à bourgeonner.

— C'est vrai ? demande Anne en se retournant brusquement pour lancer un regard curieux à sa *nokmes*. Raconte !

La vieille hoche la tête, le front empreint de gravité. Avec prudence, elle fouille le limon du passé pour en réarranger de son mieux les éclats épars. D'une voix emboucanée par les saisons, elle fait le récit de cette nuit, où Anadabijou a invité Champlain à rejoindre le cercle des chefs.

– Bien sûr, je n'ai rien entendu des harangues, mais j'ai réussi à déjouer l'attention de maman et à m'échapper pour aller regarder les danses. À un moment donné, je me suis retrouvée à une toise de lui, de Champlain. Je ne pouvais pas très bien le voir, nenni, mais oh! comme je l'ai senti.

À ces mots, la vieille retrousse son nez et place dessous l'index de sa main droite, arrachant un sourire à sa petite-fille.

– Si c'est moi qui avais eu à l'escorter jusqu'au pays des Hurons, j'aurais sûrement fait chavirer le canot pour lui donner un bon rinçage et j'aurais glissé des branches de sapin dans ses poches.

Et à ces mots, la vieille couvre timidement sa bouche et ses épaules se mettent à sautiller doucement. Anne la regarde rire, attendrie par la jeunesse qui transparaît à ce moment-là de sa *nokmes*, une jeunesse aussi rieuse et hardie que la sienne.

– Il ne m'aurait probablement pas trouvée drôle. Enfin, il y a longtemps que je n'ai pas vu une danse à la belle étoile comme celle de cette nuit-là, du moins pas une danse avec les femmes. Tu n'imagines pas, oh! La beauté des corps dévêtus frétillant et tournoyant autour du feu avec allégresse, leur poitrine parée de matachias. J'aurais voulu danser moi aussi. Mais le lendemain, partout dans le campement, on racontait que cette nudité jubilante avait grandement choqué la moralité du sieur de Champlain.

Anne baisse les yeux. Il y a quelques jours à peine, le prêtre l'a justement sermonnée sur l'importance de la pudeur.

– Ça m'a toujours semblé étrange que tous ces hommes voyagent si loin sans femmes, reprend la vieille. Nous, on marche avec nos hommes. On pagaie avec eux sur les rivières. Enfin, comme je disais, leurs coutumes ne sont pas les nôtres.

Leur langue n'est pas la nôtre, non plus. Ils n'ont peut-être pas les mots pour dire la magnificence des corps qui dansent en communion avec le Grand Esprit.

Une fois de plus, le silence se glisse doucement entre elles, familier et confortable. Dans ce silence, le cœur de la vieille essaie de relayer ce que les mots, abénakis ou français, ne peuvent exprimer.

— Allez, tourne-toi que je te tresse ! ordonne-t-elle, et aussitôt elle se met à natter les cheveux de sa Petitous en y intégrant des perles et de fines lanières de cuir.

— Je pense que je comprends ce que tu essaies de me dire, *nokmes*, tu ne veux pas que j'oublie d'où je viens.

— Qui tu es.

— Qui je suis. Je comprends. Je te le promets. Toi, tu vas tenir ta promesse aussi ? Tu seras bien là, près de moi, à la chapelle ? Tu assisteras à la cérémonie ? Je sais que tu évites autant que possible l'établissement, surtout depuis l'arrivée du nouvel abbé, mais je ne peux pas m'imaginer la cérémonie sans toi.

La vieille, il est vrai, évite de plus en plus Port-Royal, qui, au fil des ans, s'est transformé en bourgade. Il y a là trop de gens, trop de poussière, trop de bruit. Elle n'a jamais aimé le lieu, de toute façon.

Elle se souvient de l'avoir visité avec son oncle, le premier hiver, quand le roi de France avait rappelé à lui tous ses gens, sauf un ou deux qui avaient pris le bois. Elle se souvient des craquements et des terribles plaintes des bâtiments déserts, assaillis par les éléments. Les wigwams ne geignent pas de la sorte.

Champlain avait demandé à son ami Anadabijou de veiller sur l'habitation jusqu'à leur retour, au printemps. D'où la présence de son oncle, qu'elle avait accompagné. La forme même de la construction, son anormale carrure dans une nature où tout était courbes, sinuosités et fissures, avait fait naître en elle un trouble profond, qu'elle avait mis longtemps à cerner. Port-Royal lui avait donné des cauchemars. Elle s'en souvient encore clairement.

— Le nouvel abbé, c'est vrai que j'essaie de ne pas le croiser. Il cherche à me convaincre d'aller chaque dimanche à la messe. Il veut me convertir et il dit que mes herbes sont dangereuses, qu'elles vont à l'encontre de la volonté de son dieu, alors que moi, tout ce que je fais, c'est d'aider les femmes à espacer leurs grossesses pour qu'elles ne s'étiolent pas. Ça fait des bébés plus forts comme ça. Il devrait être content, c'est mieux pour son église. Il veut me faire croire qu'à cause de mes actes, je vais brûler éternellement dans un grand feu. Il n'y a rien qui brûle éternellement, voyons donc! Il faudrait que tous ces monsieurs à la soutane arrêtent de voir des démons derrière chaque épinette. Enfin, je tiendrai ma promesse, ma chérie. Je serai là, conclut-elle en poussant un soupir.

— Merci, *nokmes*. Tu sais, l'abbé, la plupart du temps, il ne parle pas du feu de l'enfer, mais surtout d'aider son prochain. Et c'est ce que tu fais avec tes herbes.

Anne essaie de joindre deux rivières. De telles rencontres créent toujours de grands remous, nécessitant des portages. Voilà le chemin qu'elle a choisi, songe la vieille en son cœur. Elle peut en voir la sagesse, la force à gagner d'une telle union.

— Alors, parle-moi de ton homme. Dis-moi pourquoi tu l'as choisi.

— C'est difficile de mettre des mots sur ce que je ressens, *nokmes*. Tu as vu ses yeux, dit Anne en tournant son regard vers les cimes. Il a des yeux... comme le ciel!

— Bouge pas, je vais devoir reprendre ta tresse !

De fait, Pierre Martin a des yeux comme on n'en voit pas chez les Abénaquis, des yeux bleus, sans fond, qu'on dirait presque surnaturels. Et au contraire des Français mal constitués pour l'hiver et parvenus ici puants et moribonds au terme d'un long périple, il a développé une saine carrure, nourri par ce beau et bon pays.

— Quand nous marchons ensemble par les sentiers, nos pas s'accordent naturellement. Il est futé, comme son père, et c'est un adroit laboureur, qui trace des sillons bien droits. Il commence même à bien se débrouiller à la trappe. Avec une femme solide à ses côtés, il accomplira beaucoup, j'en suis certaine, et nous aurons ensemble de beaux enfants. Mais je ferai peut-être appel à tes herbes pour les espacer...

— Je vous souhaite de beaux enfants, oui. Et pas trop de remous, Petitous.

Anne imagine le visage de ses enfants ; elle entrevoit une descendance forte de la sagesse de son peuple et du savoir des Français, respectant la nature tout en sachant se protéger de toute chose et construire de somptueuses habitations telles qu'ont décrites ceux ayant visité leurs villes outre-mer. Les yeux perdus dans le lointain du ciel, elle rêve d'innombrables générations dansant en cercle et habitant ce territoire dans la paix avec les nations voisines.

— De remous ?

— Une façon de parler, Petitous. Je vous souhaite une bonne union, sans trop d'embûches.

Elle termine la tresse et embrasse tendrement sa petite-fille avant de lui emboîter le pas vers Port-Royal où les premiers invités commencent à converger vers la chapelle pour la noce.

Chapitre 9
La Gougou

Mireille Messier

Pierre-Marie avait beau se frotter les mains, ses doigts restaient glacés. Ce qui aurait dû être un trajet de quelques minutes, entre le *Don de Dieu* et la rive, s'éternisait. Le vent chatouillait à peine la voile de la petite barque et Mathurin, qui était passé maître dans l'art du gouvernail, s'était résolu à son impuissance face à cette accalmie. Mains croisées derrières la tête et pieds loin devant, il laissait l'embarcation flotter lentement à la dérive en attendant la bise.

– Tu crois que le brouillard va bientôt se lever?

– Si c'est comme les dernières fois, ça m'étonnerait. Dans la baie des Chaleurs, le brouillard est souvent tenace et aussi épais que du potage.

Du potage… À lui seul ce mot réchauffait l'âme de Pierre-Marie et le faisait rêver. Depuis combien de jours interminables le jeune marin n'avait-il pas eu le ravissement de manger, ne serait-ce qu'un simple potage.

– C'est intelligent de parler de potage! Maintenant, j'ai faim.

– Potage, agneau, terrine, tourte… Et du pain. Du bon pain chaud.

– Ça va! Tu cesses tes âneries? Plus vite on termine cette damnée corvée, plus vite on pourra quitter cette damnée barque.

– Parce que monsieur a toujours peur d'être sur l'eau? Quelle balourdise! Après plus de deux mois à récurer le grand pont et à torcher la poulaine, j'aurais cru que tu te serais amariné.

– Je ne sais pas nager…

– Il n'y a que les sauvages qui savent nager! De toute façon, c'est une mer de demoiselle. Inutile de forcer contre.

Pierre-Marie porta ses doigts à sa bouche et tenta de les réchauffer de son haleine. Une faible buée s'en dégagea, pour ensuite s'ajouter à l'air déjà imbibé de gouttelettes d'eau. D'ailleurs, tout lui semblait humide et lourd aujourd'hui. Même les railleries de Mathurin lui pesaient plus qu'à l'habitude. Le fébrile sentiment d'espoir qu'il avait ressenti avant son départ vers le Nouveau Monde avait bien vite été remplacé par l'appréhension d'un quotidien où inconfort et fatigue régnaient et où sa peur de l'eau était la risée de tout l'équipage.

Pierre-Marie-Jésus-Joseph-des-petits-pains. Voilà comment l'avait surnommé le commandant lorsqu'il l'avait vu faire son signe de croix pendant la première tempête un peu houleuse. Heureusement, Mathurin, dont c'était la deuxième traversée, l'avait pris sous son aile et avait su, à maintes reprises, égayer le trajet de son talent de raconteur et défendre son honneur auprès du reste de l'équipage. Seulement avec lui pouvait-il se permettre de baisser les masques.

— C'est de la folie de nous demander d'aller chercher des spécimens de plantes par une journée pareille.

— Ce que le sieur de Champlain demande, le sieur de Champlain aura.

— Il n'est qu'un cartographe glorifié!

— Qu'à cela ne tienne, il est notre cartographe. Et si aller lui chercher un bout d'écorce ou tout autre plante étrange peut m'aider à mieux manger et à passer moins de temps à la vigie, c'est ce que je vais faire. Et toi, si tu veux un jour avoir les grâces des nobles afin de faire ton pain au Nouveau Monde, tu serais mieux de m'imiter.

La ténacité de Mathurin semblait inébranlable. L'ambition de l'un fait souvent le malheur de l'autre. Mais Mathurin était tellement gai et exalté que Pierre-Marie lui pardonnait facilement cette contrefaçon. Pourtant, mettre sa vie en danger pour aller cueillir des fleurs lui semblait être d'une absurdité effarante. Sans compter que ce brouillard n'avait rien de rassurant.

— Allez, Mathurin! On rebrousse chemin. L'embrun est trop épais. On ne sait même pas si on approche de la rive.

— Ah que non! Il ne sera pas dit que je n'ai pas le cœur à l'ouvrage. Si ce sont des plantes que le sieur souhaite qu'on lui rapporte, ce sont des plantes que nous lui rapporterons.

Le regard du jeune marin se posa d'abord sur Mathurin, puis là où aurait dû se trouver l'horizon. Il avait beau tenter de voir au loin, il ne pouvait y décerner que la masse blanche et opaque du brouillard, comme un triste nuage de farine renversé.

– On n'y voit même pas la main devant son propre visage.

Ses yeux se tournèrent alors vers ses mains. Elles avaient tellement changé depuis deux mois qu'il les reconnaissait à peine. Une paume couperosée et calleuse de s'être trop frottée aux cordages. Des oncles cassés, crassés. Des jointures éraillées. Des mains qui avaient autrefois appris à pétrir le pain et qui avaient tout perdu. S'y dessinaient aussi trois lignes creuses et moites. Les trois mêmes lignes qui prédisaient peut-être son avenir.

Lui qui avait toujours trouvé absurde l'idée du surnaturel, le voilà qui s'était laissé hanter par des paroles qui lui semblaient maintenant ancrées dans son âme. Juste avant le départ, alors qu'il s'engageait sur la passerelle vers la Nouvelle-France avec dans sa besace rien de plus qu'une recette de brioche, une gitane en lambeaux s'était approchée de lui et, d'un mouvement qui l'avait surpris par sa vitesse et sa précision, lui avait de force saisi le poignet pour examiner sa paume potelée. «Une grande aventure, un grand effroi, un grand désarroi. Voilà ce qui vous attend là-bas», lui avait-elle craché au visage en le dévisageant et en traçant de son long doigt noueux chaque ligne de sa main droite. Sur le coup, Pierre-Marie avait arraché sa main, repoussé la vieillarde sans lui donner son dû et n'avait plus prêté attention aux prédictions. Ce n'était que les dires d'une pauvre démente. De toute façon, il était trop tard pour rebrousser chemin. L'aventure l'attendait. Mais depuis, les mots de la bohémienne s'étaient frayé un chemin dans son esprit et l'habitaient comme une marée montante. Et s'ils disaient vrai? Pierre-Marie secoua la tête pour chasser cette idée sordide de son esprit.

– Si je pouvais en trouver maintenant, des plantes, est-ce que nous pourrions enfin rentrer?

Sans même attendre une réponse de Mathurin, et malgré l'eau frigorifique, Pierre-Marie plongea sa main dodue dans l'eau et en ressortit une poignée de fines algues noires qui flottaient près de la barque. Il balança la gerbe vers Mathurin en un arc parfait qui s'écrasa à ses pieds, l'éclaboussant copieusement. Mathurin se redressa, cueillit la masse mouillée, l'examina, puis lança un juron à en faire ciller les plus chastes oreilles.

– On ne rentre pas avec ça! Ce n'est pas une plante. Ce sont des cheveux de Gougou!

– Pardon? Des cheveux de quoi?

Mathurin approcha la mèche trempée de son visage, la palpa, la huma et fit un rictus de dégoût.

– Des cheveux de Gougou. Pas étonnant d'en avoir trouvé ici. C'est souvent la première chose qu'on remarque quand elle est dans les parages.

– Tu te moques de moi, Mathurin?

– Pas du tout.

– Ce sont des algues!

– On voit que tu ne connais pas la légende de la Gougou. C'est Champlain lui-même qui me l'a contée. Et lui la tenait directement des sauvages.

– Mais ce n'est qu'une histoire…

– C'est plus qu'une histoire. C'est une *légende*.

– Légende ou pas, je te connais. Tu vas en profiter pour me remplir la tête d'histoires saugrenues qui m'empêcheront de dormir.

– Allons. Pour le plaisir. De toute façon, il n'y a rien d'autre à faire jusqu'à ce que le vent se lève.

– Bon, si tu y tiens…

Mathurin déposa la touffe obscure sur son banc et pencha son corps tout entier vers l'avant. Pierre-Marie l'avait vu faire ainsi des dizaines de fois auparavant lorsque son ami s'apprêtait à s'improviser conteur. Cette fois, peut-être à cause de l'effet du brouillard, la transformation de Mathurin lui sembla plus extrême. Ses yeux le transperçaient plus intensément. Sa voix prenait des résonances d'outre-tombe. On aurait pu croire qu'il était en transe, tant Mathurin-le-conteur était autre que Mathurin-le-marin.

– Depuis des siècles, la Gougou habite les eaux de la baie des Chaleurs. Il s'agit d'une épouvantable ogresse insatiable qui dévore les hommes et qui transmet à ceux qui osent s'aventurer près de son antre le goût du sang humain. Certains disent que même les hommes les plus nobles et les plus forts ont succombé, malgré eux, aux attraits de la chair humaine après s'être approchés d'elle.

Le froid aidant, Pierre-Marie sentit un frisson lui traverser le dos. Il tira sur sa pelisse et fourra très profondément les mains dans ses poches. Il était quand même doué pour les histoires, son ami Mathurin.

– La Gougou est grande. Si grande que sa tête, si l'on peut appeler cette monstruosité une tête, arrive à la hauteur du mât du plus grand navire. Et chaque fois qu'elle dévore un homme, elle grandit encore, et encore.

Pierre-Marie leva instinctivement les yeux vers le haut de la barque. Que du blanc. Un blanc menaçant.

– La Gougou est hideuse. Si hideuse qu'on croirait voir un être inachevé, rejeté de Dieu et même des enfers. Elle ressemble à un immense monstre marin avec des cornes visqueuses, des griffes acérées, une queue recouverte d'écailles, des ailes de peau et des

crocs aussi saillants que des couteaux. Son corps est couvert de poils drus comme du crin et noirs comme les limbes. Lorsqu'elle mue, des touffes entières de sa chevelure flottent vers le rivage.

Pierre-Marie avala une gorgée de salive. Son regard se posa sur la poignée d'algues gluantes qui se trouvaient à la droite de Mathurin. La main du conteur se mit à flatter le toupet comme s'il s'agissait d'un petit animal dont on voulût calmer l'angoisse.

Un vent soudain gonfla la voile et fit claquer le cordage. Une vague cingla le visage de Pierre-Marie, le sortant momentanément de sa torpeur. Il s'agrippa au bord du bateau, ses jointures aussi blanches que son visage.

– Prend le gouvernail, Mathurin! Nous avons enfin du vent. Rentrons ou rendons-nous sur la rive.

Mais Mathurin ne bougea pas. Le temps d'un clin d'œil, Pierre-Marie crut déceler un sourire narquois sur les lèvres de son ami. S'amusait-il à lui faire peur? Lorsqu'il regarda de nouveau, son expression était redevenue celle du conteur imperturbable et exalté qu'il avait tant apprécié lors des longues soirées de traversée.

– *Ceux qui ont aperçu la Gougou, et ils sont rares à être toujours vivants, disent qu'avant de la voir, on l'entend et on la sent. Chacune de ses inspirations évoque le long sifflement d'un soufflet de forgeron. De chacune de ses expirations se dégage une odeur nauséabonde de soufre et de chair avariée.*

À ces mots, Mathurin se mit à renifler l'air à pleins poumons, ignorant complètement le vent et les vagues qui ballottaient la barque et faisaient frémir la voile.

– Est-ce que tu la sens, Pierre-Marie? Est-ce que tu sens l'haleine de cadavre de la Gougou?

– Allez, Mathurin! C'en est assez!

Mathurin se leva alors d'un bond et se mit à faire tanguer le bateau à gauche et à droite, à gauche et à droite, dangereusement, le faisant presque de chavirer.

– Est-ce que tu l'entends, Pierre-Marie? Est-ce que tu entends le cri de mort de la Gougou?

– Arrête, Mathurin! Ce n'est plus drôle!

Cette fois, le sourire de Mathurin ne s'effaça pas en un clin d'œil. À chaque cri de peur qu'étouffait le jeune marin, ce sourire prenait de l'ampleur et devenait béat. Pierre-Marie ferma les yeux fermement, crispa les poings sur les rebords de la barque et s'agenouilla dans le fond.

– Mathurin! Je t'en prie!

Au lieu de faire preuve d'indulgence, Mathurin redoubla alors de ferveur, gloussant et poussant d'étranges hurlements qui se mêlaient aux gémissements du vent et aux bruits d'éclaboussures de son plaisir déferlant.

– Pitié, Mathurin! Pitié!

Recroquevillé dans la coque de la barque, Pierre-Marie sentait l'eau glaciale lui fouetter les genoux et le visage. Une tempête de cris, de rires et de gémissements explosait au-dessus de sa tête sans qu'il pût y mettre fin. Pourquoi Mathurin insistait-il pour jouer le jeu si longtemps à ses dépens?

– Assez! Tu vas nous tuer!

Les mots de la gitane lui martelaient les tempes. «Une grande aventure, un grand effroi, un grand désarroi.» Dieu, faites que ceci soit mon grand effroi.

– Arrête!

Une bourrasque soudaine, une odeur de soufre, le son d'une voile qui se déchire, un cri perçant. Celui de Pierre-Marie.

– MATHURIN! ARRÊTE!

Enfin, la barque cessa de tanguer. Il n'y avait plus que le son de la voile flottant au vent et une respiration hachurée. Celle de Pierre-Marie. Il se releva lentement, le cœur encore en cavale, les yeux fixant ses vêtements trempés et la gerbe de fines algues noires qui gisait dans l'eau au fond de la barque.

Merci, Mathurin.

Mais Mathurin n'était plus là.

Chapitre 10
Kanienkehaka

FRÉDÉRIC FORTE

Disons que je suis un Iroquois – bien qu'en réalité je sois un écrivain français du début du XXIe siècle qui parcourt pour la première fois, à bord d'un train du siècle précédent, des terres foulées par d'autres hommes longtemps avant que les Européens y accostent.

Par ailleurs, une vieille controverse a toujours opposé les spécialistes sur les origines de l'arquebuse à rouet. On trouve en effet mention au début du XVe siècle de platines « qui s'enflamment elles-mêmes », ce qui suggérerait qu'il s'agissait de platines à rouet.

Je suis un Iroquois, donc: un Odinossoni, je ne me pose pas la question. Et plus précisément je suis Annierronnon: Agnais, Mohawk. Ou, mieux encore, Kanienkehaka: du Peuple des étoiles, qui sont « les étincelles du silex », qui sont ce pour quoi le silex existe: le feu, etc.

Ce système mécanique produit une gerbe de minuscules fragments d'acier incandescents qui enflamment la poudre d'amorce. Certains auteurs ont avancé que son idée maîtresse dérivait en droite ligne des croquis et plans dessinés par Léonard de Vinci et représentés dans le Codex Atlanticus datant de 1500-1505.

Pendant ce temps, la Lune est à sa place et le Soleil est à sa place, les rivières, les eaux, les forêts. Tout le monde est à sa place : se lève, se couche, tourne, coule, pousse et accomplit un tas d'autres choses encore, toujours dans le bon ordre. Jusqu'à aujourd'hui.

On ne peut cependant s'empêcher de penser que l'imagination d'un tel système n'a pu jaillir que d'un cerveau de concepteurs ayant développé leurs talents et leur technicité dans la fabrication des horloges. Pour preuve, plus d'un arquebusier de cette époque est issu d'une famille d'horlogers et nombre de ressorts en spirale (ceux des montres) sont employés à la place des ressorts à lame plate.

Aujourd'hui, c'est la guerre et ce n'est pas vraiment nouveau. Nous avons affûté nos chants, nos danses, nos armes, nos insultes, tout ça en préparation d'une bataille contre les mangeurs d'écorces : les chieurs de baies, les contents-de-peu, les qui-font-l'eau-de-pluie-plus-boueuse-rien-qu'à-marcher-dedans, pauvres petites queues tristes flétrissant à l'automne, refourgueurs de fourrures sales, de canoës troués, propagateurs de l'hiver permanent, mauvais guerriers, mauvais hommes, mauvais pères, mauvais mauvais mauvais, pouah ! On vous crache dessus, on vous perfore le crâne, le cœur, les poumons, on vous pend par les pieds tête à l'envers et l'on vous déchiquette, on vous déchiquette, on vous déchiquette plusieurs fois, le répète à l'envi, avec application et lentement, juste pour le plaisir de lancer des mots très fort dans vos oreilles – tomahawks, arcs et flèches, massues – et pour ne rien entendre de ce que vous essayez – mais vos voix sont si faibles – de nous dire : que nous verrons bientôt les effets d'armes inconnues de nous.

DESCRIPTION

De section octogonale à pans coupés sur toute sa longueur, le canon est relié au fût par un système à visserie. Il comporte à sa partie arrière une queue de fixation par vis et porte un cran de mire en « U ». La partie avant du canon supporte un guidon brasé. Sa bouche laisse apparaître huit rayures droites qui servent surtout de réceptacle à l'encrassement dû à l'utilisation de la poudre noire.

Tout cela se passe la nuit et aux abords d'un lac qui n'est pas le lac Champlain. Parce qu'aucun lac, jamais, ne s'est appelé, ne s'appelle ou ne s'appellera « Champlain ». Champlain n'est pas un lac. D'ailleurs, Champlain (le « Samuel de ») n'apparaîtra que vers la fin de cette histoire, pour à peine un passage éclair, et si imprécisément encore qu'il pourrait bien, dans le fond, s'agir de quelqu'un d'autre.

À tête en forme arrondie, la baguette est logée dans un évidement cylindrique creusé dans le fût juste au-dessous du canon.

Non, notre lac à nous se nomme Caniaderi Guarunte, « l'entrée du pays », car oui, il s'agit bien de notre pays. Il est à nous et à nul autre. C'est ici que l'on chasse, c'est ici que l'on pêche, que l'on bâtit longues maisons. C'est ici que l'on rêve, que l'on court, que l'on rêve que l'on court, et que l'on joue pendant des heures, des journées entières, crosses à la main – je fais ici le vœu d'être enterré avec la mienne –, à notre cher tewaara-thon, courant après la seule balle que l'on connaisse, la seule balle qui soit une vraie balle : une chose en bois, lisse et sphérique, bonne à tenir dans la main. Moi, en tout cas, si j'étais un Iroquois, c'est ce que j'aimerais faire.

Plaque plate en acier, placée sur le côté droit de la crosse, d'une longueur de 14 cm, la platine supporte : un chien à pyrite à crête légèrement inclinée, dotée d'une vis à mâchoire fondue (serre-pierre), prolongé par une queue jouant le rôle de levier d'armé ; un ressort de chien en V ; un morceau de pyrite ; un bassinet avec couvre-bassinet ; l'orifice de la lumière ; un rouet (disque en acier à bord dentelé) ; une broche à rouet (axe carré, au centre du disque, destiné à recevoir la clé de remontage) ; une chaîne ; un ressort de chaîne ; une gâchette ; une queue de détente.

Je me rappelle une partie qui avait duré trois jours et où j'avais fini par me casser le bras. Nous étions, sur le terrain de plusieurs kilomètres carrés, une soixantaine de joueurs répartis en deux équipes et prêts à tout pour contrôler la balle : casser la mâchoire de notre cousin, écraser le foie de notre meilleur ami ou mordre l'oreille de cet autre, par ailleurs sympathique, qui avait le malheur de ne pas avoir le même but que nous dans la vie. J'avais adoré ça. Et si, par exemple, une flèche me faisait quitter mon corps tout à l'heure, m'envoyait je ne sais où – mais je vous assure qu'en tant qu'Iroquois, je crois en quelque chose –, alors je voudrais me retrouver dans un espace vert et boisé à jouer une partie de crosse pour l'éternité.

La crosse est en noyer et comporte, côté droit, un boîtier, avec un couvercle monté sur deux glissières, destiné à recevoir des plombs; côté gauche, un appui-joue sculpté; sur la partie arrière une plaque de couche en acier.

C'est ainsi que passent les heures, les pensées, les rêves de la nuit. Et puis arrive un moment où c'est le jour et où il faut se mettre en marche.

Le pontet est ouvragé de telle façon à assurer la protection de la détente et recevoir en appui les trois doigts de la main droite du tireur autres que le pouce et l'index. La platine composée d'un corps en acier reçoit diverses pièces qui sont fixées côté intérieur et côté extérieur, comme indiqué précédemment. Le principe de fonctionnement, dans ses grandes lignes, peut être comparé à celui de nos briquets modernes.

Nous sommes le peuple de silex, ce qui veut dire: nous allons faire des étincelles. Nous ne sommes pas des guerriers espagnols à cheval et en armure, ni des guerriers japonais à cheval et en armure, ni même des guerriers de toute autre nation – mongols ou slaves – à cheval et en armure. Nous n'avons pas de chevaux et très peu d'entre nous portent des armures – qui sont, même si nos ennemis ne savent pas viser, de simples protections contre les flèches (une armure ne sert pas à autre chose) –, nous sommes des guerriers.

Le chien, qui a remplacé le «serpentin», conserve la même fonction. On le fait pivoter autour de son axe afin de le positionner devant le bassinet, où il est maintenu en position par son ressort en « V ». Entre les mâchoires du chien se trouve placé un morceau de pyrite. La pyrite est employée dès l'origine de préférence au silex, car de consistance moins dure, elle use moins l'acier cémenté et trempé du rouet, et donne de surcroît une gerbe d'étincelles régulière.

Moi, je m'appelle Ours-qui-Pêche, par exemple. Et disons que je me tiens debout juste à la droite de mon chef. Je me suis beaucoup documenté pour écrire ce texte, mais je n'ai pas réussi à retrouver son nom. Ce n'est pas grave, c'est mon chef et je l'aime. Je veux dire : je le respecte et lui fais confiance. S'il me dit d'attaquer, j'attaque. D'ailleurs, il n'a même pas besoin de me le dire, j'attaque. Mon chef, on le reconnaît parce qu'il porte, fixées à sa chevelure, de plus grandes, de plus belles plumes que les nôtres – il n'est pas le seul, il y en a deux autres comme lui, des chefs. Mais celui-là est le mien – il est peut-être mon père ou peut-être pas – et je l'aime. Il ne se cache pas derrière ses hommes. Il est un guerrier parmi les autres, avec simplement sur la tête de plus grandes, de plus belles plumes que les nôtres.

Le chien, sous l'action de son ressort, est poussé vers le bas et met au contact le morceau de pyrite avec le rouet (disque dentelé).

À quelques centaines de pas, face à nous, il y a les autres, les mangeurs d'écorces, etc. Ils sont bien moins nombreux que nous, ce qui n'est pas une raison pour ne pas aller au combat. Il faut toujours aller au combat : c'est une façon d'être à sa place (voir le premier paragraphe). Mais c'est justement ici que le monde va changer.

L'action du doigt sur la détente libère le levier de gâchette du rouet. La petite chaîne du rouet sous l'action de son propre ressort, également en « V », se déroule, entraînant la rotation du rouet. Les crans dentelés du rouet frottent contre le morceau de pyrite. Le bord de la roue est placé tout près de la base du bassinet. Les étincelles produites retombent sur le pulvérin (poudre d'amorce) placé dans le bassinet ; celui-ci s'enflamme et, par la lumière, communique son inflammation à la charge de poudre placée dans le canon.

Prenons une flèche. C'est une chose presque naturelle. Avec un arc, elle forme une machine (arc + flèche = machine). Une invention humaine. Pour chasser les animaux de façon humaine, tuer les hommes de façon humaine, dépasser la vitesse de la course à pied de façon humaine. C'est de la plume, de la pierre taillée et du bois. Rien que l'on ne trouve autour de soi. Alors on bande nos arcs et décoche nos flèches en direction d'ennemis qui bandent leurs arcs et font de même (cf., par exemple, la gravure intitulée *Deffaite des Yroquois au Lac Champlain* dans l'édition de 1613 des *Voyages du Sieur de Champlain*). Une action qui se fond dans le paysage, et à laquelle aucun combattant ne trouve rien à redire. Il y a des morts, il y a des blessés. À la fin, on sait, éventuellement, qui a été le plus fort, le plus habile, celui qui restera ou deviendra maître du territoire et celui qui va devoir battre en retraite. Quelque chose de simple et équitable. C'est, tout du moins, ce que pense l'Iroquois qui est en moi.
Aujourd'hui, c'est autre chose.

UTILISATION
À l'aide de la clé positionnée sur la broche à rouet, remonter le

mécanisme afin de provoquer la tension de la chaînette du rouet. Introduire la charge de poudre dans le canon à l'aide de la poire ou de la corne à poudre.

Nos ennemis nous font face et se mettent soudain à courir vers nous qui avançons toujours. Et puis ça crie.

Utiliser la baguette pour tasser la poudre dans la chambre située au fond du canon.
Introduire dans la bouche du canon la balle sphérique en plomb.

À quelques dizaines de pas, ça crie. Ça crie et c'est comme si leurs cris fendaient la troupe en deux.

Enfoncer la balle dans la bouche du canon à l'aide du pouce.
Pousser la balle jusqu'à la chambre à l'aide de la baguette.

Dans le passage ainsi ouvert s'engouffre un bonhomme qui n'est pas un homme, qui n'est en rien fait comme nous et, d'ailleurs, je n'ai pas de mots pour le décrire. Il aurait fallu pour cela que je prête une attention particulière à la façon dont s'habillent les Français de cette époque lorsqu'ils vont à la guerre, que je nomme leurs vêtements, les différentes parties de leur armure et que sais-je encore? Mais pensez-vous sérieusement que l'Iroquois que je suis ait le temps et l'envie de se préoccuper de ce genre de choses?

Relever à fond le chien vers l'avant pour passer au cran d'armé ainsi que pour comprimer son ressort.

Ouvrir manuellement le couvre-bassinet en le poussant vers l'avant.

Il se place au-devant de son groupe et se tient à quelque trente pas de nous. Ici, on peut sans doute se référer à la gravure évoquée plus haut pour imaginer la scène. On peut même citer directement ce que l'auteur en dit dans le livre dont elle est tirée : « aussitost ils m'aperceurent, & firent halte en me contemplant, & moy eux. » Si l'on veut. Mais, maintenant, dans le moment même de cette scène telle que je la vois, dans le feu de l'action tel que je le vis, debout à la droite de mon chef, je ne suis pas certain que cela se passe ainsi. Je ne suis même pas certain que ce soit « celui qui dit qui y est ».

Disposer la poudre d'amorce ou pulvérin dans le bassinet.
Abaisser le chien afin que le morceau de pyrite entre au contact du rouet.

Pour ma part, j'aimerais être ailleurs, dans une partie de chasse ou une partie de crosse ou une partie du monde tel que je l'ai toujours connu. Ai-je conscience que quelque chose va mourir ? Difficile à dire. J'ai beau avoir pas mal d'imagination, j'aurais du culot d'affirmer que de ce bâton qu'il pointe vers nous va sortir autre chose qu'une flèche, par exemple. Et puis comment un écrivain du début du XXIe siècle pourrait-il savoir avec exactitude ce qui se passe dans la tête d'un Kanienkehaka de l'an 1609 ?

Viser l'objectif à l'aide du cran de mire et du guidon.
Appuyer sur la détente tout en maintenant la visée.

Ce que je peux dire en tout cas, c'est que du bâton jaillit une petite étincelle, comme celle que l'on produit en frottant entre eux deux silex, et que, dans le même temps, ça fait un gros bruit – non, je ne ferai pas de comparaison avec un son que j'aurai déjà entendu dans la nature (tonnerre, chute d'un arbre, d'un rocher) parce que ce bruit-là n'a rien à voir avec la nature – et que je ressens une douleur soudaine au thorax, ou bien à une jambe, ou dans le ventre, peu importe. Je ne peux pas vraiment être plus précis parce qu'en réalité, on ne m'a jamais tiré dessus, pas avant le 30 juillet 1609, en tout cas. Bref, ça fait très mal. Et avant de m'effondrer, j'ai le temps d'apercevoir mon chef étendu, yeux ouverts regardant dans le vide, à moins que ce ne soit face contre terre – ce qui, dans l'un ou l'autre cas, est une description maladroite de la mort, un cliché même, j'en ai bien conscience. Mais que tout cela soit bien clair, je n'ai pas réellement l'habitude de ces choses : 1609, les étincelles, la mort. Moi, j'écris plutôt de la poésie. Et n'oubliez pas que je suis en train de me vider de mon sang. Le lecteur comprend bien que ce que j'ai reçu dans le corps, c'est une balle. Mais s'il me demandait, à moi, de décrire ce que c'est qu'une balle, j'ouvrirais ma main et lui montrerais, que je serrais bien fort pendant tout ce temps, la chose en bois de quelques centimètres de diamètre, lisse et sphérique, que je voulais à tout prix attraper au cours des parties de tewaarathon.

Départ du coup.

Chapitre 11
L'esprit du lac

DANIEL SOHA

Vin Dieu!!!

Mais qu'est-ce qui m'a pris, nom d'un chien? Pourquoi donc suis-je allé me faire engager, m'embarquer littéralement dans cette galère? Je ne suis pas soldat, moi, et encore moins mercenaire! Non: bourgeois, fils de notaire et neveu d'avocat rouennais, je serais plutôt poète, flâneur, contemplateur, jean-foutre, sans autre objectif que de me complaire dans l'obser-vation des travers de mes semblables et dans le confort facile de leur critique. Encore jeune, je ne suis pas insensible aux outrages de l'âge frondeur et aux rodomontades avinées qui s'échangent bruyamment dans les estaminets. Pour tout dire, je prends grand plaisir à ma propre superficialité, que j'aime à placer sous le manteau du badinage, et que je n'hésite pas à imposer tapageusement à la pompeuse faconde des fats.

Mais parlons donc d'estaminets, puisque c'est ce genre de lieu des plus libre et débridé qui, paradoxalement, m'a précipité dans la condition la plus contraignante qui soit : celle de militaire.

J'en conviens : je n'aurais sans doute pas dû abuser de ce jus de la treille qui, dans un premier temps, fait chanter l'âme, mais qui ensuite, fort du plaisir qu'il procure, finit par occuper entièrement l'avant-scène de la sensibilité, reléguant tous les garde-fous du comportement social dans les oubliettes de la conscience. Mais surtout, je n'aurais jamais dû donner le coup de l'étrier par une appréciation abusive de cette eau-de-vie de pommes que savent si bien mitonner nos amis des campagnes.

Je ne pense pas avoir perdu l'esprit ; je crois simplement avoir atteint ce jour-là un autre niveau de rationalité, une autre dimension dans la manière d'appréhender les choses. Aujourd'hui encore, lorsque je parviens à me remettre dans l'état d'esprit qui était le mien lorsque j'ai invité le sergent recruteur à quelques libations dans l'espoir de goûter au souffle lyrique de ses récits de conquête, son discours me paraît fort pertinent. Il s'agissait d'aller fouler des contrées éloignées et mystérieuses, aux bons soins de notre pays et tout à sa gloire, et sans grand risque, puisque la supériorité de nos inventions, le génie de notre stratégie et l'élan de l'esprit qui nous animait, alliés à la grandeur de notre mission civilisatrice et de notre destin historique, rempliraient de terreur les nations dont les dirigeants auraient commis la folie de nous manifester une quelconque inimitié.

Il faut dire aussi que la prime offerte pour aller aux Amériques, contrée encore peu contrôlée et sillonnée par des sauvages sans foi ni loi, me permettrait d'effacer l'ardoise qu'entretenaient en mon nom quelques tavernes que je fréquentais assidûment et d'apaiser un certain prêteur sur gages rancunier et peu scrupuleux.

Le réveil fut douloureux et l'obligation de rejoindre mon régiment dans les quarante-huit heures tempéra la joie que j'éprouvais à aller défendre mon pays flamberge au vent, mais je me dis que j'avais peut-être, quelles qu'en eussent été les raisons, donné une direction à ma fortune, auparavant enlisée dans l'attentisme et la recherche incessante du plaisir.

Je déchantai vite. L'on me chargea en effet très tôt de l'œuvre d'une machine infernale, une pétoire fumante, bruyante, imprécise et effroyablement lourde à porter, mais que l'on m'avait présentée comme le dernier cri des nouvelles technologies militaires, qui allait à jamais changer la face de la guerre et nous garantir l'invincibilité : la nouvelle arquebuse d'épaule. J'allais aussi devoir porter cuirasse, du moins en campagne, et la perspective d'avoir à cacher mon beau corps d'éphèbe à la gent féminine sous une carapace bedonnante ne me plaisait pas le moindrement.

J'appris, avant de quitter Honfleur pour le Nouveau Monde sous la direction de monsieur de Champlain, éminent cartographe, explorateur, et homme d'énergie et de vision – dont on disait le plus grand bien mais que l'on craignait pour son extrême manque de compassion –, que l'expédition précédente s'était terminée de façon épouvantable, plus de la moitié des colons ayant péri dans des souffrances indicibles. On mentionnait à cet égard un mystérieux « mal de terre » qui semblait lié aux voyages et qui faisait d'abord se décomposer les dents et les gencives, ses évacuations d'humeurs sanglantes sonnant finalement le glas du supplicié, dont l'allure était déjà celle d'un cadavre. Au moins eus-je l'heur d'y échapper.

Je fis la connaissance, lors d'une traversée par ailleurs sans histoire, du serviteur de Champlain, un homme appelé

Gaston dont la rusticité et la bougonnerie me découragèrent très vite de tout rapprochement amical. Il y avait aussi un très jeune homme du nom d'Étienne, qui semblait avoir les faveurs de Champlain, mais dont on s'expliquait mal la présence, puisque ce dernier lui adressait à peine la parole. On sait que Champlain traite les gens normaux comme des valets et que les valets, quant à eux, n'existent tout simplement pas à ses yeux. On sait aussi qu'il aime à s'entourer de beaux et forts messieurs. (Juste ciel! Voilà que je fais des alexandrins! Un soudard poète, voilà ce que je suis devenu!)

Malgré son très jeune âge, Étienne entretenait un goût sinon immodéré, du moins prononcé pour la boisson, que lui avait transmis son père viticulteur, dans une ville des alentours de Paris où prospérait le cochon et se multipliaient guinguettes et tavernes. Je soupçonne Étienne d'avoir été placé à dessein sous la tutelle d'un homme de rigueur et de principe, de façon à développer en lui le sens de l'abnégation et du dévouement à une cause. Cela dit, il ne faisait pas mystère de sa fascination pour la liberté et l'état de nature dans lesquels batifolaient les sauvages, et rêvait de nudités exotiques et de plaisirs édéniques sans entraves, innocents puisque pratiqués par des créatures de nature enfantine, non entachées du péché originel. Aussi se mit-il très vite à étudier leurs langues, entreprise pour laquelle il s'avéra présenter d'excellentes prédispositions. Ce qui se produisit ensuite peu à peu fut à l'exact opposé des effets escomptés du rôle qu'on lui avait confié: au lieu d'utiliser sa compréhension des sauvages pour les inciter à se fondre dans le mode de vie des Français, c'est lui qui s'assimila aux cultures indigènes et s'y laissa cannibaliser.

✜

Arrivée à Québec, lieu désigné par Champlain comme idéal pour le commerce des fourrures. Champlain, irrité par les raids de la puissante tribu des Iroquois Agniers et leur influence délétère sur le commerce des colons, avait résolu d'aller porter le combat dans le camp ennemi et obtenu à cet effet la collaboration de plusieurs tribus iroquoises et des Hurons, que nous rencontrâmes sur le fleuve. Enthousiasmé par cette mer de canots bigarrés et l'impression de foule innombrable qui s'en dégageait, j'avais d'ailleurs entamé la rédaction d'un poème guerrier, que je dédierai, une fois terminé, à mon petit-neveu Pierre, né il y a déjà plus de trois ans et à qui je n'ai pu offrir de cadeau de baptême. Il commençait par ces mots :

> *Nous partîmes cinquante, mais par un prompt renfort,*
> *Nous nous vîmes trois cents en arrivant au port.*

Je sais que l'Histoire ne retiendra pas mon nom, d'abord parce que Corneille est un nom fort disgracieux, mais surtout parce que je suis une manière de domestique, et que même le domestique qui a servi sa ciguë à Socrate est voué à l'obscurité éternelle. C'est donc sous l'impulsion d'une fierté entièrement gratuite que je souhaite souligner le rôle décisif que moi-même et quelques autres avons joué dans cette expédition.

Nos alliés, notamment les Hurons, avaient insisté avant de s'engager à nos côtés pour que nous lâchions une salve d'arquebuse en leur honneur. Cela était sans doute destiné à apaiser leurs inquiétudes, nos amis sauvages croyant que chaque personne et chaque objet étaient investis d'un pouvoir, d'une force et d'une âme qui leur étaient propres qu'ils appelaient orenda, et que la vie, ou la mort d'ailleurs, résultaient du jeu d'influences et de la lutte que se livraient quotidiennement tous les orendas. Il convenait donc de s'assurer que l'orenda de Champlain était de taille à se mesurer à celui des Iroquois.

J'ai l'honneur de confirmer ici que le résultat fut au-delà de nos espérances, puisqu'une douzaine de ces pétoires puantes et fumantes explosant en chœur dans un énorme vacarme suscitèrent des hurlements d'acclamation et une jubilation sans pareille. Je ne saurais comparer cette dernière avec le sentiment rassurant et galvanisant que procurent les paroles d'un prêtre avant qu'un régiment ne parte au combat, mais le besoin d'être rassuré au milieu des périls qui nous guettent est universel, et j'éprouve quelque bienveillance à retrouver chez ces hommes du bout du monde les préoccupations et besoins qui nous habitent.

C'est donc d'une humeur fort enjouée, après maintes ripailles, que nous partîmes sur le fleuve, nous Français sur nos lourdes chaloupes, et nos alliés sur leurs canots d'écorce de bouleau, embarcations agiles et maniables qui nous révélèrent l'ingéniosité et l'esprit d'invention dont savaient faire preuve ces magnifiques combattants, même si l'arme à feu leur était inconnue.

Champlain avait résolu de partir sans Étienne, ce sac à vinasse, et de lui laisser la bride sur le cou pour qu'il approfondisse sa connaissance des langues locales; aussi ce dernier décida-t-il prestement d'aller se faire emplumer par divers hôtes et hôtesses, finissant son périple chez les Hurons. Nous les avions affublés fort méchamment de ce nom pour la hure hirsute à laquelle les astreignaient leurs coutumes, alors qu'ils se dénommaient eux-mêmes les Wendats, c'est-à-dire «les gens de la péninsule», et que leur terre natale était apparemment un endroit extrêmement poétique où ondulait le sable blanc.

Je n'ai pas bien compris le manège qui suivit : l'expédition, débutée dans la ferveur et l'enthousiasme, parut s'effilocher au gré des portages successifs et des navigations à contrecourant, puis chacun finit par s'apercevoir qu'il avait quelque chose de mieux à faire ailleurs, des rendez-vous urgents à tenir, d'autres obligations à respecter ; aussi les défections se multiplièrent-elles, certaines sans raisons apparentes, d'autres dûment motivées. En à peine quelques jours, nous avions laissé partir la plus grande partie de notre contingent, n'ayant conservé que deux arquebusiers : mon comparse, un frisé aux cheveux roux nommé Jean, et Champlain, transformé lui aussi pour la circonstance en homme d'armes. Nos alliés, quant à eux, étaient passés de trois cents à une soixantaine.

Je vécus dans un cauchemar d'inconfort, traînant derrière moi ma maudite pétoire, pagayant à l'envi ou portant des canots sur la tête, cuisant au bain-marie dans une armure que le soleil de juillet chauffait à blanc. Bien entendu, il ne fallait s'attendre à aucune commisération de la part de Champlain, mais par bonheur, il décida de nous faire voyager la nuit, non pour notre confort, mais pour éviter que les Agniers nous repérassent.

❖

J'eus tout loisir, au cours de ce périple, d'observer nos alliés et de les étudier, car ils avaient bien entendu dans leurs rangs un truchement permettant l'établissement et la tenue d'un dialogue. Les Algonquins ayant construit à notre intention, en une heure ou deux, de fort confortables demeures d'écorce appelées wigwams, j'appris que c'étaient des nomades qui suivaient le gibier dans ses déplacements et ses migrations, qu'ils vivaient donc de chasse, de pêche et de cueillette, et avaient développé à cet effet des armes de silex et surtout de cuivre, ce métal affleurant parfois à la surface de leurs terres. Ils avaient apparemment une très haute idée d'eux-mêmes puisqu'ils s'étaient dénommés «vrais hommes», donc implicitement les seuls êtres humains de la Terre. Leur univers était régi par un être suprême qu'ils appelaient le Grand Esprit, et leur âme fantasmagorique avait créé un épouvantable démon : le Wendigo, monstre cannibale maléfique errant dans les forêts et associé à l'hiver et à la famine. J'y vis une parenté avec notre croquemitaine, idée que je n'osai avancer à personne dans la crainte d'être dénoncé à nos autorités ecclésiastiques soucieuses d'éviter les analogies avec nos propres traditions païennes.

Je pensais ne rien savoir de nos ennemis les Iroquois, jusqu'à ce que notre truchement me fît remarquer que nos amis les Hurons étaient de tradition et de langue iroquoises. La raison pour laquelle ces cousins étaient devenus des ennemis mortels s'était perdue dans les recoins de l'histoire et du temps : peut-être s'agissait-il d'une querelle dont on avait oublié l'origine ou la raison, peut-être n'était-ce qu'une question de domination et d'appropriation de certaines ressources. Mais cela avait finalement peu d'importance dans un univers où la guerre relevait davantage d'un rituel, d'une liturgie ou même d'un ballet que de l'anéantissement des forces ennemies, et où les pertes humaines étaient très peu nombreuses. Le mode de vie des Iroquois était radicalement opposé à celui des Algonquins. C'étaient des cultivateurs sédentaires vivant dans de gros villages fortifiés. Ils s'adonnaient occasionnellement au cannibalisme guerrier, qui permettait au vainqueur d'absorber la force et le souffle vital, l'orenda, de ses ennemis les plus valeureux.

Tous pratiquaient la torture, elle aussi moyen de « réduire » l'orenda de l'ennemi, de le faire supplier, de l'humilier. Je fus sidéré d'apprendre que ces nations étaient organisées en confédérations.

❖

Nous arrivâmes finalement à un immense lac, appelé « Lac du Milieu » par les Algonquins et « Porte du Pays » par les Iroquois, à qui Champlain, saisi d'une passion subite pour la beauté du lieu, s'empressa de donner son nom sous le prétexte qu'il était le premier Européen à l'avoir vu : quelle plaisanterie ! J'étais avec lui, et Jean le rouquin aussi, alors pourquoi ne pas l'avoir appelé « Lac Corneille », ou « Lac Poil de Carotte » ? Il baptisa aussi d'un coup de plume allègre les collines verdoyantes de l'est les Verts Monts : il était en veine de paternité ce jour-là !

Ces lieux naturels paisibles, d'une extraordinaire magnificence et regorgeant d'animaux qui détalaient sous nos pieds ou nous étudiaient avec application à la lisière des forêts, n'avaient jamais abrité d'établissements humains car les nations avoisinantes, probablement saisies elles aussi par leur beauté, les considéraient comme sacrées et n'avaient pas coutume de s'y affronter. On y mentionnait aussi la présence d'un monstre lacustre : le Chaousarou, qui incarnait pour certains sauvages l'esprit qui vit au-dessous des eaux. Je dois dire qu'à ce moment-là, enivré par la quiétude riante, la clémence et la générosité de la nature, j'eus peine à croire à quelque maléfice que ce fût, d'autant que les superstitions autochtones, comme celle de l'ogresse Gougou, ne présentaient pas toujours un attrait métaphysique ou moral et paraissaient parfois simplement conçues pour faire peur aux petits enfants.

C'est à l'orée de cette région boisée et tout au long de la traversée de ce territoire magique que les Indiens devinrent de plus en plus pressants, demandant chaque matin à Champlain s'il avait eu des rêves pendant la nuit. Cette requête, fort surprenante pour des Occidentaux, s'imposait chez les sauvages à l'approche d'une bataille, car le rêve présentait pour eux un caractère fort réel, le monde dans lequel nous vivons leur apparaissant lui-même parfois comme un rêve dépourvu de signification, d'importance ou de moralité.

Champlain fit d'abord la sourde oreille à ces sollicitations, puis finit par céder et narra à ses demandeurs un rêve qu'il aurait fait où les ennemis agnais auraient péri de noyade au cours d'une bataille. Je ne sais si Champlain fit preuve de totale franchise dans cet épisode, s'il modifia ou enjoliva son rêve ou s'il dit à ses interlocuteurs ce qu'ils voulaient entendre, mais les inquiétudes se dissipèrent car on le crut… ou l'on fit semblant de le croire, aucune autre possibilité n'étant envisageable ou même pensable car ces sauvages étaient somme toute des personnes extrêmement pragmatiques en dépit de leur attrait pour le surnaturel.

Je passerai rapidement sur la partie de cache-cache qui se déroula entre les Agniers et nous, une rencontre fortuite sur le lac entraînant même un mouvement de fuite de part et d'autre. Il y eut des séances de hurlements et de gestes menaçants dans un souci d'intimidation et de repli des orendas ennemis, et l'on organisa même des négociations sur l'heure et le lieu de la bataille, les Agniers s'avérant fort difficiles et exigeants dans l'art de la guerre : ils ne voulaient pas combattre sur l'eau, et avaient apparemment aussi quelque réticence à combattre la nuit. Nous nous réjouîmes qu'il ne fît ni trop chaud ni trop froid à leur convenance.

Oui, la guerre était vraiment chez ces gens un acte rituel : de notre côté, nous avons été longuement englués dans d'interminables palabres avec nos alliés sur le positionnement des uns et des autres et leur espacement, leur ordonnancement, leurs exigences protocolaires, leurs préséances et hiérarchies tribales. Lorsque le tout eut été finalisé, on en arriva à une disposition en ligne frontale très ordinaire, mais où chacun se sentait utile et avait trouvé sa place. Champlain nous plaça, nous autres Français, sur le flanc de la ligne qu'allaient constituer les guerriers agniers, pratique très insolite mais acceptable pour des étrangers à qui la coutume n'avait pas procuré d'ordre de déploiement ou de disposition protocolaire.

La bataille commença. Les deux cents guerriers agniers sortirent des fortifications qu'ils s'étaient construites et nous firent face en hurlant, grimaçant et proférant des menaces. Comme nos alliés, ils étaient protégés par des armures et des boucliers de bois très solides, qui garantissaient presque l'invulnérabilité, ou qui en tout cas limiteraient considérablement les pertes de vies humaines, après quoi l'affaire serait entendue et le vainqueur contraindrait l'orenda ennemi à une débandade. Sortirent alors les chefs, tête ornée de plumes, qui portaient sur le front une mâle assurance. (Mon Dieu, pourquoi donc les passages héroïques de mon récit suscitent-ils cette création spontanée d'alexandrins ?)

C'est là que Champlain lui-même décida de faire le coup de feu : sortant des hautes herbes tel un diable d'une boîte, il se rua comme un fou dans l'espace entre les deux lignes. Les Agniers ne devaient jamais avoir vu d'Européen ou observé de tactique guerrière de ce genre, car cette manœuvre les étonna plus qu'elle ne les terrifia. Au moment où ils se décidèrent à décocher quelques flèches pour tâter de son orenda, Champlain coucha en joue les chefs et fit tonner son arquebuse gorgée de quatre balles. Le résultat fut dévastateur : deux chefs immédiatement tués, et un brave blessé à mort. Lorsque Jean le rouquin et moi-même ouvrîmes le feu, un troisième chef périt, ce qui attrista et découragea beaucoup nos ennemis. Et quand Jean ôta son casque et montra ses cheveux roux et bouclés, des hurlements fusèrent et l'ennemi détala : sans doute pensait-il avoir vu un démon.

C'est ainsi que le Sieur de Champlain et deux arquebusiers ont de leur propre chef, par le caractère meurtrier de leurs armes, mis en déroute une troupe de deux cents Indiens et chamboulé aux Amériques un rituel de guerre codifié et inchangé depuis des temps immémoriaux. C'est ainsi que notre culture guerrière, qui se fonde sur l'anéantissement, a prévalu : par l'anéantissement, car l'anéantissement est une phase ultime, une impasse dévorante qui ne tolère pas la contradiction.

✛

Sur le chemin du retour, alors que notre petite armée victorieuse marchait en longue file sur le rivage, j'entendis, d'abord sourdement, puis de plus en plus nettement : « Chaousarou…

Chaousarou» remontant notre ligne. Lorsque je me retournai, j'eus à peine le temps de voir un énorme poisson d'allure reptilienne surgir de l'eau puis y replonger. Il émergea encore une fois, puis replongea lentement, majestueusement, dans les eaux sombres du lac, et disparut dans un petit clapotement. Champlain lui-même s'en émut et griffonna dans son journal le souvenir de cette vision stupéfiante. Pour ma part, à la manière des Indiens, j'y vis un signe et me dis que nous avions à jamais changé les orendas de ce lieu, mais qu'aussi longtemps que l'esprit qui vivait au-dessous des eaux se manifesterait, le lac Champlain demeurerait un lieu magique et bienveillant, dont la beauté s'imposerait toujours au visiteur.

Cette journée est restée gravée dans mon esprit et le sera jusqu'à la fin des temps. La folie meurtrière aux Amériques étant dictée par le besoin d'approvisionner en chapeaux de fourrure les dames de Paris qui en raffolent, j'aspire à finir le temps qui me reste en priant le ciel de ne pas être victime de l'énergie fébrile qui caractérise monsieur de Champlain, puis à en revenir à l'art et à la poésie, à y sensibiliser mon petit-neveu Pierre, à ne m'exprimer plus qu'en alexandrins. Car autrement me reviendra toujours cette effroyable pensée:

N'ai-je donc tant vécu que pour cette infamie?

Chapitre 12
Les cheveux de la Gougou et autres curiosités répertoriées dans la caisse mystérieuse expédiée à Paris au bon Vespasien Robin, botaniste du roi, par le sieur de Champlain, en 1637, par-delà sa mort

BERTRAND LAVERDURE

Par-delà la mort, les vestiges parlent, la vie s'incline sur ses tréteaux et recommence à singer l'atmosphère. On cuisine les destins, mesure les restes tout en fourbissant la fiction.

Champlain est mort depuis deux ans, mais les divagations naturelles qui fondent la vie sur Terre persistent.

En 1637, donc, Vespasien Robin, grand botaniste du roi Louis XIII, reçoit un curieux colis, un caisson de bois, bien scellé d'étoupes et de puissants clous.

Le livreur, se disant un ami de la Nouvelle-France, lui lègue, sans plus de cérémonie, une lettre cachetée. Le mystère régnait et ne fut que redoublé lorsque le sieur Robin s'enquit du titre de cette missive post mortem :

Voici, en cette caisse, l'herbier et les bouts de carcasses et autres parties animales, recueillis par le bien nommé Samuel de Champlain durant la totalité de ses périples en terre de Nouvelle-France pour les bénéfices du roi et de ses savants.

Le matin était pâle dans la capitale de France. Les odeurs voyageaient lentement, comme toujours, stoppées par des masses d'air stagnantes, véritables fléaux, îles à mouches et à autres émanations telluriques en ce jeudi dont nous ne mentionnerons pas le saint patron.

Cette caisse énorme empiétant sur l'allée centrale des jardins du roi agaçait tout autant qu'intriguait notre médecin herboriste, arboriste et simpliste, appelé aux petites heures pour accuser réception de ce cadeau inopiné. En charrette, le généreux contributeur à l'identité floue avait cru bon de laisser son butin tout à côté de la grande fontaine centrale, directement au milieu du jardin des tulipes.

Il fallait manquer de tact et ne pas comprendre les us et coutumes de la cour pour avoir procédé à une livraison si peu convenable.

Le pli entre les mains de la personne à qui il était destiné, notre malandrin déguerpit, un peu à la manière d'un écureuil à la vue d'un homme confus. Certes, Champlain a toujours eu d'étonnantes amitiés, et il semblait que son trépas n'eût pas amélioré la situation.

Nous en sommes maintenant, sous un soleil timide, à espionner l'allure de Vespasien Robin, fils de Jean Robin, précédent botaniste du roi. Digne produit de la passion paternelle pour les plantes, leurs décoctions et infusions bénéfiques tout autant que leur pouvoir de cataplasme. C'est sans surprise pour les spécialistes concernés qu'on a pris acte du talent de cet homme pour les nouvelles sciences et que l'on a suivi son parcours, de ses études de médecine à Paris jusqu'à la succession de son père à ce prestigieux poste. Le père étant fatigué, c'est d'ailleurs le fils qui avait dirigé les travaux et constitué le plan du tout nouveau jardin royal. Plusieurs années passées à la tête, avec son père, du jardin de la Faculté de médecine de Paris l'avaient bien préparé à cette tâche.

À première vue, Robin fils n'était pas complètement étranger à la Nouvelle-France, car ce matin-là, il arborait son chapeau de castor, en gros dé à coudre enfoncé sur son crâne et ceint d'un ruban harnaché au contour de sa tête par une boucle dorée. Ce couvre-chef au large rebord coupait les rayons poussifs de la lumière du jour.

Manches crevées, fraise un peu démodée au cou (il avait gardé quelques éléments lui rappelant le règne d'Henri IV, par superstition), il trottinait néanmoins avec des souliers à la toute dernière mode, bien lustrés, en cuir brun et à grandes boucles carrées.

Son nouveau domestique, Gaston, un peu rétif, s'empressa d'aller quérir les instruments de menuiserie qui lui permettraient d'ouvrir la boîte de Pandore.

Il estimait fort probable que la boîte révélerait des secrets ou des étonnements, et eût été tristement indisposé si quelqu'un l'avait persuadé du contraire.

❖

Champlain et ses acolytes marchent dans la forêt, en quête de nourriture, l'arquebuse à la main et le couteau à la ceinture.

L'équipée arrive dans une clairière, un grand brûlis, là où un feu de forêt a terminé sa course. Sur presque un arpent, du noir, du sec, du cassant, des braises grises, à peine quelques fumerolles au loin, surtout de la nouvelle verdure cisaillant les massifs de fusain. Des plants de bleuets, en bosquets ardents, qui ont éclaté partout. De petits bras tendus gorgés de sphères dures, au centre juteux, à la membrane duveteuse et bleu-noir, bleu profond, bleu de nuit.

Soudain, un ourson, batifoleur, effectue quelques sauts dans la talle de fruits, tape sur les baies sucrées, se beurre le museau de ce jus collant. L'arquebusier, effrayé, a un mouvement de recul. L'ourson espiègle le remarque alors. Un échange de regards prend place, sous la lumière froide d'un soleil inclément. En une fraction de seconde, l'instinct joue son rôle de ressort bandé, de levier à événement hasardeux. Plus rien ne pense chez l'arquebusier ni chez la bête. La peur et la surprise enclenchent des réflexes. L'animal émet un son strident. L'homme armé s'apprête à viser la boule de poils. Le coup part.

Le petit a le temps de fuir, mais c'est la mère qui rapplique. L'autre arquebusier, quelques mètres à l'arrière du premier, crie au tireur malchanceux de se pencher. L'énorme femelle charge les bâtons de feux. Le deuxième tireur ne rate pas sa cible. La pensée revient ensuite, telle une princesse délicate qui s'échappe du crâne lorsqu'il fait mauvais et réintègre ses quartiers lorsqu'il est temps de passer à table.

Sur la bleuetière, une carcasse lourde gît. Sa fourrure noire écrase les bosquets. Inaperçu par le groupe, un orignal, caché dans les branches, détale.

❖

Dès que la caisse est ouverte, moyennant moult efforts de la part de Gaston, des relents de Nouvelle-France s'exhalent. Vespasien, habitué au doux fumet des cadavres, ne s'en formalise pas. Craignant tout de même le pire, il demande à son domestique de jeter un coup d'œil dans la boîte. L'homme peureux agite sa main droite au-dessus de la surface béante, inondée de poussière et de particules diverses.

– Allez, Gaston, dis-moi ce que tu vois!

– Monsieur, il y a là une peau d'ours de grande taille.

Effectivement, couvrant tout le dessus de l'intérieur du caisson, une soyeuse et touffue peau d'ours noir scellait son contenu.

Cérémonieux, Gaston retire ce trophée de chasse de son cadre de bois pour l'étaler de tout son long dans l'allée graveleuse. Grand corps de bête de plus de deux mètres, tapis turc tissé par mère nature, sans tête, bien tanné par les Montagnais, cuir souple devenu duvet, cette longue pelisse, à peine trouée par les mites, ne déparait pas le décor somptueux du jardin.

Le botaniste du roi n'hésite pas alors à plonger la main dans la fourrure dense, inspecte le travail minutieux des Amérindiens, s'amuse à brosser dans tous les sens la fibre animale.

– Que dirais-tu de cette peau sur le plancher de tuiles de la salle à dîner du pavillon principal? Cela serait du meilleur effet. De plus, j'estime que notre Louis, intéressé par la chasse, ne roulerait pas des yeux en croisant du regard ce souvenir du sieur de Champlain.

– Je suis de votre avis.

– Alors allons, emportez cette mémoire des voyages de l'ancien géographe du roi là où elle sera remarquable et appréciée.

Gaston s'exécute. Roulant l'objet organique à la manière d'un cigare de poils.

Vespasien Robin savoure l'œillade qu'il anticipe. Seul avec sa boîte, fébrile, il attend que son domestique atteigne la porte du pavillon principal avant d'entreprendre sa propre exploration de cet étrange musée pêle-mêle.

Il agrippe des deux mains la bordure râpeuse, frotte le bois qui lui semble d'une essence résineuse, aux parois pleines d'éclisses. Lentement il accède à l'ouverture. Il ne se presse pas.

Son chapeau ombrageant l'intérieur de la caisse, c'est en le retirant qu'il aperçoit une masse d'ossements de toutes sortes : crânes d'ours, de martres, castors, caribous, chevreuils, lapins, loups-cerviers, daims, cerfs, tortues. Il ne les identifie pas de mémoire mais parce que chacun d'eux est enveloppé dans du papier qui constitue en somme sa fiche d'identification. L'abondance d'os eût impressionné le spectateur peu habitué à ce genre de vision, mais Robin voit plutôt dans ce supposé trésor un tas de reliques dont il n'a que faire.

Sérieux, il n'en continue pas moins à dépouiller le contenu.

Une à une, il sort les têtes mortes du caisson et les dépose sur un long drap qu'il a fait apporter.

Gaston revenu, c'est à deux qu'ils procèdent maintenant à l'opération.

– Monsieur, je crois que je tiens là une curiosité.

– Montre donc !

Gaston tend à son maître un bien drôle de spécimen

emballé dans deux feuilles de papier, l'une entourant le bec et l'autre l'appendice à orbites oculaires s'y rattachant. Sur une des feuilles, un poème, écrit à large plume, avec certaines parties barbouillées de pâté d'encre, et qui semble correspondre à la description de l'étrange animal. Une colonie de dents acérées s'éparpillent dans cette gueule en forme d'épingle ou de trait vif d'au moins quarante centimètres, donnant à l'ensemble des allures menaçantes.

Le court texte se lisait comme suit :

Chaousarou poisson secret des eaux
Tapis sous les roseaux attendant l'or
D'une proie goûteuse, bec en ciseaux
Tu es l'esprit du marais qui dort (pense)

Bien entendu, l'herboriste en chef du roi est habitué à ces poèmes scientifiques tenant lieu de rapport ou d'observations sur le terrain. Néanmoins, la dernière ligne le laisse songeur. Le mot entre parenthèses, qui ne suit pas la rime établie, détonne. D'autant plus que le texte n'est pas signé. Enfin, on entrevoit bien quelques indices de lettres, sous les étangs bleutés d'encre sèche. Difficile de trancher, mais on y devine soit un M suivi d'un L, soit un N ou un B, suivi d'un L. Rien pour éclaircir la provenance de ce morceau. Qui n'en dit pas plus de toute façon qu'une note succincte sur le mode de vie d'un poisson rare chassant dans les eaux basses des lacs.

Sur l'autre page, une note retranscrite et identifiée. Un passage du second voyage de Champlain en Canada, en 1608, où il expliquait une technique de chasse singulière employée par ce poisson guerrier :

Quand il veut prendre quelques oiseaux, il va dans les joncs ou les roseaux qui sont sur les rives… et reste immobile en mettant le bec hors de l'eau. De cette façon, lorsque les oiseaux viennent se reposer sur ce bec, pensant que c'est un tronc de bois, il est si adroit que, serrant le bec qu'il tient entrouvert, il les tire par les pattes, sous l'eau.

Que dirait notre Vespasien sceptique s'il apprenait que dans quatre cents ans, on pêchera, dans le cadre d'émissions sportives à la télé, sans faire de chichi, un lépidostée osseux dans les Grands Lacs, avec de l'enthousiasme de réserve, didactique, mais sans jamais plus d'enthousiasme mystérieux? Qu'on le montrera tout frétillant aux téléspectateurs blasés, en ouvrant son bec avec des gants et qu'après l'avoir humilié pour des raisons éducatives on le replongera dans sa forêt de joncs, afin qu'il cueille sa prochaine bête à plumes?

Ce qui bouge ce jour-là dans les tout neufs jardins royaux, c'est autant la science, qui se détache peu à peu des ombrelles de la religion et des mystères, que la méthode scientifique, qui a commencé à s'intéresser, timidement, à la réalité grandiose et à l'exploration universelle plutôt qu'aux instances livresques, à Galien, Dioscoride, Pline ou Hypocrate.

Les poèmes disparaîtront des manuels de science et Descartes publiera bientôt, cette même année 1637, son *Discours de la méthode*, agissant sur le cogito en évacuant les latineries et les thomismes qui le liaient au passé.

— Gaston, je me pose une question et j'ose vous demander ce que vous en pensez.

— Vous me demandez d'évaluer votre question?

— Enfin, je me suis mal exprimé. Dites-moi ce que vous

pensez de cette catégorie qui me semble assez amphigourique des monstres. Résistera-t-elle à l'épreuve du temps si l'on admet que l'observation et la classification éliminent une partie du mystère et que «mystère» n'est en somme qu'une appellation détournée de ce qui requiert une croyance religieuse pour s'affirmer comme vrai?

— C'est votre question qui est amphigourique, monsieur. Si je vous comprends bien, vous essayez de me demander si la classe des monstres mérite une analyse sérieuse ou ne devrait être reléguée qu'aux histoires de bonnes femmes et aux contes. N'est-ce pas?

— J'admets que votre formulation sied mieux à ma pensée.

— Je connais peu de choses hormis mon expérience, monsieur, et selon mon expérience, les monstres n'existent pas, mais font partie des chimères qu'inventent les hommes pour donner une explication terrifiante à des phénomènes qu'ils ne comprennent pas encore.

— Votre point de vue est juste et éclairant. Néanmoins, ne pourrions-nous pas classer dans la catégorie des monstres – et je vous le demande avec tous les doutes qu'exigent monsieur Descartes, ce cher ami insubordonné et lumineux – cette mystérieuse bête aux mœurs sournoises et cruelles?

— Je ne crois pas, monsieur.

— Vous êtes si sûr, vous me troublez grandement.

— Ce n'est qu'un poisson.

— Non, bien entendu, il s'agit d'un poisson-monstre. Il faudra lui fabriquer un écrin en velours pour le montrer au roi.

— Je suis ici pour vous servir.

— Vous êtes ici pour servir la science et le roi.

— C'est vous qui le dites.

– Ne soyez pas importun ou fourbe, Gaston, cela pourrait vous perdre un de ces jours.

Le domestique chagrin à l'esprit vif s'en retourna côté jardin, en direction du pavillon central, véritable coulisse de cette *commedia dell'arte*, avec le crâne dudit poisson-monstre enveloppé dans son poème et sa note en bas de page.

Son maître, visiblement irrité par son valet têtu, l'oublia à partir du moment où il se remit à farfouiller dans son cadeau.

Sous la couche des squelettes de la faune de Nouvelle-France reposait une variété de plantes séchées, préservées entre des feuilles épaisses liées par des cordelettes, le tout constituant quelques herbiers.

Avec les plantes, Robin le fils arpentait son territoire. Ses certitudes étaient moins niaises dans ce domaine. Ses connaissances étant à la fine pointe de ce qui se faisait de mieux à l'époque en botanique, sa fierté bourgeoise s'en ressentait parfois.

– Gaston, rapatriez vos pénates ! Venez voir ces beaux herbiers, bien faits, presque aussi bien ficelés que ceux de notre ami Cornuty ! Allez, allez ! Nous nous occuperons du poisson-monstre plus tard !

Premier botaniste à avoir présenté dans un livre les plantes du Canada, Cornuty, dont l'ouvrage venait d'être publié deux ans plus tôt, en 1635, méritait la considération de son collègue. D'ailleurs, il avait glané une partie des plantes de son herbier canadien dans l'ancien jardin de l'École de médecine de Paris, dont Robin père et fils avaient l'intendance.

On avança que Cornuty avait pris part à l'une ou l'autre des expéditions de Champlain pour se procurer les herbes, plantes et graminées des terres canadiennes, mais personne ne put confirmer cette hypothèse.

Avec ses doigts boudinés, un peu jaunâtres d'avoir baigné fréquemment dans les terreaux de toutes sortes et les fumiers aux vapeurs désastreuses, Vespasien Robin détache avec componction l'un des herbiers.

– Ah! bien, quelques beaux spécimens d'Apocynum minus rectum Canadense, le fléau des chiens! Gaston, vous connaissez? Bien entendu que non…

– Non, pas vraiment… je ne suis pas botaniste…

– Vous êtes un puits d'ignorance et c'est ainsi que vous me plaisez. Il s'agit de plantes qu'on utilise pour repousser les chiens, certains peuvent en mourir s'ils l'ingurgitent.

Puis, soulevant l'autre planche de carton dur:

– Ah, excellent! quelques pages de Centaurium foliis cynaræ, de la petite centaurée, fabuleux remède contre la fièvre, et qui peut traiter l'anémie, les voies biliaires, l'hydropisie… Je dois vous avouer enfin qu'elle vient à bout des vers intestinaux…

– Ne m'en parlez pas…

– Je vous en préparerai des infusions.

Par trois fois, il répéta le même manège, paradant son latin et son savoir devant son domestique avec une impudique suffisance, le taquinant bien ferme, soutirant du caisson des plants d'Aster luteus alatus – l'hélénium, ou hélénie –, infusion bien prisée en médecine pour traiter la bronchite traînante; des échantillons d'Edera trifolia Canadensis – ou herbe à puce –, fabuleusement urtiquante; de belles feuilles et fleurs de la Bellis ramosa umbellifera, mieux connue sous le nom de pâquerette, en macération dans de l'huile souvent utilisée comme raffermissant pour les peaux relâchées ou contre les ridules.

Mais sa surprise la plus grande, celle qui provoqua chez lui une exclamation indigne d'un homme de son rang, survint lorsqu'il découvrit quatre barils de capillaire du Canada, cette fougère en forme de bracelets jumeaux, en forte demande à Paris.

– Oh mon Dieu, Gaston ! Vous voyez cela ? Quatre barils de capillaire du Canada ! Nous en ferons des simples qui payeront une partie des travaux du jardin de l'Inde ! Une telle quantité d'Adiantum americanum vaut en soi une dot ! Ce cher ami anonyme de Champlain connaissait la valeur de son don ! Quel étonnant concours de circonstances ! Allez me porter tout ça dans mes appartements, que j'en extraie l'essence. Et à votre retour, n'oubliez pas de commander un écrin à maître Argutie, le chantourneur de balustrade, dans le Faubourg Saint-Victor : vous prendrez mon cheval pour y parvenir.

– Et Gaston ! Avant de vous éparpiller, Gaston ! Gaston, restez attentif, bon Dieu ! Apportez-moi notre meilleur vin de bouche de Bordeaux ! Dans ces nouvelles bouteilles anglaises, au bouchon de liège ! Qu'on fête un peu l'arrivée providentielle de cette manne !

Les quatre petits barils entreposés, il restait au fond de la malle une espèce de serpentin, un long ruban, à l'aspect visqueux.

Une note de la main de Champlain, signée, déposée sur la chose, l'identifiait :

Cheveux de la Gougou, monstre avéré des peuples de la région de Tadoussac.

À la fois curieux et fâché d'avoir à transiger avec une autre apparition monstrueuse, Vespasien Robin tire sur une extrémité de cette substance tubulaire, lancéolée et collante qui est enroulée en boudin au fond de la caisse. Il renifle, palpe, inspecte de près cette chose mi-végétale, mi-animale qui ressemble à une algue mais aussi à une cordelette creuse, avec des sortes d'écailles ou des vertèbres articulées.

– Gaston! Gaston! Mais qu'est-ce que vous faites, bon sang?

– Je sors de vos appartements.

– Vous demanderez à maître Argutie qu'il conçoive un deuxième écrin en forme de ziggourat ou de spirale pour recevoir ces cheveux de Gougou…

– Ce sont des cheveux de la Gorgone?

– Non, imbécile, de la Gougou.

– L'argent de vos capillaires va passer en écrins pour vos monstres.

– Ah, et puis alors? Le roi aime les monstres.

– Et maître Argutie, votre argent.

Chapitre 13
Les premières vendanges

Danièle Vallée

Récemment installé à Québec, Champlain vient d'être informé que le roi compte envoyer le sieur Léandre de Bautancourt en reconnaissance dans la ville, pour y apprécier la récente construction dite Abitation de Quebecq, que l'on a baptisée Place Royale. Le roi a bien reçu les excellents plans du fort, mais il tient à ce qu'un de ses lieutenants le voie, y pénètre, y loge, y mange et y boive. Le sieur de Bautancourt fera d'abord un séjour à Tadoussac avant de se rendre à Québec le 5 octobre 1611. Champlain est fort aise de cette visite, lui si fier de cette réalisation. Il a érigé trois bâtiments principaux de deux étages, entourés d'un large et profond fossé et d'une palissade de pieux solidement ancrés dans la terre. Le plan de la forteresse est calqué sur l'architecture française, à la différence qu'elle est de bois et non de pierres.

On est à la mi-août. Champlain rassemble ses hommes afin de leur annoncer cette visite imminente et de leur dicter les travaux qu'ils auront à faire pour que tout soit impeccable, à l'intérieur comme à l'extérieur de l'Habitation, en prévision de l'arrivée de l'éminent personnage. Toutes les réparations mineures et majeures devront être exécutées avant le début de septembre.

Il consulte également son rondelet cuisinier, Éloi, et ensemble ils élaborent un menu de circonstance. Il enverra ses meilleurs chasseurs à l'affût des gibiers et des oiseaux (lièvre, orignal, ours, tourte), et son meilleur pêcheur pour vider les rivières à la recherche de saumons et d'anguilles. Seront préparés des morceaux de choix : queue de castor à la graisse si fine et si délectable, museau d'orignal et, bien sûr, canard – et laqué, le canard, comme en Chine. Toujours et sans cesse Champlain espère-t-il trouver la route de la Chine, et le canard laqué qu'il apprécie tant l'incitera à poursuivre sa quête : découvrir ce passage secret.

Éloi signale au maître qu'il ne reste qu'un pauvre tonneau de vin et que ce tonneau sera vide avant la visite du sieur de Bautancourt. Champlain fait remarquer à Éloi que s'il n'était pas si gourmand, le vin ne s'écoulerait pas comme de tonneaux percés. « D'ailleurs, ajoute-t-il, je compte bien sévir au sujet de tes agissements, en réduisant davantage ta consommation. Tu bois tant, mon cher pansu, qu'aux repas, on retrouve dans nos gamelles de la sauvagine mal plumée et des patates aux yeux si grands que c'est intimidant de les manger, tant elles nous observent. Et ne t'en fais pas pour le vin. Une cale de bateau chargée de muids de vins de bouche et de vins de table nous sera livrée au plus tard à la deuxième moitié de septembre, ne le sais-tu pas ? » Éloi acquiesce, reprenant la route de ses chaudrons, la mine abattue, le gosier sec comme un ruisseau tari tout en songeant aux vingt-huit merveilleux tonneaux contenant chacun deux cent soixante-dix litres du précieux liquide. Éloi frôle l'évanouissement.

L'été passe, septembre arrive et Louis, un des hommes de Champlain, constate que les cerisiers n'ont produit que très peu de fruits cette année. Il le mentionne à Champlain, que la rareté des cerises ne semble pas préoccuper. Il est, en effet, fort tracassé par le fait que le navire de ravitaillement ne se soit pas encore pointé. À la mi-septembre, toujours pas de navire en vue. Tous les matins, il descend au bord du fleuve pour scruter l'horizon.

Fin septembre, toujours rien. Champlain n'est plus le même. Il fait les mille pas sur la grève, accuse d'imaginaires pirates d'avoir pillé le vaisseau, accuse ses trente-deux hommes des pires péchés du monde et, pendant les repas, il lui arrive souvent de frapper du poing sur la table en maugréant entre ses dents ou en pestant contre ces marins d'eau douce qui ne savent même pas tenir un gouvernail. «Espèces de bois-sans-soif, mille millions de mille sabords!» Ses hommes ne disent mot et penchent la tête pour se mirer dans leur soupe.

Le 3 octobre, tout est fin prêt pour recevoir le sieur Léandre de Bautancourt: les couverts en argent et les coupes de cristal ont été essuyés avec soin, les meubles astiqués, tout est parfait. Ne manque que le vin. Il n'en reste qu'une cruche, que Champlain conserve précieusement dans ses appartements. Pour la grande occasion, il a engagé trois jeunes filles, trois jolies Montagnaises, en guise de bonniches qui plairont aux hommes. Il leur a brodé trois ravissants tabliers blancs pour la touche finale: Champlain manie aussi bien l'aiguille que la plume.

Si le navire ne vient pas, il aura au moins quelques verres de vin à offrir à Bautancourt. Mais sa réputation de gentilhomme en sera entachée à jamais, puisqu'il est impensable qu'un si grand festin, préparé à la manière des hauts lieux français, prive les convives de partager le boire avec le digne invité. Champlain le téméraire saura bien expliquer cette incommensurable impolitesse, mais le grand explorateur se doute que ses réalisations seront amoindries aux yeux du sieur, qui rapportera au roi la triste scène de ce festin avorté. Champlain sera la risée de tous à la cour.

L'angoisse le tenaille. Il pleure en secret dans ses appartements, imaginant une table sans vin, tout en serrant et berçant sur son cœur le dernier cruchon de vin sur lequel ruissellent ses larmes.

Bien sûr, il aurait pu envoyer deux de ses hommes en mission à Tadoussac, s'enquérir auprès du lieutenant-général s'il consentirait à partager ses provisions de vin avec lui, question de le dépanner le temps que sa cargaison se rende à Québec. Cette solution s'avère pourtant impossible puisque l'invité de marque séjourne justement au fort de Tadoussac, où il se fait remplir la panse et le gosier par le lieutenant-général lui-même. Il craint que la demande de Champlain réclamant l'aumône d'un tonneau de vin de bouche parvienne aux oreilles de Bautancourt, après quoi il deviendrait l'objet d'une farce monumentale qui alimenterait les prochaines agapes à Tadoussac. Champlain est désemparé. Il se dénigre. Il se répète en se frappant la poitrine : «Autant ramer moi-même jusque-là, m'agenouiller devant eux tous et les supplier de me ravitailler en vin. Gifles, injures, honte et mortification seront à leur comble.»

Depuis deux jours, Champlain mandate un guetteur en permanence sur la grève pour surveiller l'arrivée du vaisseau. Et cent fois par jour, Champlain hurle : « Louis, mon frère Louis, ne vois-tu rien venir ? » Et l'autre de répondre : « Que voulez-vous que je voie, Sieur, la brume est plus épaisse que la soupe aux pois d'Éloi ! »

Le 4 octobre, veille de l'arrivée du sieur de Bautancourt, désespéré, Champlain somme Ignace, son rameur le plus rapide, le plus habile et sur qui il peut toujours compter, de prendre un homme avec lui et de s'avancer jusqu'à la pointe de l'île de Bacchus, là où le fleuve s'élargit et l'horizon s'éloigne, pour mieux voir si un navire vogue au loin.

Les deux hommes sautent dans la barque. Il n'est pas question de faire patienter Champlain, ni de le contrarier : il a la colère à fleur de peau ces jours-ci et ils le craignent. En donnant leurs premiers coups de rame, il leur semble l'entendre vociférer dans sa langue maternelle : « *Si vous ne me rapportez pas une bonne nouvelle, je vous condamnerai à estre pendus & estranglés audit Quebecq & votre teste plantée au lieu le plus eminent de nostre fort.* »

Les deux esclaves se mettent à ramer avec force. Champlain les suit du regard en priant le ciel. L'eau est calme, la barque glisse. Les rameurs rapetissent dans l'œil du Sieur. Soudain, la barque se met à tanguer, comme si elle luttait contre une vague énorme, puis elle chavire, emportant les deux hommes au fond sans qu'ils se débattent ou tentent de nager. En un instant l'eau redevient tout à fait paisible à cet endroit. « Serait-ce la Gougou ou un autre monstre marin qui vient d'avaler deux de mes hommes ? » Il lance son chapeau à plumes dans le fleuve, arrache sa perruque, déchire son pourpoint, s'effondre sur la grève face contre terre et se met à brailler à tue-tête en frappant sur les galets. Ses hommes aux abois courent vers lui, le soulèvent et le transportent jusqu'à son lit. Chauve, maigre, rachitique, démaquillé, déshabillé, une loque portée par deux hommes, tel un noyé sorti de l'eau. Il était franchement laid, Samuel. Aucune ressemblance avec le beau Maxime Le Flaguais, qui le personnifiera quatre cents ans plus tard. Ses hommes s'empressent d'alerter le père Gontrand, un jésuite en résidence, qui accourt à son chevet. Le père Gontrand trouve des mots pieux et sages et des prières miraculeuses, l'encourageant à offrir à Dieu le sacrifice de ses deux hommes et de vingt-huit tonneaux de deux cent soixante-dix litres de vin chacun. Champlain s'exécute. Il s'offre à Dieu. C'est son seul salut.

Le lendemain, 5 octobre, Champlain revient lentement à de nouvelles dispositions. Le grand banquet aura bien lieu et, humblement, Champlain exposera calmement et avec humour au sieur de Bautancourt l'incontrôlable situation, s'excusera du peu de vin qu'il a à lui offrir.

Au milieu de l'après-midi, un navire mouille en face de l'Habitation. Voici les hôtes qui mettent pied à terre. Le sieur Léandre débarque le premier, paré de frais, accoutré comme un prince de contes de fées et suivi d'une traînée de serviteurs maniérés. Champlain s'avance à sa rencontre, sérieux et rieur à la fois, les yeux encore bouffis de ses esclandres de la veille. Les deux sieurs parlementent brièvement, puis Champlain convie son hôte à entrer dans l'enceinte du fort, qu'il lui fait visiter de fond en comble, sans doute dans l'espoir de retarder l'échéance du banquet, gargantuesque pour l'époque, mais privé de vin.

Puis, à l'invitation de Champlain, Bautancourt pénètre dans la grande salle à manger. Une interminable table, garnie de victuailles alléchantes, de pains, de viandes et de légumes variés trône au centre de la pièce. Et, à côté du bahut, trois jolies hôtesses montagnaises, vêtues de leurs magnifiques tabliers brodés, sourient timidement. On se croirait dans un salon de Paris. Bautancourt est visiblement impressionné, d'autant plus que sur la table sont disposées six cruches de vin. Champlain n'en croit pas ses yeux. « Je divague. D'où a surgi ce vin ? »

On fait asseoir les invités. Les hôtesses remplissent les verres des dignitaires avec le vin de bouche qu'avait si jalousement conservé Champlain, tandis que les autres convives s'abreuvent aux trois vins inconnus. On ne tarit pas d'éloges sur le goût et la qualité de ces vins. Le vin de bouche bu, tout le monde goûte aux trois vins mystérieux. Bautancourt s'esclaffe : « Mais d'où proviennent ces cuvées ? Ces vins sont sublimes. » Tous les convives partagent son avis. Incrédule autant que décontenancé, Champlain se dit : « J'assiste aux noces de Cana, mais je découvrirai bien l'origine de ces vins apparus comme par enchantement. » C'est l'euphorie. Bautancourt et sa suite se mettent à chanter de vieilles chansons françaises. « Quand il me prend dans ses bras... »

Dans l'embrasure de la porte, le cuisinier Éloi sourit.

Éloi picole, c'est connu. On l'a maintes fois semoncé, mais il récidive. C'est plus fort que lui. Il est fou du vin, du cidre ou de tout autre alcool. En avril dernier, Champlain l'avait envoyé à Tadoussac en retraite fermée chez les Récollets, confiant la cuisine, l'élaboration des menus, la cueillette de fruits et de légumes à Gervais, son aide-cuisinier un peu benêt. Les repas étaient devenus maigres, fades et infestes. La sortie de table était souvent suivie de maux de ventre, de foie gonflé de bile et de vomissements sonores. Le maître de séant a donc rappelé Éloi à Québec, à une condition, pour le plus grand malheur du pauvre cuistot : il lui serait interdit de boire plus de deux gobelets de vin par jour. Éloi n'était pas du tout guéret à l'idée de retourner à l'Habitation, puisqu'à Tadoussac, le père Ambroise, en échange d'une savoureuse boustifaille, lui passait une cruche de rouge en douce. Éloi était au paradis. Il avait soudoyé un ambassadeur de Dieu corrompu. Le crime paie.

De bien mauvais gré, Éloi était rentré à Québec. Mais il avait soif. À longueur de journée. Il se desséchait. Il s'atrophiait. Il songeait à préparer de moins bons repas pour que le maître consente à le laisser se sustenter de vin, la tactique inverse lui ayant si bien réussi à Tadoussac. Mais cette flagrante machination n'avait pas réussi à berner Champlain. Éloi mourait de soif. Il n'en pouvait plus. Tous les soirs, quand les hommes dormaient, il se levait sur la pointe des pieds, faisait le tour de la grande table et, aspirant de toutes ses forces, il recueillait les gouttes de vin des gobelets laissés sur la table. Piteux, cet Éloi à l'agonie. Il avait besoin d'alcool pour survivre.

Au mois de juin, alors qu'il s'affairait à casser les feuilles de pissenlit pour préparer une salade, la lueur d'une chandelle s'était allumée au-dessus de sa tête. Une idée lui était venue. Un souvenir, plutôt. Alors qu'il était tout gamin, sa vieille grand-mère concoctait un breuvage, un liquide de fermentation qu'elle appelait *vin* et qu'elle fabriquait avec de vulgaires fleurs de pissenlit ou, dans sa langue, *dent-de-lion*. «Que n'y ai-je pensé plus tôt! s'était-il écrié. Sans doute parce suis-je trop faible pour penser… » Au même moment, une deuxième chandelle était apparue au-dessus de son bonnet : « Mais oui, se souvenait-il, sa sœur, elle, faisait du vin de patates… et du vin de cerises, recettes qu'elle tenait d'un Italien de passage prénommé Ricardo. » Éloi était fou comme un foin. L'énergie lui revenait. Il piétinait dans le pré de pousses de pissenlit comme un orignal en rut, tournaillait sur lui-même comme une feuille dans un tourbillon de vent avant de s'affaler sur le dos en remerciant le ciel et en chantant : « Tant qu'il y aura des fruits, il y aura de l'alcool. »

« Les fleurs de pissenlit seront écloses à la fin de la semaine ; quant aux patates, rien n'y paraîtra : les hommes ne les aiment pas et j'en ai des paniers pleins ; les cerises seront mûres en août. Quarante jours de fermentation et le doux liquide sera prêt fin septembre. Gai lon la, gaie la patate, gai le pissenlit, gaies les petites cerises, gai lon la… » Il chantait tout en continuant de ramasser les feuilles avec des gestes délicats pour ne pas abîmer les caboches de ses chers pissenlits.

Rentré, Éloi s'était bien gardé d'exposer quelque bonne humeur. Il feignait le cuisinier penaud. Malgré sa corpulence, il vacillait de temps à autre pour qu'on voie bien que le sang qui coulait dans ses veines avait besoin d'être tonifié. Bien qu'Éloi fût considéré comme le bon diable toujours prêt à rendre service, la maisonnée ne portait pas attention à sa comédie. Pour ne pas éveiller les soupçons sur sa folle combine vinicole, il s'efforçait de mijoter des plats toujours plus délectables. Les miches gonflaient de mie, les sauces s'enrichissaient, sans parler des desserts, dignes des grandes tables de France, au grand plaisir des habitants ravis. Tous s'entendaient pour dire qu'Éloi méritait que le maître augmentât sa pitance de vin, mais Champlain ne bronchait pas.

Tous les matins, Éloi allait jeter un coup d'œil à ses pissenlits. Le tiers de la prairie était déjà couvert de gros boutons jaunes aux pétales échevelés. Il leur disait que bientôt, il viendrait les arracher à la terre pour leur confier une mission secrète. Quand leur éclosion a été complétée, Éloi est sorti en pleine nuit ramasser son butin, qu'il a enfermé dans un grand drap transformé en pochon et qu'il a dissimulé non loin de là, dans une cache d'ours noir abandonnée depuis longtemps. Ensuite, il a rôdé près des cerisiers, leur recommandant de faire éclore des milliers de cerises, belles, rondes, fermes et bien rouges, qui seraient métamorphosées en un vin aussi prisé que celui de France. Quant aux patates, Éloi a passé toute une nuit à les trier, se réservant les plus belles et les plus en chair, à l'image des Montagnaises qui servaient les convives à l'occasion des soirées et des fêtes données par Champlain. Il a soigneusement pelé chacune des patates, lentement, comme on déshabille une femme, tout en leur recommandant de ne pas faire de l'œil à quiconque les aborderait, sinon, ce serait « À la casserole ! »

Éloi s'est mis à la production, la nuit, quand tout le monde dormait. Il a tâché de ne pas faire de bruit. Des tonneaux vides serviraient à la fermentation. Rien n'y paraîtrait, puisque ces tonneaux restaient inutilisés et que leurs douves étaient souvent brûlées. Le premier soir, il a rempli trois tonneaux de patates coupées en morceaux, auxquelles il a ajouté du sucre, de la levure et de l'eau. Il a bien refermé les tonneaux et les a roulés jusqu'à la cache de l'ours. Le deuxième soir, même processus avec les pissenlits. Il lui fallait maintenant attendre au mois d'août pour la fermentation des cerises. Son plan s'exécutait parfaitement. Il comptait les jours. Neuf futailles de vin l'attendaient dans une vétuste cache d'ours!

Il se prenait à rire et à parler seul. Éloi était aux oiseaux, ignorant encore que c'est lui qui sauverait la réputation du sieur de Champlain en faisant apparaître sur sa table des cruches de vin, au grand bonheur de l'envoyé du roi.

Chapitre 14
Moi, le grand masturbateur devant l'Éternel

RODNEY SAINT-ÉLOI

C'est le fleuve qui revient d'océan chaque soir
Et c'est l'océan qui tremble dans chaque regard
C'est ici le plus beau paysage du monde

Mais que devient tout cela que je nomme
Gatien Lapointe

LE TESTAMENT DU SEIGNEUR DE LA NOUVELLE-FRANCE

Décembre 1635. Ah, mes amis, la société, je n'ai pas de voix pour vous parler. Je vous demande de m'enlever à raison et médailles et insignes et honneurs et mérites. Je vous demande de briser les miroirs en mille destins. Je ne sais plus ce que c'est qu'être un homme ou une alouette. La mémoire me fait défaut. Est-ce vrai que j'ai suivi la route de Jacques Cartier? Peut-être qu'avant de mourir, on ne voit qu'un petit point rouge, plus petit qu'un poil de chat. Je vacille, canot pris au piège de la houle. Je n'ai de visage que ce masque d'azur. Je ne suis pas ce grand explorateur affublé de tous les titres. Je ne suis le mandataire d'un quelconque roi de France ni le découvreur des terres nouvelles et des îles de plein vent. Le monde n'est jamais nouveau tant il frissonne de vies étranges. Tant il fracasse d'aventures. Je suis dans mon corps un gamin qui crie, un sexe qui cherche le sault d'eau pour pisser ou le trou d'un sexe pour mourir et renaître dans le tumulte des eaux. Quand j'ai mis les pieds à bord de *La Bonne Renommée*, je n'avais pas de renom ou si peu. Je n'avais ni vertu ni route ni épices ni pensée. Je n'étais qu'un apprenti sorcier sans mystère, prêt à tout pour se faire une histoire. Je n'avais qu'une seule folie : l'Histoire… Ah! l'Histoire, vous dis-je. L'Histoire n'est pas seulement le laboratoire des dieux et des puissants. Parfois, quelques bandits sautent à bord, contournent les océans ou s'y enfoncent. Ils s'en vont en pirates et retournent chez eux, malgré eux, en héros. Mon dévoué maître Christophe Colomb, mon cul, mon pauvre cul, laisse-moi rire, a découvert l'Amérique, dit-on, en 1492. C'est aussi un héros. Après, c'était Jacques Cartier… Après et après… À rassembler les héros, cela peut déboucher sur un fleuve de zéros où scintille une lumière de sang. La civilisation a bon dos. Les mers ont bon dos. Les mers savent laisser passer les hommes dans leurs flancs pour mourir plus haut, plus haut dans les fjords glaciaires. Que n'a-t-on pas découvert? L'Afrique… Oui… L'Amérique et toutes les autres terres nous appartiennent. Nous, nous avons le droit. Même le droit de découvrir des lieux longtemps habités. Je m'appelle Champlain. Je ne m'appelle pas Mateus da Costa. Je ne suis pas ce vieux nègre libre, effronté comme lui seul, venu du Portugal et qui parle on ne sait jamais comment les langues des sauvages.

Je suis de la race de ceux qui baptisent et qui explorent. Je suis de ceux qui font l'Histoire, la géographie et les boussoles de la science. Ne me regardez pas trop. Je ne saurai longtemps retenir le mensonge, ce malentendu appelé *découverte*. Nous avons le droit de nommer les mers, les terres et les îles. Nous avons effacé l'île Saint-Éloi, voyez-vous ça, de la carte. Après, nous abolissons tous les toponymes autochtones pour blanchir le pays, pour évangéliser les sauvages. Ah… au nom de la civilisation, nous allons écrire une nouvelle histoire de peuplement. Nous avons les droits et les droits. Le droit d'inventer les saints des saints, les croix et les églises partout sur ces territoires infestés de maudits sauvages. Et le roi. Et l'Église. Et la loi. Tout est de notre côté. Même l'océan. Même les volcans. Même les arquebuses. Même la faune. Même la flore. Drôle de retournement des choses. Les vents comme les mers savent tourner. Le vent a tourné sur ma vie. Je suis toujours à l'embouchure du Saint-Laurent. Je pleure quand les ruisseaux deviennent des fleuves de sang. Mon métier d'homme n'est pas un dîner en ville. J'ai dans ma tête une mémoire sauvage, et dans mon corps le corps double de deux sauvageonnes dont j'oublie les odeurs âcres d'algues et de forêt boréale. Qui me dira que le fleuve Saint-Laurent n'avait pas de bras pour aimer et pour tirer quelques coups quand les eaux étaient trop tempétueuses? Qui me dira que la mort n'était pas à un pas de mon visage? La glace nous attendait, et nous n'avions pas eu de feu pour combattre les flots. Et quelle chanson triste était notre chanson? Quelle est la route où je n'avais pas marché? Où était l'Asie dans tous mes rêves de conquérant? Quand il n'y avait pas d'Asie. Quand il n'y avait pas d'épices. Quand la route n'était pas de Chine, je me réfugiais entre les eaux de mes filles sauvageonnes que j'appelais de tous les noms d'orignal et de biche. De castor et d'ours. De groseille et de chicouté. Je saccageais les ports et les étangs. Je remontais les lacs et voyais le ciel et les étoiles tomber sur les corps liquides que nous étions. La seule règle en mer est de ne pas mourir. Ni hommes ni loutres, ni porcs ni bisons, la vie, demain ou plus tard, je vous le dirai… mais je ne suis pas un héros, comme ils disent. Je suis un homme qui bande la nuit et qui pisse sur son lit, et qui vomit comme un porc quand l'alcool coule à flot. Que font, d'après vous, des navigateurs ensemble sur un bateau, qui s'en vont vers des mers étranges et noires ? Comment effacer la peur et la faim qui tenaillent les entrailles de la solitude sinon qu'à ferrailler les corps jusqu'à ce qu'il ne reste que des eaux brûlées du désir ? Ah… Ah… les îles sont des allumettes qui consument nos vies et qui blanchissent nos cheveux. Je commence par vous livrer mes secrets et mes quatre vérités. Je suis le grand masturbateur, moi Samuel de Champlain, roi des explorateurs de la Nouvelle-France.

Mai 1603 – Le bateau s'ancre à Tadoussac

Je bois aux mamelles de Tadoussac, deux grands seins de miel et de lait dans ma tête. Dans ma bouche. Voici le pays mien. Mon tourment date de ce matin ensoleillé. Je plante ma bande blanche ici entre les cuisses de cette terre. J'entre à l'intérieur de ces deux collines rondes. Je suis mouillé de toutes parts. Moi Champlain, champion de toutes les terres, masturbateur devant l'Éternel, me voici livré à mon corps neuf, ivre du désir de vivre au pays extrême des sauvages. Un oiseau parle par ma voix. Une bécasse. L'oiseau bleu chante. L'oiseau bleu me fait don de son amitié. Quelle terre nouvelle ! Quelle joie nouvelle ! Quel fleuve encore à traverser ? Cet espace m'appartient par le vertige d'exister. La barque me porte vers ces eaux inconnues. Le Saint-Laurent m'appelle. Où vas-tu, Fleuve? Vois-tu dans tes eaux troublées mes yeux fatigués? Là-bas, les sauvages me feront-ils bombance? Serai-je leur bourreau ou leur ami? Serai-je feu sous la cendre? Voici, je prends les érables à témoin, je mets tout mon baluchon dans ce fleuve qui m'amène vers les sauvages. Je mets aussi tout mon cœur, là où nues les filles dansent dans les tabagies pour le grand Sagamo couvert de plumes d'aigles et de graisse de caribou. Les filles dansent une danse lubrique et se donnent fluides et belles aux étrangers que nous sommes. Les tambours pleuvent sur les cornes des savanes bleues, comme l'oiseau bleu. L'aventure commença ainsi. L'oiseau bleu parlait en moi et me disait: À *Kesex*, pardonnez le lapsus, *Kebec*, ce qui voulait dire «là où la rivière devient plus étroite…» J'ai promis le peuplement de ces terres sauvages. J'étais sans nuance. «Nos fils allaient venir ici pour baiser vos filles à pleines dents et peupler cette race, et courir les bois et les rivières, et peupler ces espaces inhabités. Nous serons des cousins…» Je suis le grand fourreur de la Nouvelle-France. Je suis le grand fornicateur de ces espaces que j'ai cartographiés comme un grand sexe. Kebec, c'est dans les entrelacs de ces rivières cordées que je pisse ma joie et c'est là aussi que je trouverai ma mort.

Ce qui est à moi est à toi

Ce qui est à moi est à toi… c'est ce qu'ils nous disaient, ces amis sauvages… c'est par ces mots qu'ils nous accueillaient. Avant, le Saint-Laurent était pour eux «la rivière qui marche». Ainsi parlaient les oncles sauvages, car la rivière avait un pied qui s'allongeait de rive en rive. Ils ne pouvaient imaginer mettre des chaînes aux pieds du fleuve. Dans leur rêve, le fleuve était un gâteau orangé. Mais une fois qu'on a posé le pied sur le territoire, il a fallu voir et nommer les pieds de ce fleuve qui marche. L'encadrer pour le mesurer. Le dévirer pour le saisir dans ses failles abyssales. Une fois que l'on a embrassé un bout de leur fleuve et que le portage a reconnu nos peaux brûlées, il nous a fallu dominer les eaux, en plantant un doigt d'honneur dans le cul des étangs et la croix de la possession à la gueule des plateaux. *Ce qui est à moi est à toi.* Ils nous ont donné le bon dieu sans confesse. Ils ont fermé les yeux. Nos prêtres leur ont donné la bible et la sainte parole. Ils y ont prêté foi. Ils nous ont ouvert leurs portes. Ils nous ont donné leur fourrure et leur joie. Ils ne connaissaient pas le mot *comptoir*. Ils vivaient et chantaient avec l'oiseau bleu, la bécasse qui rythmait les saisons et les jours. Ils ont répété à toutes les heures : *ce qui est à moi est à toi...* Nous avons mis nos arquebuses au repos. Ils nous ont donné leurs vivres et leurs bêtes. Leurs cabanes et leurs peaux. Jusque-là, c'était bien. La formule est digne et généreuse. Humaine et belle. Et ils étaient prêts à tout donner, encore et encore. Ils ne savaient répéter que ce mot : donner. Donner. Donner. Nous avons foulé les territoires et les fleuves. Nous avons exploré les forêts et les eaux. Nous avons compté les outardes en migration. Nous avons baisé tout ce qui bougeait et qui avait un trou. Plus tard, bien plus tard, une fois repus de notre bonheur, une fois soûlés de notre malveillance crasse, nous sommes allés à la rencontre de la Compagnie des Fucking Associés Fucking Of Merde Inc., nos frères blancs, les Anglais. Et nous avons répété la même phrase de circonstance. Par courtoisie. *Hé, amis anglais, ce qui est à moi est à toi.* Les Anglais ont souri. Ils ont pris la chose au sérieux. Ils ont secoué la tête, en faisant des signes idiots. Ils ont sorti leur fusil d'assaut. Ils ont compté les lieues et les lieues. Ils ont compté les quartiers du ciel. Ils ont compté les étangs et les golfes. Ils ont compté les étoiles polaires. Ils ont compté les bécasses et les castors. Ils ont compté les baleines. Ils ont compté les fourrures. Ils ont compté les arbres de la forêt boréale. Ils ont dressé le comptoir Perte & profit. Ils ont répondu sec : *Yes. Yes. Ce qui est à toi est à moi. Mais ce qui est à moi is for me, all right. All right.* Les Anglais nous ont fourrés partout.

LE SAINT-LAURENT, CE GRAND SEXE BORGNE

Un jour de mai 1603 – Nous sommes en route pour percer le fleuve, ce grand sexe borgne doré, sur la barque nouvelle. Bivouaquer d'un écho à l'autre avec ces rêves infinis de ciel inédit et d'une nature à couper au couteau. Les filles Charité et Espérance nous chatouillent, et l'eau nous berce de toutes parts. Heureux qui meurt d'aimer sur le fleuve Saint-Laurent. L'oiseau bleu épie nos dévirées et les lacs connaissent bien sa chanson. Sur la rivière Saguenay, les eaux déversent les eaux, et de longues étendues de terres et d'îles de sable s'offrent à nos yeux assoiffés de monde. D'un sault à l'autre, nous avons navigué, ballotés de çà de là par les lacs et les vents qui s'entrecroisent. Du canot aux pagaies, les chutes se suivent mais jamais ne se ressemblent. Nous apprenons à tomber debout dans les eaux tourbillonnantes du fleuve. Brouillard. Nous fermons les yeux et longeons les rives sans perdre souffle. Et nous voici émerveillés par ces scirpes d'Amérique près de la côte de Beaupré, ces paysages crépusculaires et immenses, ces anses scintillantes, ces estrans rocheux et ces escarpements qui s'étendent de Beaumont à Saint-Vallier. Et nous avons vu quelquefois ce que l'homme a cru voir. Le défi nouveau : embrasser ces terres nouvelles. Fouler ces territoires de solitude et de glace. Une fois à Québec, les paysages habitables s'offrent à nous. « Là sera le commencement de la terre de la Nouvelle-France », répétait à tue-tête l'oiseau bleu. Les eaux se faisaient désormais plus douces. Charité et Espérance accompagnaient notre route, en reines bienveillantes. Grâce à elles, l'espoir avait un nom sur la carte à venir. La vérité, je vous l'avoue, c'est que le héros ce n'est pas moi. Aucune histoire ne vous le dira. Le héros est le sexe mouillé de ces sauvageonnes qui, la nuit, apaisent mon angoisse. C'est leur drapeau de chair qui irrigue mon sang. Leur chaleur est plus douce à mon âme que les fêtes de tous les royaumes.

Lettre d'amour à Espérance et Charité

Je vous dis mon pardon. Je m'incline bien bas. Il faut toujours commencer par le mot pardon. *Je ne connais pas vos noms, ô vous que j'ai frottées de toutes mes sueurs sur l'étendue des eaux du Saint-Laurent. Je me rends compte maintenant (il est bien trop tard) que je ne connais rien de vous. Ni la rivière de diamants qui vous a engendrées. Ni le saumon farouche qui vous a nourries. Ni les langues de vos tribus. Ni vos corps cuivrés. Ni vos dieux hilares. Et même pas vos noms. Vous ne connaissez pas les mots* espérance *et* charité. *Vos noms ne sont pas vos noms. Ces mots n'ont pas dû exister dans votre langue montagnaise. Vous êtes femmes des montagnes et femmes des mille et une douleurs. Vous avez sur le front l'insolence de vos grands-mères. La force des bouleaux, la ruse des carcajous, le courage des épinettes noires et le vin des toundras coulent dans vos veines. Je suis toujours trop loin de vous, même quand nos membres se mélangeaient, même quand, sur le fleuve, nos désirs étaient amarrés dans le même cri fou, nous n'avons jamais bu à la même cruche ni la même eau. Comme les lignes parallèles arrivent à se croiser dans un lit de hasard! Nous n'avons jamais fumé le calumet du désir par le même bout. Notre tabac n'a pas eu le même goût de ciel. Je garde dans ma tête quelques traces de votre peau. Je me souviens... Je garde sous mes ongles l'odeur de vos seins nus, et ces tatouages sur le ventre qui font danser les tambours de la nuit. Je me souviens... Je suis Champlain le veuf. Je suis Champlain l'inconsolé. Mes deux étoiles sont mortes. J'ai perdu le nord et le sud. Je n'ai rien découvert. Même pas la nudité de vos corps, dans la nuit du mouillage. Je n'ai pas d'histoire à raconter. L'Histoire est un bordel aux rats.*

Les eaux nous condamnent aux mêmes gestes francs et banals. Recommencer. La nuit d'Anticosti où les yeux s'arrachent aux marais de terre vierge et de rivières blanches. Les mêmes tensions recommencent. Les mêmes cordes. Les mêmes chagrins remontent au vif des souvenirs. Les mêmes paysages émerveillés et défaits. Les animaux de la forêt s'entretuent à l'intérieur des terres dans le noir et appellent un dieu chinois au secours. Nous avançons sans savoir si la direction est la bonne. Qu'importe. La patience demeure la force des eaux. L'embarcation tantôt s'accroche à la régularité du courant, tantôt elle suit la fureur des courants. Nous ne sommes rien que cette masse de chair et de sang livrée à la furie des eaux. Le ciel observe nos gestes. Nous crions à la magie et mesurons chaque fois, à la baisse, les rêves touchant à l'embouchure. Quel sault sera le dernier? La fatalité est notre lot.

Recommencer. De la nuit à l'aube. Du scorbut aux poux. Nous traînons des corps de hasard et des idées de bélugas. Et nous chantons aux anses pures des romances, au Bic où les montagnes sont trop bleues, nous avons planté un drapeau blanc sur le fleuve, et à la croisée de Saint-Michel-de-Bellechasse, nous avons donné la main à l'horizon rouge. Cette terre est terre à féconder, pensé-je. Moi, masturbateur public impénitent devant l'impétuosité des eaux du Saint-Laurent. Je suis Champlain le grand fornicateur devant l'Éternel. Je dis pardon, et je demande qui un jour fleurira ma tombe.

ÉPILOGUE

Champlain est mort. Il ne pissera plus dans le Saint-Laurent. L'oiseau bleu fredonne une ritournelle chère à Champlain, d'après laquelle Espérance et Charité reposent en paix dans leurs corps si tendrement aimés. Il n'y a plus de route, dit l'oiseau. Un nouveau scénario esquisse des jours neufs. Tout est à refaire, car la nuit, le fleuve refait toujours son lit.

Chapitre 15
Une simple chute

HERVÉ LE TELLIER

Le 4 x 4 franchit avec difficulté une mare boueuse et s'arrête en bas de la côte, dans un dérapage peu contrôlé. Les phares éclairent les troncs d'une forêt dense de sapins et les lourdes gouttes d'une pluie glacée.

– Je suis navré, Harry, dit le chauffeur, mais je dois vous déposer ici. Le chemin de terre devient impraticable. Si je continue, je risque de m'embourber complètement. Je viens d'appeler Jack pour qu'il vienne vous chercher, mais impossible de joindre votre assistant, le réseau ne passe pas du tout. Mais ce n'est pas grave : un peu plus loin, en poursuivant – vous ne pouvez pas vous tromper –, vous allez voir du côté des rapides une espèce de piste qui serpente jusqu'à la rivière. Vous l'empruntez pendant environ deux cents mètres et vous allez accéder à une clairière où l'on a installé les tentes. Il y en a douze et la tente de la production porte le numéro 8. Il est tôt le matin, on ne voit pas bien le relief, faites très attention de ne pas glisser, c'est glissant.

Le producteur ne fait aucune remarque sur la répétition lexicale, il hoche la tête, pose sur sa calvitie croissante un Stetson noir encore trempé des quelques mètres qu'il a dû faire à la sortie du jet et il ouvre la portière. Il parcourt quelques pas sous l'averse. Le chauffeur recule aussitôt. Harry Morgan lui fait un signe amical, marche encore un peu, croit voir dans l'ombre la silhouette massive d'un orignal, et il glisse sur la glaise. La pente l'avale aussitôt.

❖

Des néons trop crus éclairent la vaste tente blanche. La pluie secoue la toile, l'eau s'infiltre et court sur le sol, un grand plateau surélevé de tubes et de planches protège le matériel, lampes, ordinateurs et caméras, de l'humidité. Une vingtaine de personnes s'y abritent.

Un grand type, casquette grise, anorak orange, monte sur la plateforme et s'empare d'un mégaphone. Il crie presque, mais couvre à peine le vacarme des rapides tout proches :

– *Passant le sault ils virent une isle où il y avoit si grande quantité de hérons, que l'air en estoit tout couvert. Il y eust un jeune homme qui estoit au sieur de Mons appelé Louys, qui estoit fort amateur de la chasse, lequel entendant cela, voulut y aller contenter sa curiosité, & pria fort instamment nostredit sauvage de l'y mener : ce que le sauvage luy accorda avec un Capitaine sauvage Montagnais fort gentil personnage, appelé Outetoucos. Dés le matin ledict Louys fit appeler les deux sauvages pour s'en aller à ladite isle des hérons. Ils s'embarquèrent dans un canot & y furent.*

– Je vous lis le texte originel de Champlain pour que vous vous imprégniez tous bien de l'époque. On ne filme pas au bon endroit, évidemment, mais je veux tout de même des visages de 1613, des chaloupes de 1613, des hérons de 1613, des éclairages de 1613. C'est clair pour tout le monde ? Donc, les hérons sont sur l'îlot et...

– Euh, Steve, les hérons... l'interrompt une longue fille brune en anorak, qui manipule tant bien que mal une tablette dans ses mitaines. On n'en a plus que cinq. Hier... un malencontreux incident, un renard qui...

– Quoi, Karen ? Cinq ? Mais... On avait dit au moins cent.

– Je sais, Steve, mais tout va bien. J'ai appelé tout de suite les gens de SimulTech. D'après eux, cinq, ça suffit largement, John va les filmer en situation, sur l'îlot, et ils créeront les autres en synthèse ou en les dupliquant.

– Cinq hérons...

Steven Grunberg laisse retomber le mégaphone. Karen consulte quelques notes, et sans relever la tête, elle ajoute :

– On a aussi ce satané problème de météo. Les prévisions ont changé : il ne va pas faire aussi beau que c'est écrit dans le scénario. Pour tout dire, ils annoncent qu'il va pleuvoir comme vache qui pisse pendant presque quinze jours. D'un autre côté, si je puis me permettre, Steven, c'est sans doute plus proche de la réalité historique. Quand Samuel Champlain passe le grand sault Saint-Louis, il fait plutôt mauvais.

– Si vous le dites, Karen...

Le réalisateur remonte sur l'estrade.

– Bon, tout le monde, il pleut, mais on ne change rien. Je vous rappelle le contexte de la scène 43.

– On va filmer sous la pluie, maintenant?, demande quelqu'un.

– Oui. On va bien filmer sous la pluie. Il y a aussi une comédie où on chante sous la pluie. Ça pose un problème à quelqu'un? Non? Que dit la direction de la photographie?

– Lumière de merde, fait une délicate voix féminine au fond. Je dois faire avec?

– Oui.

– Alors je ferai avec.

– Donc, je reprends le scénario. «Malgré les réticences de Champlain, le jeune Louis va chasser des hérons avec un sauvage montagnais»...

Steven se penche vers Karen:

– En parlant de Champlain, Karen, où est Tom?

– Tom est aux toilettes, répond Karen. Il a pris froid au cours de la dernière prise et depuis, il y passe une bonne partie de son temps.

– La scène avec les castors?

– Avec le dindon. Celle où... Vous vous souvenez?

Grunberg se passe rapidement la main sur le visage. Il reprend le mégaphone.

– Bien. Et où sont nos Montagnais?

Cinq types emmitouflés dans des couvertures thermiques somnolent au fond de la tente. L'un d'eux lève sans vigueur une main.

Le portable de Karen résonne brièvement. Elle y jette un œil et se tourne vers le réalisateur, inquiète.

– C'est Morgan, Steve. Il s'est posé il y a deux heures. Il veut voir le tournage.

– Il y a deux heures!? souffle Grunberg. Mais il va arriver

tout de suite. C'est une catastrophe. Il faut tourner. Vite. Allez réveiller Ian Persley.

Il y a un brouhaha confus à l'arrière de la tente. Un petit type replet est entré, de maigres cheveux collés sur le visage, les yeux un peu perdus, son long manteau de tweed couvert de boue, un chapeau défoncé à la main. Karen court vers lui aussitôt.

– Mais... Mon dieu! Harry? dit Steven en reconnaissant le producteur. Que vous est-il arrivé?

– J'ai glissé. Et j'ai perdu mon Stetson.

– Vous l'avez à la main, Harry, dit Karen en le désignant.

– Ah oui, dit Harry Morgan. Vous avez raison. Il est bien là. J'ai glissé.

– Je vous fais un thé chaud, dit Karen.

❖

Une heure plus tard, la pluie ne faiblit pas. On a trouvé des vêtements secs pour Morgan, nettoyé et redressé son chapeau.

– On va tourner tout de suite, fait Grunberg avec enthousiasme. Allez me chercher Ian Persley dans sa tente. On a un temps idéal.

– Il fait gris, dit Morgan, dubitatif.

– La lumière est parfaite, c'est ce que confirme d'ailleurs notre directrice de la photographie. N'est-ce pas, Jennifer?

– Absolument, fait la voix délicate au fond de la salle. Parfaite. J'ai même précisé tout à l'heure: une lumière de...

– Merci, Jennifer. On va tourner la scène de la noyade de Louis. C'est un moment dramatique. Un tournant essentiel du film.

— Et aussi celle de la noyade du sauvage Outetoucos, corrige Karen.

— Oui. Aussi celle-là. Merci, Karen. Karen Jaeger, mon assistante, je ne vous l'avais pas présentée.

— Oui, oui, dit Morgan. D'accord. Mais je croyais qu'au contraire, vous vouliez du soleil... Vous aviez dit à la présentation : « Je voudrais que le ciel sans nuage vienne renforcer l'effet d'injustice divine de cette tragédie humaine ». Ou à peu près. Vous avez changé d'avis ?

— Ah ? J'ai dit ça ? Oui. Mais non. Au contraire, la grisaille du jour renforce l'effet de violence des rapides. Sinon, ça fait un peu piscine à remous, je vous assure.

— Absolument, renchérit Karen. Piscine à remous.

— Et puis, ça nous évitera d'avoir à effacer le sillage du Toronto-Tokyo qui traverse le ciel. En revanche, assure Grunberg, quand on retrouvera leurs corps, ce sera en plein soleil. C'est encore plus fort dans ce dispositif scénique. Leurs petits corps fragiles ballottés par l'eau, dans une lumière vive et cruelle.

— Petits corps fragiles ? Outetoucos n'est plus un colosse ?

— Si, si, vous avez raison. Il y aura un grand corps d'athlète et un petit corps chétif. Outetoucos et Petit Louis, unis, malgré leurs différences, dans la terrible solitude de la mort, victimes de la violence aveugle de la nature.

— N'en faites pas trop, Steven, j'ai pigé. C'est d'accord. En plus, ces jours à attendre le beau temps coûtent trop cher. En parlant de cher, où est ce très cher Tom ? demande Morgan. Dans sa tente ?

— Il se repose, répond Karen, évasive. Il est fatigué.

— À cause de cette scène avec le dindon ?

– Euh… Morgan, de quelle scène avec un dind…

– Steve, ce n'est pas la peine de nier, son agent m'a appelé, j'ai passé une heure à éviter le procès. Bon. Il faut tourner le maximum maintenant avec Tom, je n'ai pas besoin de vous rappeler combien chaque jour de tournage avec lui nous coûte. Il ressemble à Champlain au moins ?

– C'est difficile à dire. On n'a aucun portrait fiable de Champlain. On aurait même pu prendre Johnny Depp. Ceci dit, Harry, Tom est bien plus plausible en Champlain que Depardieu en Christophe Colomb.

– On aurait dû prendre Vincent Castel, il est plus jeune que Tom de dix ans, et c'est un Français. Il n'était pas au même prix non plus.

– Cassel. Vincent Cassel, Harry, corrige Karen.

– Oui, bon, venez, dit Grunberg, on va tourner. Prenez ce parapluie, c'est un peu humide.

Une vingtaine de cirés et d'anoraks s'approchent de la berge. Le bruit des rapides est assourdissant et, entre la pluie et l'écume, on n'y voit pas à dix mètres. Posés sur les rochers, deux canots taillés dans un sapin, et, retenu par un bout de lin, un canot malouin qui s'agite dans un tourbillon d'eau sale. Les cinq Montagnais s'approchent de la rive, resplendissants sous leurs couvertures de survie en aluminium. Ils se dévêtent et restent sous la pluie, à dégouliner en mocassins et amples vêtements de peau. L'un d'eux est un vrai géant.

– Bel acteur, souffle Morgan. Un vrai Huron ?

– Han Dae-Jung. Un Coréen, glisse Karen. Il joue d'habitude dans des films d'action à Séoul. On dit que c'est un neveu de Kim Dae-Jung. L'ex-président de Corée du Sud. Les autres sont iroquois et sioux, mais surtout, ce sont des moniteurs de canot très expérimentés.

— Ah? fait Morgan.

Le «petit Louis» s'approche. Il porte un costume de marin breton traditionnel, bien que, dans ce qui restera dans l'Histoire, Louis ait été «l'homme du sieur de Mons». L'acteur, Ian Persley, vingt ans, est un frêle jeune homme aux traits fins, à la mine soudain soucieuse, que les techniques d'introspection de l'Actor's Studio ont mal préparé à un bain dans les rapides canadiens.

— Excuse-moi, Steve, demande-t-il à voix basse, j'ai relu le script. Il me semblait qu'il devait faire beau pour cette scène. Je me demande si je ne devrais pas demander conseil à mon agent.

— Mais absolument, Ian. Absolument. Salue-le pour moi. Et profites-en pour lui demander si c'est une bonne idée de devenir le seul acteur à ne pouvoir tourner que lorsqu'il fait beau. Retire aussi cette montre-bracelet.

Grunberg soulève le mégaphone.

— Bon, deux caméras s'installent sur les ancrages en A et en B, comme on a prévu. Je veux qu'on suive aussi les deux canots sur les cinquante mètres de traveling qu'on a installés, avec les deux caméras. Hauteur d'homme et demi-hauteur. Traveling un peu plus lent, il faut qu'on les perde de vue avec la vitesse. On a répété hier.

— Où est John Sterling? demande Morgan. Vous savez, le champion du monde de canot-kayak. On a insisté pour avoir John Sterling. On a payé pour avoir John Sterling.

— Sterling a fait des essais avant-hier, Harry. Une embarcation de cent trente kilos n'est pas un canot-kayak. Il a brisé une caméra, endommagé l'embarcation. Et il a failli se noyer. On reprendra la scène, mais avec son matériel et une Sony plus légère.

— Il faut tourner, maintenant, Steve, rappelle Karen. Les acteurs prennent froid.

— Ce sera pire dans l'eau. Bon, tous, écoutez-moi, on tourne d'abord la scène 41. Harry, je vous la restitue : c'est la scène où les sauvages montagnais, alliés des Français, parlent d'aller chasser les hérons avec le petit Louis. Le plus grand, Outetoucos, est téméraire et impétueux. Ses amis ne peuvent lui faire entendre raison. En place ! C'est bon ? Ian, je veux te voir à côté d'Han Dae-Jung. Tu as seize ans, tu es impressionné par la stature de l'Indien, presque troublé, mais en même temps, parce que tu es blanc et civilisé, tout en toi se refuse à subir cette emprise naturelle qu'a ce sauvage sur toi. Ne le joue pas trop sexuel. Petit Louis est dominé par Outetoucos, pas forcément attiré sexuellement. Tu me suis ? Moteur ? Je répète : « Les sauvages discutent entre eux », scène 41. Vous vous disputez en algonquin, vous avez trois répliques, pas plus. À la fin de la scène, vous poussez les pirogues à l'eau et Ian, tu sautes dans la dernière, heureux comme un gamin qui aurait convaincu ses parents d'aller dîner au *fast-food*.

— Ils vont vraiment parler en algonquin ? demande Morgan.

— Oui. Ils vont surtout vraiment descendre les rapides. OK ? Silence. On tourne.

❖

– Ça va, Ian ? demande Steven. N'essaie pas de parler, cligne seulement des yeux si tu m'entends bien.

– …

– Ian, tu as un tout petit peu penché pendant le passage dangereux des rapides et ta tête a cogné un rocher. Pas de traumatisme, selon le médecin. Mais après le choc, tu t'es évanoui, tu es tombé à la baille et avant qu'on puisse te repêcher, tu es resté pendant cinq minutes dans une eau à trois degrés, ce qui est long. Tu comprends ?

– …

– Oui, Ian, ajoute Harry Morgan. On va faire jouer la clause accident de ton contrat et tu vas rentrer te reposer chez toi. Rassure-toi, cela n'aura pas d'incidence sur le film, à la production, nous avions anticipé cette situation. Nous allons faire contacter Lawrence Brow, que tu connais, je crois. Je dois partir, mais je veille à m'en occuper dès mon retour à Los Angeles.

– Et puis, Ian, tu as été parfait tout du long, on va garder la fin de la scène, elle est très belle, tu es très flou, et tu tombes hors champ. Tu seras au générique.

– Je… Je veux continuer, Steve. Ce n'est rien. Je veux jouer la noyade de Louis. Je me sens prêt. Ne contactez pas Lawrence Brow. Réfléchissez encore.

– Karen ? Qu'en pensez-vous, demande Morgan. Vous les connaissez tous les deux.

– Et puis, vous savez, Steve, reprend le jeune homme, j'ai beaucoup travaillé la scène avec l'orignal.

– Vous avez écrit une scène avec un orignal ? fait Morgan. Mais… Ce n'est pas dans mon script. Racontez-moi.

– Eh bien… fait Grunberg. Euh… C'est…

– Voilà, poursuit Ian. Je suis dans l'eau, je me noie, et au moment même où je vais perdre tout à fait connaissance, je croise l'esprit de la forêt, ou plutôt il m'envahit, il s'insinue dans toutes mes pensées avec douceur et bienveillance. Je reconnais le corps et l'esprit d'un orignal, l'animal parle dans ma tête dans une langue dont je comprends le sens mais aucun mot. Il dit que je vais renaître. Je marche à son côté, je meurs et je suis vivant. Je chante avec lui. Je chante.

– Vous m'avez caché ça, Steve! s'écrie Morgan.

– Oui. C'est vrai. J'avoue.

– Mais c'est magnifique! Il faut que ce soit un des moments essentiels du film. Plus qu'une relance intérieure, une apothéose onirique et animiste! Cela doit être la fin du film. Reconstruisez autour. J'adore ça. Bien. Je dois partir, mais gardez ce garçon, puisqu'il insiste tellement. Bon rétablissement, Ian. Steve, je vous fais confiance, travaillez bien, et on s'appelle demain. Karen, raccompagnez-moi à la Jeep, on doit déjà m'attendre.

– Mais très volontiers, Harry, dit Karen.

⁂

– Ian?

Grunberg secoue le jeune homme, qui grogne dans son sommeil.

– Ian? Réveille-toi un instant. Raconte-moi donc cette scène que tu dis avoir répétée, celle avec l'orignal, l'esprit de la forêt. Donne-moi autant de détails que possible. Elle n'est pas dans ton script. Je ne l'ai jamais écrite. Ian?

Chapitre 16
Le cri de Tessouat

Jean-Claude Larocque

Mon campement à Tadoussac se plaçait au même endroit chaque printemps : ma tente, mon canot basculé sur la grève et quelques effets essentiels à la vie en forêt. La douceur de ce mois d'avril 1613 m'enchantait, moi, Thomas Godefroy. Je commençais tout juste à saisir à quel point le commerce des fourrures demandait de négociations, de rencontres et d'organisation. Champlain, mon capitaine, m'avait entretenu longuement des difficultés qu'il avait rencontrées à la cour de France lors de son dernier voyage. Je ne saisissais pas tout, moi qui vivais simplement, dans la forêt, sous ses ordres, sans les tracas dont il me faisait part. Il m'a parlé longuement du nouveau poste de vice-roi de la Nouvelle-France. Je lui ai demandé pourquoi une telle fonction était nécessaire.

Nous étions assis autour du feu. Le capitaine a fait une pause, j'en ai profité pour ranimer la flamme de quelques bûches. En silence, nous avons regardé au loin le fjord du

Saguenay. Le temps était suspendu à nos lèvres, puis, éveillé par le crépitement du bois qui se consumait, mon capitaine s'est remis à parler.

– Tu veux savoir pourquoi, Thomas? La raison en est fort simple. Tu vois, toi, tu es coureur des bois et truchement chez les Algonquins. Tu es conscient que le travail d'apporter les fourrures aux marchands est très exigeant. Il me fallait un moyen d'organiser, de structurer le commerce qui en découle. Avec ce poste, les commerçants devront respecter les ordres du vice-roi et, par le fait même, les miennes.

Je ne comprenais toujours pas, mais mon capitaine, que je respectais beaucoup, s'est mis à me donner force détails pour éclairer ma chandelle. Il m'a dit que le fait d'avoir un vice-roi le plaçait, lui, dans une position d'autorité supérieure. Il avait été nommé lieutenant de la Nouvelle-France avec des pouvoirs étendus sur le commerce des fourrures. Il avait reçu le mandat d'exercer un contrôle sur qui venait transiger avec les différentes tribus. Les commerçants de Saint-Malo et de Rouen avaient protesté vigoureusement, mais le vice-roi, grâce à son pouvoir, les avait fait rentrer dans les rangs.

Même si je ne saisissais pas tout, j'avais constaté de mon côté, et à plusieurs reprises, des inégalités dans les échanges. J'avais vu de nombreux commerçants arriver de plus en plus tôt au printemps en vue de s'approprier les plus belles fourrures. Ils menaient entre eux une compétition féroce et souvent déloyale. Les plus grands perdants étaient toujours mes amis indiens, qui ne comprenaient rien à cette histoire. Bousculés dans leurs négociations, privés d'un échange équitable, ils se plaignaient souvent à Champlain. Ce dernier faisait tout en son pouvoir pour faire comprendre aux commerçants qu'il fallait les respecter. Grâce à son nouveau titre, mon capitaine aurait peut-être davantage de moyens. Je le souhaitais sincèrement.

Quelques jours après notre échange, Champlain est venu me prévenir que les barques étaient prêtes et que je devais plier bagage et l'accompagner dans une grande expédition.

– Nous partons visiter les territoires de traite et créer de nouvelles alliances. Ce commerce est si important au développement de la colonie.

– Mais je suis vos yeux, mon capitaine ! Vous avez déjà beaucoup à faire à Québecq. J'irai, moi. Et je vous rapporterai les informations que vous cherchez, comme je l'ai fait à maintes reprises.

– Impossible, Thomas ! Pas cette fois ! J'ai rencontré Nicolas Vignau en France, qui m'a dit avoir trouvé le passage vers la mer du Nord.

– Mais rien ne m'empêche d'y aller pour vous.

– J'apprécie votre gentillesse. Mais on m'a mandaté à la cour du roi d'y aller en personne.

Ce soir-là, tout en préparant mes bagages, je repensais aux propos du sieur de Champlain, que je trouvais assez inusités. Il m'avait indiqué qu'en seulement dix-sept jours, il accomplirait le trajet du sault Saint-Louis à la mer du Nord. Je n'y croyais pas. J'avais moi-même arpenté les contrées algonquines, et je n'avais pas eu vent d'un tel passage. Tel que je connaissais Nicolas Vignau, qui n'était pas le plus vaillant des aventuriers, je me méfiais de sa parole. Enfin, on verrait bien.

Le lendemain, certain que nous ne nous mettrions jamais en route par un temps pareil, je m'apprêtais à partir à la rencontre d'amis montagnais, qui devaient m'apprendre à lacer des raquettes, quand le capitaine m'a interpelé vivement, me mandant de me rendre immédiatement pour le départ. Abasourdi, je lui ai fait remarquer que la tempête grondait et que le grand fleuve s'agitait.

– Je pars aujourd'hui, Thomas. Rien ne m'arrêtera. J'ai vu des mers rager et je m'en suis toujours sorti. Dieu nous protégera.

– À vos ordres, mon capitaine. Je vous rejoins à l'instant.

En ce 2 mai 1613, nous sommes partis vers Québecq. Le vent soufflait et nous avions de la difficulté à tenir debout. Les vagues ont augmenté jusqu'à passer par-dessus bord. Tous se sont mis à travailler sans arrêt à écoper l'eau crachée par la tempête. Tout s'est amplifié au point que je nous ai cru perdus. Une chaloupe de Saint-Malo a chaviré. Une rafale a brisé notre mât comme si c'était un fétu de paille. La trouille aux tripes, nous craignions tous de périr et c'est en redoublant d'effort que nous avons gardé la barque à flot. Lentement, au bout d'heures de combat, le vent a ralenti peu à peu et la colère du fleuve s'est calmée. Champlain avait survécu à une autre tempête. Un mât de fortune a été improvisé et nous nous sommes rendus à Québecq. J'étais heureux d'accoster le 7 mai.

À son arrivée, le capitaine a constaté avec enthousiasme l'état de la petite colonie. L'hiver ayant été clément, il n'y avait eu aucune perte importante et, sous les pulsions de la vie printanière, les arbres avaient revêtu leur costume vert. Comme Champlain désirait mettre rapidement en branle son expédition, nous avons embarqué une semaine plus tard en direction du sault Saint-Louis. À partir de là, mon rôle de truchement deviendrait indispensable au dialogue avec mes amis algonquins. Peu d'entre nous étions en mesure de traduire les langues des différentes tribus. Je marchais dans les traces de mon ami Étienne Brûlé, que je rencontrais souvent à son retour du pays des Hurons. C'était un fier pagayeur, conduisant vers Québecq des convois de canots bondés de ballots des plus belles fourrures de ce pays sans fin. Nous étions une race nouvelle de coureurs des bois et de truchements – deux rôles complémentaires : apprendre les langues du pays pour faciliter le commerce avec les Indiens, et explorer ce vaste territoire, qui nous était inconnu. J'aimais cette vie d'aventure et de grande liberté. Le 21 mai, nous avons accosté au Mont Réal.

❖

Ce n'est pas vrai ! Il n'y est pas déjà ! Moi, Nicolas Vignau, je devais partir demain à la rencontre d'une autre tribu ; or je n'aurai d'autre choix que de lui faire face. Je savais bien que mon convoi aurait dû partir plus tôt. Ces Algonquins ne comprennent jamais rien quand je leur dis de se hâter. J'espère que Champlain ne compte pas remonter les rapides et la rivière des Outaouais. Le convaincre des dangers, voilà ma seule porte de sortie ! Et Thomas qui est avec lui ! J'y vois un mauvais présage… Quelle déception ! Qu'est-ce que je vais faire ? Moi qui comptais passer l'été ici, à festoyer avec les marchands. Allons. Passons à l'attaque.

— Bonjour, monsieur de Champlain. Quel plaisir de vous voir. Et vous aussi, Thomas Godefroy, mon ami. Je vous souhaite la bienvenue.

— Je vois que vous avez bien observé mes directives de vous retrouver ici au mois de mai. J'en suis bien aise. Nous partirons le plus tôt possible pour suivre la route dont vous m'avez parlé, vers la grande mer du Nord, répondit Champlain.

– Bonjour, Nicolas. Heureux de te revoir. La mer du Nord, mais quelle aventure! Tu l'as vraiment vue? questionna Thomas.

Et l'interrogatoire a commencé! J'ai dû leur répéter à maintes reprises que j'avais fait ce voyage en dix-sept jours et que j'avais même vu les bateaux de l'explorateur anglais. Mais ils ne me faisaient pas confiance. Champlain a ensuite discuté, avec l'aide de Thomas, avec les Algonquins rassemblés en vue de faire la traite des fourrures. Comme à chaque occasion, ils se sont plaints. Et lui, berné par ses idées de grandeur, les a crus encore une fois. Je savais que Champlain allait négocier avec eux pour obtenir canots, guides et effectifs pour son expédition. Or, je ne tenais pas à refaire ce voyage difficile. Le soir venu, j'ai exposé en secret à quelques-uns de mes amis algonquins l'inutilité de ce périple. Mais leur influence n'a pas suffi, et le chef a accordé à Champlain une équipe réduite, ce qui me rendait la tâche encore plus difficile.

– C'est nettement insuffisant. Dis-lui que j'offre deux haches contre un deuxième guide, dit Champlain à Nicolas.

– Capitaine, le chef insiste: il ne peut nous accorder plus d'un guide et deux canots. Il y a beaucoup de dangers dans cette région infestée d'Iroquois. Il veut garder ses hommes avec lui, ai-je affirmé.

– Bon, alors dis-lui que je le remercie et que j'accepte son marché. Nous partons demain.

J'ai failli m'écrier: «DEMAIN? Mais c'est beaucoup trop tôt!» J'ai discuté avec Champlain de l'équipe réduite et des dangers, mais il n'en démordait pas. J'ai dû me faire à l'idée de partir avec lui en expédition.

Le soir même, Champlain m'a convié à sa tente et m'a tenu des propos troublants. Il revenait sur l'histoire des dix-sept jours pour accomplir le voyage vers la grande mer du Nord, ce qui lui semblait peu probable. Je lui ai rappelé que ce n'est pas lui qui avait fait le voyage, mais moi, et que si je disais dix-sept jours, il en était ainsi. Voyant que j'insistais, il a haussé le ton et, me regardant droit dans les yeux, il m'a dit lentement:

– Si jamais tu me mens, je te ferai passer la corde au cou!

J'en suis resté bouche bée. Pendant la nuit, des spectres m'ont visité, portant des cordes et répétant: Est-ce que tu mens, Nicolas?

Le lendemain, nous avons abordé les rapides du sault Saint-Louis. Quel calvaire! Une tâche presque impossible, de longs portages à travers les bois, avec toute la marchandise sur le dos et les mouches noires qui nous attaquaient de leur appétit vorace. Je voulais mourir. Champlain nous faisait construire chaque nuit une palissade en vue de nous protéger des attaques iroquoises. Et il exigeait qu'on fasse le guet à tour de rôle. Il ne manquait plus que cela.

Finalement, nous avons remonté la rivière des Outaouais. Thomas semblait de plus en plus soucieux, distant. Je savais que de nombreux portages nous attendaient et qu'un accident pouvait mettre fin à cette folie. Champlain, avec son satané astrolabe, prenait des mesures auxquelles je ne comprenais rien, et il se mettait ensuite à questionner mes affirmations. Il avait conclu qu'il y avait quelque 180 lieues[1] à franchir avant

---

[1] Une lieue: ancienne mesure linéaire qui équivaut à environ 4,5 kilomètres.

d'atteindre la mer du Nord. Comment pouvait-il savoir ça simplement avec ses instruments? J'étais le seul à y être allé, et de plus en plus de personnes me contredisaient. Même Thomas me regardait du coin de l'œil, avec un air réprobateur. Qu'est-ce qu'il en savait, lui? La voix de Champlain m'a tiré de ma réflexion:

– Approchons-nous de la rive. Les rapides sont trop difficiles. Il faudra tirer à la corde les canots, puisqu'il est impossible de les hisser le long de ces rochers.

– Soyons solidaires, apportez les bagages, et Champlain et moi, nous tirerons les canots.

Voilà une bonne occasion: il ne connaissait pas ces rapides. Comme prévu, Thomas et les autres ont ouvert la marche, chargés comme des mulets, soufflant comme des bœufs – sauf le guide algonquin qui avançait sans laisser paraître l'effort. Tout à coup, un cri perçant s'est fait entendre. Le canot de Champlain, attaché à une de ses mains, avait été happé par un tourbillon. Le capitaine, projeté entre deux rochers, pensait que le poids du canot lui arracherait la main. J'ai fait mine de ne rien entendre. Thomas a jeté son lourd ballot de côté et s'est élancé pour prêter main-forte au capitaine. J'ai aperçu la manœuvre et je me suis retourné au moment où il passait pour le faire trébucher. Ah non! le ressac de l'eau venait de libérer le canot et Champlain a pu retrouver son aplomb.

✛

– Tu as fait exprès de me faire trébucher. Je t'ai vu, ai-je crié à Nicolas.

– Calme-toi, Thomas. J'essayais d'attacher ma corde à une branche avant d'aller secourir Champlain, répondit Nicolas.

Champlain, soufflant abondamment, nous a interrompu :

– Ne vous disputez pas. En route ! Le guide nous a dit que nous arriverons bientôt à la Petite Nation, les Ouescharinis. Il faut s'y rendre avant la tombée du jour.

À partir de ce moment, je ne considérais plus Vignau comme un vrai coureur des bois. Sa malhonnêteté m'apparaissait évidente. Je m'en méfierais à l'avenir.

La visite chez les Ouescharinis a été de courte durée. Le capitaine tissait des liens en concluant des ententes, et il désirait avancer vers son objectif, de découvrir la route vers la Chine, qu'il trouvait de plus en plus loin au fil des jours. À l'aide d'un deuxième guide, échangé contre un Français de l'expédition, nous avons quitté la rivière des Outaouais et remonté une série de lacs. Un voyage difficile, puisque de nombreux portages s'imposaient. Un jour, le capitaine s'est arrêté pour prendre des mesures avec son astrolabe et il ne l'a pas trouvé. J'ai eu des soupçons, mais faute de preuve, je ne voulais accuser personne. Nicolas l'aurait-il fait disparaître pour empêcher Champlain de mesurer exactement la distance qu'il nous restait à parcourir ? J'avais tout de même remarqué qu'il traînait souvent derrière depuis quelque temps.

Malgré le voyage éprouvant, j'appréciais les paysages grandioses, les rencontres amicales et chaleureuses ainsi que la compagnie de Champlain. Habile négociateur, il agrandissait le réseau d'amis de la nation française.

❖

Je ne voulais pas qu'ils se rendent jusqu'au lac aux Allumettes. C'était beaucoup trop dangereux. Mais mon influence diminuait de jour en jour. Je me méfiais du capitaine et de son truchement servile, Thomas. Ma vengeance viendrait quand ils se rendraient compte que j'avais raison. Le prix en serait fort, et je ne leur donnerais aucune chance. C'est moi qui aurais raison d'eux.

+

Quelques jours plus tard, nous sommes arrivés au lac aux Allumettes. Champlain a été surpris de retrouver un chef qu'il connaissait, le grand Tessouat. Celui-ci avait une excellente réputation et il a été tout aussi étonné de revoir Champlain en son pays. J'étais honoré d'être l'interprète de ces deux grands hommes. Quel moment mémorable! Il y a eu une grande fête au cours de laquelle les deux hommes ont discuté longuement. Je traduisais pour eux.

— Dans mon voyage, j'ai observé des endroits où il y a de grandes terres fertiles. Un jour, je voudrais faire cultiver ces terres et y établir des Français.

— Malgré que nous soyons éloignés, cela nous ferait grand bien. Vous serez présents afin de nous protéger de nos ennemis, les Iroquois. C'est un beau projet que vous chérissez.

— Nous aimerions aussi poursuivre notre route vers la mer du Nord et trouver un passage pour la rejoindre.

— Cela ne vous servirait pas. Vous seriez en grand danger. De nombreuses tribus hostiles habitent ces contrés éloignées et de vous laisser passer serait une erreur. Nous sommes vos amis. Nous désirons vous protéger.

Au fur et à mesure que la conversation avançait, les deux hommes se campaient fermement dans leur position.

❖

Non. Je ne voulais pas qu'ils se confrontent à ce sujet. Je travaillais à détourner l'attention et à ouvrir d'autres sujets. Champlain s'est interposé brusquement et m'a fait taire sans ménagement. Il m'a demandé de me lever, ce que j'ai fait malgré moi. Il s'est approché de moi et m'a pointé en disant à Tessouat :

– Voici un homme qui en dix-sept jours s'est rendu à la mer du Nord. Il y est allé et se tient là, devant toi aujourd'hui, bien vivant. Pourquoi nous empêcher de poursuivre notre route ? Thomas, traduis exactement ce que je viens de dire.

Et l'idiot de Thomas a traduit, arborant un sourire de satisfaction. Je savais que les choses n'allaient pas bien, mais je n'ai pas eu le temps de réagir que déjà la réponse se faisait entendre.

❖

Tessouat s'est levé lentement et s'est avancé vers Nicolas. J'étais certain que quelque chose se passerait à ce moment. Le silence régnait, sauf le tam-tam qui battait la mesure. Le cri de Tessouat a fait taire le hululement du hibou et il a dit :

– Tu es un menteur assuré. Tu sais bien que tous les soirs tu couchais à mes côtés avec mes enfants, et tous les matins tu t'y levais ; si tu as été vers ces peuples, ç'a été en dormant[1].

---

[1] David Hackett Fisher, *Le rêve de Champlain*, Montréal, Boréal, 2008, p. 360.

Chapitre 17
Au-delà du pays des Andastes

Vittorio Frigerio

Cela méritait d'être vu. Il n'y avait pas un souffle de vent et la surface du lac, parfaitement étale, ressemblait à quelque désert d'un autre monde. Les canots glissaient le long du rivage sans le moindre bruit et presque sans déranger l'eau, qui se refermait rapidement sur leur passage comme si elle avait voulu effacer leur présence. Mais son regard était attiré irrésistiblement par l'horizon, la ligne lointaine au fin fond de ce lac interminable, cette véritable mer d'eau douce. Par un jeu de reflets, on aurait pu croire qu'un mince trait noir séparait l'eau du ciel. Étienne Brûlé pagayait et laissait son regard avancer le long de cette ligne d'encre, qui lui rappelait le but de son voyage, lui rappelait qu'il allait bientôt retrouver l'homme qu'il venait une fois de plus de quitter, entendre de nouveau sa voix en même temps autoritaire et douce, séduisante et sûre d'elle-même, qui lui dirait ce qu'il fallait faire.

Il ne savait combien de fois il l'avait vu esquisser ces gestes sûrs, tracer sur le papier les signes qui faisaient exister pour les autres les étendues sauvages qu'ils avaient découvertes, qu'il avait découvertes lui. Ces repères qui transformaient l'inconnu en familier, qui domestiquaient le monde et le préparaient à un autre avenir. Il se souvenait encore de la dernière fois, des soirées passées ensemble où lui parlait, et Champlain dessinait, les ombres du feu jouant sur sa feuille. Presque comme s'il comprenait ces espaces mieux que le coureur des bois, comblant les lacunes de son discours d'un seul mouvement précis, qui tranchait la question et donnait l'unique réponse possible aux doutes.

La ligne au bout de cet océan intérieur, qui l'emprisonnait et lui imposait ses limites, lui paraissait avoir coulé de la même plume.

Il se sentit une envie furieuse de faire tourner le canot, de se diriger droit sur elle, de la dépasser, la laissant loin derrière, qu'il n'ait plus jamais à la revoir, qu'il n'y ait plus devant lui que d'autres terres, d'autres eaux que personne n'avait jamais dessinées et que personne ne dessinerait jamais. Mais ce ne fut que la tentation d'un instant, vite évanouie. Ses camarades hurons se mirent à chanter pour rythmer le mouvement des pagaies, et il se joignit à eux, sans plus s'étonner d'entendre sa voix qui disait des paroles étranges dans une langue qui n'était pas la sienne, mais qui pourtant coulaient naturellement. Ces mots qu'il connaissait par cœur et qui maintenant lui appartenaient aussi, plus qu'aux autres, ceux qui auraient toujours besoin de lui pour s'orienter dans les labyrinthes d'idiomes et de coutumes qu'ils ne verraient jamais que de l'extérieur.

Comme lui.

Il arracha avec difficulté les yeux du trait qui bouclait l'horizon et les reporta vers les terres. De belles terres, sans doute, des plaines riches, où il avait vu pousser des vignes sauvages qui lui avaient rappelé les paysages de son enfance, les coteaux autour de Champigny, les vignobles qui descendaient par degrés vers la rivière. La Marne, la plus longue rivière de France, de laquelle le pays entier était fier comme si c'étaient eux qui l'avaient faite. Rien, cependant, à côté de ces rivières qui l'avaient emporté lors de ses vagabondages dans ce Nouveau Monde, qui lui semblait parfois avoir été créé exclusivement à son intention. Et qu'il aurait aimé garder pour lui, éviter d'avoir à le partager, à le trahir presque à l'intention de ceux qui dessinaient les cartes, qui ne voyaient dans la nature que les silhouettes des villes qui viendraient à s'y bâtir, les champs cultivés qui remplaceraient les prairies. Ceux qui ne pouvaient regarder une colline sans y voir surgir les palissades d'un fort. Il le savait bien qu'ils avaient raison. Mais il savait aussi que lui, il n'avait pas tort.

La placidité du voyage était idéale pour évoquer le passé, pour voir ressurgir dans sa mémoire des scènes qu'il n'avait pas oubliées, mais sur lesquelles il n'était pas souvent revenu, tellement le rythme soutenu de son existence se prêtait peu à la réflexion. Il n'y a pas beaucoup de place pour le passé quand le présent vous prend et vous emporte comme un tourbillon, on ne sait trop où. Aujourd'hui, il savait où il allait. Il le savait même trop bien, et c'était sans doute cela, encore plus que la tranquillité d'un monde endormi tout autour de lui, qui suscitait de nouveau en son esprit ces images d'un temps qui lui paraissait tellement loin, bien qu'en réalité il ne le fût guère.

Cela ne faisait en effet que cinq ans depuis ce jour qui avait marqué le changement le plus radical de sa jeune vie. L'échange s'était fait solennellement. Il sentait encore sur son épaule la main chaude et ferme de Champlain, qui la serrait tout doucement et qui le poussait insensiblement en avant, mais non sans quelque hésitation, comme une ombre d'incertitude. Il l'avait longtemps gardée là, le tenant près de lui comme s'il avait voulu le protéger. C'était cela son rôle. Il était le protecteur. Mais à ce moment-là, il était obligé de le laisser partir. Il le devait, même si à regret, car il avait conçu pour lui une mission que personne d'autre ne pouvait remplir. En cela, une fois de plus, il ne s'était pas trompé.

«Prenez bien soin de mon garçon», avait-il dit sans que dans sa voix transparaisse le sentiment que les mots semblaient vouloir suggérer. Mais il n'y avait pas besoin de mots là où les gestes pour l'instant suffisaient encore. Il sentit sur son autre épaule se poser la main noueuse du chef Iroquet et entendit en réponse quelques paroles qu'il était encore incapable de déchiffrer pleinement, mais dont les sons s'organisaient déjà dans ses pensées, suivant des logiques qu'il ne lui faudrait que bien peu de temps pour s'assimiler pleinement. À côté de lui se tenait un jeune sauvage qui ne lui ressemblait en rien, si ce n'était dans l'impression de vigueur qui émanait de toute sa personne. Ils se regardèrent un instant sans parler et puis l'échange fut conclu, et il avait perdu un père pour en trouver un autre.

Sans contredit, l'année qui suivit fut la plus heureuse qu'il lui avait été donné jusqu'alors de connaître. Il s'aperçut vite que son nouveau père ne concevait guère ses responsabilités comme l'ancien l'avait fait. Il n'y avait aucun lieu qui lui fût interdit, aucune heure du jour qui ne lui fût soutirée pour l'accomplissement précis de quelque devoir qui ne pouvait se faire ou se concevoir à un autre moment, aucune compagnie qui ne lui fût déconseillée ou prohibée. Considéré déjà pleinement comme un adulte et un égal par les Algonquins, il partageait les travaux de tous et jouissait des plaisirs de tous. Il ne s'aperçut même pas d'être en train d'apprendre leur langue qu'il la possédait déjà. Il s'adonna aux expéditions de chasse qui étaient l'activité principale des hommes de la tribu. Il était encore et toujours étonné par l'abondance et la variété du gibier, dont les peaux s'accumulaient dans le village en véritables montagnes, qu'à la bonne saison les sauvages amèneraient aux centres de la traite. Une richesse fabuleuse. Il apprenait à trouver des sentiers dans les bois là où l'œil n'en voyait pas l'ombre et à marcher longtemps à travers les enchevêtrements inextricables de branches, de buissons et de hautes herbes qui transformaient les forêts en obstacles infranchissables, mais que le savoir de ses nouveaux amis indiens transperçait sans effort apparent. Arrivé au bout de l'année qu'ils s'étaient fixée avant de se retrouver, il lui parut en même temps être parti depuis une vie et n'avoir quitté ses anciens compatriotes que depuis quelques minutes à peine.

Ce fut leurs premières retrouvailles, et il lui devint apparent qu'il y en aurait bien d'autres encore par la suite. Le visage volontiers sévère de Champlain s'épanouit en un vaste sourire quand il le vit descendre du canot et venir vers lui sur la rive, pendant que mousquets et arquebuses tiraient en l'air avec grand bruit. Plusieurs de ses hommes et de ses serviteurs habituels l'accompagnaient, parmi eux Gaston, avec son expression où la réserve normale du rôle qui était le sien se mélangeait à on ne savait quelle vague crainte. Et aussi un autre homme qu'il ne lui fut tout d'abord pas aisé d'identifier et qu'il ne reconnut qu'au moment de se retrouver face à face avec lui.

Savignon, le jeune Algonquin qui avait pris sa place un an auparavant, avait beaucoup changé. Il avait perdu ce qu'il pouvait avoir eu de trapu, de massif dans certaines de ses poses, pour devenir plus filiforme, on aurait presque voulu dire – si le fait même de prononcer le mot n'était quelque peu ridicule – distingué. Il était habillé à l'européenne, avec une veste qu'il gardait boutonnée malgré la température, alors qu'Étienne, en ce mois de juin où les chaleurs se faisaient torrides, était resté torse nu. Mais ils n'eurent pas tout d'abord le loisir de se communiquer leurs expériences. Champlain serra Étienne dans ses bras, se l'appropria, l'écarta des autres. Il était comme dévoré d'impatience. Étienne prit un certain plaisir à ralentir ses emportements. Il présenta longuement le groupe des Français à ceux, nombreux, de ses camarades Algonquins qui ne les connaissaient pas ni ne les avaient jamais vus, et dont la curiosité à leur égard était au moins aussi forte que celle de Champlain pour les nouvelles qu'Étienne pouvait lui apporter. Il savait qu'il crânait quelque peu en ce faisant, montrant à ses anciens compatriotes avec quelle aisance il pouvait s'exprimer en cette langue aux sonorités étranges qui demeurerait pour la plupart d'entre eux un mystère inexplicable. Mais cela ne le dérangeait nullement, et il se rendit compte aussi qu'il cherchait au fond à retarder le moment où ses lèvres auraient de nouveau à former les sons de cette langue maternelle qui ne résonnait maintenant plus, la plupart du temps, même dans ses pensées.

Dès le premier soir, Champlain s'empara de lui, l'interrogea, prit d'abondantes notes, ne cessant de l'interrompre, de lui demander de préciser telle ou telle chose, de s'étendre plus longuement sur ce qu'il avait pu voir lors des nombreux déplacements qu'il avait faits avec les guerriers algonquins durant l'année écoulée. Étienne, presque réticent d'abord, s'ouvrit de plus en plus devant ce regard clair et perçant qu'il n'avait jamais oublié, comme il avait cru oublier tout le reste de son passé. Il parla à son maître non seulement de ce qu'il avait pu relever du vaste pays qu'il avait traversé de long et en large, mais surtout de la vie qui avait été la sienne. Bon nombre des autres Français venaient se joindre à eux pour écouter, en se laissant parfois aller à mi-voix à des commentaires grivois, chargés d'allusions obscènes lorsqu'Étienne décrivait les mœurs de son pays adoptif. Mais lui, il s'en souciait comme d'une guigne. Un barrage s'était rompu. Il les ignorait tous, même la figure noire et rigide qui se tenait tout le temps derrière Champlain comme un oiseau de proie trop grand et lourd pour percher sur son épaule, et il abondait dans des descriptions ferventes de ce que la vie pouvait signifier dans ces contrées où les murs n'existaient pas, où rien ne limitait les élans, où les gens avaient le loisir d'en faire à leur fantaisie, où tout ce qui pouvait se concevoir dans le cœur d'un homme libre avait un espoir d'arriver à se réaliser.

Il ne se rendit pas compte tout de suite de ce que le visage de son interlocuteur pouvait insensiblement se modifier lorsque le sujet de leurs discours dérivait des questions topographiques, de l'emplacement des fleuves, des rivières, des monts et des lacs, pour se porter sur les us et les coutumes des Algonquins. Il finit toutefois, après que Champlain eut à plus d'une reprise dévié le cours de son discours pour le faire revenir à des considérations d'ordre matériel, par montrer plus de discrétion. Il se défoulait

ensuite en parlant aux soldats, exagérant éhontément, s'amusant à aiguillonner leur curiosité impure par le récit d'aventures
amoureuses plus imaginaires que réelles, dans une contrée où
les habitants, disaient certains en s'efforçant de donner à leurs
paroles un ton pincé, vivaient sans foi ni loi, comme des bêtes
brutes, et savaient se montrer cruels tels des enfants s'amusant à
arracher les ailes aux mouches. Mais en vérité, la simple réalité
eût suffi, sans embellissement aucun, à leur donner des rêves
tels qu'ils n'en avaient jamais imaginé.

Il revit Savignon fréquemment pendant ces quelques
jours que les Algonquins passèrent dans le campement français,
sur l'île que Champlain avait baptisée Sainte-Hélène. Quoique
revenu parmi les siens, Savignon se pavanait encore volontiers
dans ses habits d'outre-mer. Étienne avait vu parmi ses possessions un paquet de toile solidement attaché par une ficelle,
auquel celui-ci semblait tenir particulièrement. Une après-midi
il l'aperçut à l'ombre d'un arbre, entouré d'un groupe de gens
de son âge qui buvaient ses mots. Il avait déballé le paquet,
et montrait un pourpoint à maheutre, tel qu'en portaient en
France les gens de rang et de guerre, avec ces rembourrements
qui permettent de donner même à la carrure la plus déficiente
des allures imposantes. À cela s'ajoutaient une fraise bouffante
et des hauts-de-chausses ornés de dentelle à la hauteur du
genou, d'une qualité telle qu'elle se reconnaissait aisément à
distance. Il les avait disposés sur l'herbe, de façon à dessiner
le corps d'un homme. Plus que cela, toutefois, ce qui attirait
l'attention de son public était une grande feuille, légèrement
jaunie, qu'il avait déroulée et qu'il commentait tel un maître
d'école, s'aidant d'une fine branche pour indiquer les différents
tableaux composant l'image qui la recouvrait entièrement.

Étienne se mêla au groupe. Il vit en bas de la page le dessin d'un homme barbu qui grimpait sur un carrosse, brandissant un poignard au-dessus de la tête de son seul passager, pendant qu'autour d'eux plusieurs soldats, facilement identifiables à leurs chapeaux plumés et à leurs hallebardes, tentaient vainement de s'interposer. Le visage de la victime était mal imprimé. En fait, la gravure était d'assez piètre qualité. Au-dessus de cette image figuraient encore diverses scènes, numérotées pour en faciliter la lecture. Savignon s'étendit en particulier sur trois d'entre elles, en expliquant les moindres détails à son public fasciné. Il exposait comment l'homme nu qui y était représenté, entouré de nombre de tortionnaires, avait eu les mamelles et les muscles des bras et des jambes tenaillés, après quoi l'on avait fait couler de l'huile bouillante sur certaines blessures, alors que sur d'autres on avait préféré étaler de la résine brûlante, du plomb fondu ou du soufre, auquel on mettait ensuite le feu. Puis il leur détailla comment, ayant réussi à lui faire souffrir ces divers tourments pendant plusieurs heures, en plus d'autres qui avaient précédé, tout en lui gardant la vie chevillée au corps, on lui avait encore noué aux pieds et aux mains des cordes solides, attachées ensuite à quatre chevaux qui tiraient chacun dans le sens d'un des points cardinaux. Il raconta aussi que les chevaux avaient tiré longtemps, si longtemps que l'un d'entre eux était arrivé au bout de ses forces et que par compassion il avait fallu le détacher et le remplacer par un animal frais. La torture s'éternisant, et les membres du prisonnier faisant preuve d'une solidité qu'on ne leur aurait pas soupçonnée, il fallut encore qu'un bourreau se mette à les taillader savamment aux articulations, jusqu'à ce que l'un après l'autre ils cèdent. Savignon indiqua alors en guise de conclusion l'image d'un chien qui, dans un coin de l'estampe, partait en courant, une jambe dans la gueule. C'était là, disait-il, la fin des parricides.

C'est ainsi qu'Étienne apprit pour la première fois l'assassinat du roi Henri IV par l'infâme Ravaillac, et le juste supplice que celui-ci avait eu à subir en Place de Grève devant une foule qui accompagnait ses souffrances par des chants religieux censés guider l'âme du meurtrier dans sa longue chute dans les abîmes infernaux. Savignon, qui regrettait d'être arrivé trop tard dans ce merveilleux pays pour observer de ses propres yeux le traitement qu'une société policée se devait de faire subir à ses ennemis, ne cessait de s'émerveiller face à la richesse d'invention des supplices que l'estampe reproduisait, et déplorait en retour l'insuffisance et la médiocrité de ceux qui étaient d'usage parmi les siens, ce qu'il avançait comme preuve éclatante de ce que les Algonquins avaient à apprendre de la culture de ce lointain et fabuleux pays qu'il avait eu, premier parmi les siens, le bonheur de découvrir.

Les deux canots touchèrent la rive. Étienne et ses onze compagnons les soulevèrent sans aucune peine, tellement ils étaient légers, et les dissimulèrent avec soin dans les broussailles. Puis ils discutèrent du chemin le plus sûr qu'ils pourraient suivre pour traverser le territoire ennemi sans être aperçus ni attaqués. Le soleil baissait et les ombres longues des sapins et des bouleaux lançaient leurs traits noirs sur la grève. Étienne Brûlé les regarda et comprit qu'il n'arriverait jamais à sortir de la carte. Plus loin il poussait dans l'inconnu, plus la carte avançait derrière lui, autour de lui. Plus de pays il explorait, plus elle s'étendait pour les recouvrir et peser sur eux comme sur lui. Il allait falloir réfléchir à d'autres méthodes pour s'assurer la liberté à laquelle il avait pris goût. Des vignes sauvages poussaient dans les broussailles, grimpant aux arbres. Il pensa une nouvelle fois à son pays natal, au petit vin aigrelet qu'on y faisait, sans grandes qualités, mais que les Parisiens venaient boire sous les tonnelles comme si c'était du nectar. Une grande envie le prit d'y goûter à nouveau.

Il retint ses compagnons qui voulaient déjà poursuivre leur chemin pour atteindre le pays des Andastes, pressés de mener à bien leur mission. Il serait encore temps demain, et ce serait plus sûr. Dans les bois, il croyait entendre les bruits des animaux sauvages qui sentaient leur venue et s'égaillaient, craintifs. Eux aussi voulaient s'échapper, mais leur destin serait différent. Il voyait maintenant se profiler un autre chemin, d'autres richesses possibles qui lui consentiraient d'aspirer à une autre liberté, en dehors de cette carte qui se recroquevillait sur lui. Pour l'instant, il faudrait accomplir cette dernière tâche, et puis retrouver Champlain, comme chaque fois. Une fois de plus. Mais pas pour toujours.

Le noir de la nuit se referma sur lui et sur ses camarades, enveloppés dans leurs fourrures.

Chapitre 18
Qui sont ces singuliers humains?

Hélène Koscielniak

Champlain jette un dernier regard sur les préparatifs. Devant lui, deux canots chargés de vivres et d'équipement se balancent mollement au gré du courant. Il est convaincu que, cette fois, il le trouvera, ce fameux passage pour se rendre en Chine. Il y a si longtemps qu'il le cherche. Il se tourne vers Étienne et lui demande si tout est prêt. Ce dernier répond par un bref hochement de tête. Satisfait, l'explorateur donne le signal. Cinq arquebusiers, un Récollet, deux guides de la tribu des Wendats, Étienne et lui-même montent à bord. Sur l'ordre du jeune Français, les pagayeurs plongent résolument leurs rames dans l'eau et, à grands tours de bras, propulsent les canots en direction du nord-ouest. *Ho! hisse! Ho! hisse!*

Les voyageurs peinent toute la journée. Le soleil amorce sa descente à l'horizon quand un des guides touche l'épaule de Champlain et pointe sa pagaie vers la berge. L'explorateur aperçoit alors un de ces gros cervidés qu'on nomme ici, en

Nouvelle-France, un *orignal*. Champlain en a déjà vu, bien sûr, au cours de ses nombreuses expéditions, mais jamais un mâle de cette taille. Celui-ci est gigantesque! Son panache doit mesurer au moins un mètre quatre-vingt! Le temps de quelques secondes, son regard croise celui de l'animal. Troublé, l'homme a le sentiment que la bête perçoit ses pensées. Se peut-il que cet animal possède un esprit? Comme le croient les Amérindiens?

❖

Journée magnifique! Tout est paisible. Seuls quelques gazouillis intermittents d'oiseaux et le clapotis rythmique de l'eau brisent le silence. Je lève la tête et, les narines frémissantes, je hume longuement la douce haleine du vent. L'air embaume les arômes frais et résineux de cèdres et d'épinettes. L'atmosphère cependant me semble différente ce matin, insolite. J'y décèle une nouvelle odeur, lointaine, indéfinissable.

Un spasme de plaisir vient soudain agiter mon corps massif. Le temps des amours serait-il imminent? Je jette un coup d'œil autour de moi. Et que vois-je? Un premier lambeau de velours tombé de mon panache. Signe avant-coureur indéniable que c'est bien le début de ma saison préférée. Je pousse un long mugissement de jubilation.

J'éprouve une faim dévorante. Je m'ébroue pour chasser les sales moustiques qui ne cessent de me harceler et je quitte mon coin de repos. J'emprunte le sentier qui descend à la rivière. À mesure que j'avance, mes grands bois veloutés froufroutent contre les branches des conifères et les aiguilles sèches craquettent sous mes sabots. Je débouche au bord de l'eau. Je reste debout, immobile, sans faire de bruit, à observer la rivière majestueuse qui fend l'immensité de la forêt boréale dans sa course vers la contrée de mes cousins, les caribous.

Après avoir nerveusement flairé la brise à nouveau, j'entre dans l'eau. Ploc, ploc, font mes larges sabots. J'avance lentement, précautionneusement, car la boue du fond crée une succion sous mes pattes. Les grandes feuilles rondes et fraîches des nénuphars que je convoite oscillent doucement sur leur tige, là, devant moi. J'étire le cou pour en attraper une quand un bruit me fait sursauter. Un frémissement d'angoisse me parcourt, de la barbiche à la queue. Je fais demi-tour et je remonte le sentier en vitesse. La curiosité, toutefois, m'empêche de fuir au loin. Je me cache dans un bosquet de bouleaux et j'attends.

Le glouglou cadencé de perches aplaties m'avertit de la présence de ces êtres singuliers qui se déplacent sur deux pattes, contrairement aux autres espèces qui vivent ici. Ce sont donc des « humains » qui s'amènent. Je les entends ahaner sous l'effort. D'ordinaire, ils glissent sur l'eau en silence. Ce n'est que lorsqu'ils accostent qu'ils profèrent des marmottements saccadés, râpeux, comme le bruissement d'ailes de perdrix. Aujourd'hui, ils émettent des sons nouveaux, différents. Des sons plus doux. Coulants. Modulés. Les senteurs aussi sont différentes. Normalement, mon odorat capte des effluves rances de musc et de peaux d'animaux; ce matin, l'odeur m'est inconnue, pénétrante; elle fait frémir l'intérieur de mes naseaux. Pouah !

Je sors prudemment de ma cachette et je m'approche de la rive. J'aperçois deux embarcations qui me sont familières, mais leur équipage me mystifie. Ces « humains » ont un visage de la couleur du trille blanc, et ils sont vêtus de teintes ciel de tempête et feuilles d'automne. L'un d'eux a la tête couverte d'un panache arrondi, bombé comme la bosse de mon garrot et surmonté d'une longue queue semblable à celle d'un renard. Deux ailes gigantesques ballonnent derrière son dos! Le temps d'un éclair, mon regard croise le sien; j'éprouve la curieuse sensation qu'il s'interroge à mon sujet. Brusquement, ces êtres étranges ouvrent la bouche et, tous en même temps, éclatent en un vigoureux ramage. *Ho! hisse! Ho! hisse!* Terrifié, je prends mes jambes à mon cou, incertain si ces «humains» sont de la même espèce que les «humains» d'ici.

Quand, essoufflé, je m'arrête, je me couche sur un lit de mousse pour me reposer et réfléchir à ce que j'ai vu. Qui sont ces nouveaux venus? D'où viennent-ils? Pourquoi sont-ils ici? Que cherchent-ils? Je pressens que cet envahissement de mon territoire changera la vie ici à tout jamais...

Alors que je m'assoupis, une pie voleuse vient se poser sur une branche au-dessus de ma tête. De ses yeux avides, elle guette les écureuils, ces petits gêneurs qui bondissent partout, grimpent aux arbres et laissent tomber des noisettes sur mon nez. Une moufette, suivie de ses cinq petits, sort de derrière un buisson, me jette un regard méfiant puis, museau en l'air et queue levée, elle continue posément sa route. Je me sens bien dans cette vie en forêt où chaque animal poursuit son destin et les saisons se succèdent de façon régulière, prévisible. Qu'en sera-t-il à l'avenir?

En attendant, en avant! C'est le temps des amours! Je me relève et je repars en direction du soleil couchant.

Pendant la journée, je me promène. Je visite marais et cours d'eau. J'effraie les grenouilles, qui s'éloignent en croassant. Je broute ici et là des plantes aquatiques, quoique j'aime aussi l'herbe tendre et les feuilles vertes. Quand je me sens fatigué, je me couche à l'ombre, au milieu d'un bosquet, et je rumine. Le soir venu, je choisis un boisé où je serai à l'abri du vent et de la fraîcheur de la nuit.

Habituellement, je préfère être seul, mais ces jours-ci, un émoi troublant m'habite et c'est avec impatience que j'attends le beuglement langoureux d'une femelle. Ce sont elles qui choisissent leurs partenaires. Il me faut être prudent, cependant, car les humains qui habitent ici depuis toujours, les «Amérindiens», ont appris à imiter cet appel de façon experte. J'ai vu un gros mâle comme moi se faire piéger et il s'est retrouvé avec deux flèches meurtrières dans le flanc.

Quelques couchers de soleil plus tard, j'ai la tête dans l'eau où je savoure des algues quand me parviennent les sons de ces mystérieux humains. Je cours me dissimuler. De ma cache, je les observe. Le courant est fort ici et les êtres à deux pattes me semblent affolés. Leurs embarcations tressautent et tournoient sur les eaux bouillonnantes. Panache Rond s'époumone et gesticule pendant que les autres essaient tant bien que mal d'éviter les obstacles. À grands coups de perches, ils zigzaguent entre les rochers et les troncs d'arbres qui affleurent et menacent d'éventrer leurs barques. Les efforts épuisent les voyageurs, qui cherchent à accoster.

Après plusieurs manœuvres, deux accompagnateurs amérindiens parviennent à tirer les embarcations sur la rive et tout le monde met pied à terre. Oh! Oh! Oh! Ces étrangers ne cesseront de m'ébahir! Voilà que l'un deux n'a ni pied ni jambes! Recouvert entièrement de vêtements couleur de corbeau, il flotte sur le sol comme un canard sur l'eau! Je recule plus profondément dans ma cache.

Les humains en sueur se laissent tomber sur le sol, sauf Panache Rond qui reste debout, le corps tourné vers le soleil. Il sort un objet de la grosseur d'un nénuphar attaché à une corde et il le fait osciller à la hauteur de son visage. Cette chose me lance un éclair dans les yeux et m'aveugle. Je fige. Ça ne dure qu'un instant. Panache Rond continue de balancer son instrument pendant un bout de temps ; puis il le fait disparaître. Il s'assoit ensuite sur un tronc d'arbre mort, fouille dans ses vêtements et en tire un morceau de peau qu'il se met à gratter avec un petit bâton.

Un cri de joie retentit à ma droite et me fait tressaillir. Il s'agit d'un des Amérindiens. Je ne l'avais pas vu se faufiler dans la forêt. Tous les voyageurs sautent sur leurs pieds à l'exception de Panache Rond, qui continue de gratter son lambeau. Courbés, le regard rivé au sol, les humains avancent vers moi. Ont-ils flairé ma présence ? Ils s'approchent de plus en plus. J'ai envie de détaler comme un lièvre, mais comment le faire sans les alerter ? Puis, tout à coup, voilà qu'ils s'agenouillent par terre. Je comprends ! Ils ont trouvé des bleuets et ils ramassent ces petits fruits à grandes poignées.

Ils sont si absorbés par la tâche qu'ils ne voient pas le danger qui menace. Dans leur enthousiasme, ils se sont placés entre une ourse et ses deux oursons, venus eux aussi se régaler de bleuets. La mère se dresse sur ses pattes de derrière et pousse un grognement d'avertissement à ses petits. Surpris, Panache Rond se lève d'un bond. L'ourse, croyant ses oursons en péril, se lance à l'attaque. Un bruit de tonnerre m'assourdit. Je ferme les yeux. Quand je les ouvre, l'ourse est couchée aux pieds de Panache Rond, couverte de sang. Un cri de victoire s'élève et se répercute d'écho en écho dans les sous-bois. Je prends mes jambes à mon cou et je disparais.

La prochaine fois que je croise les humains au visage pâle, il fait nuit. Une pleine lune me permet de les voir clairement, assis par terre, entourés d'un groupe imposant d'Amérindiens. Ils s'adonnent à une activité que j'ai déjà observée, lors de mes déplacements, chez ces êtres à deux pattes. Ils bouffent de la lumière malodorante !

Il semble bien que les nouveaux arrivants, tout autant que les humains d'ici, ne peuvent se passer de cette pratique extraordinaire. Ils commencent par empiler des morceaux de bois par terre. Ensuite, par un procédé mystérieux, ils y ajoutent de la lumière. Il s'en dégage alors de longues traînées de couleurs semblables aux aurores boréales en plus d'une chaleur de soleil qui m'effraie au plus haut point. Les humains, eux, non seulement ils s'en réjouissent, mais ils en mangent !

Pour ce faire, ils procèdent toujours de la même façon. Avec beaucoup de révérence, un Amérindien sort d'une pochette un objet qui ressemble à un épi de quenouille. Il en bourre le bout d'herbe. Puis, il plonge une branche dans la lumière chaude et touche la quenouille. Immédiatement, un nuage d'une puanteur âcre s'élève. Il présente alors le jonc fumant à Panache Rond, qui le porte à sa bouche et avale le nuage. L'objet circule ensuite d'un humain à l'autre et chacun prend part à cet étrange rituel. Je vois à leur expression qu'ils s'en délectent, alors que pour moi, cette senteur est horrible.

J'attends toujours avec impatience l'appel d'une femelle. Je patauge au bord d'un ruisseau quand un bramement me parvient enfin ! Je suis si excité que je ne cherche pas à savoir si la sollicitation est authentique. Je secoue la tête avec force de gauche à droite, je fouette les arbres à grands coups de panache, je gratte le sol d'une ardeur fébrile. Une femelle en chaleur me somme à ses côtés! Je brame long et fort et je fonce à folle allure à travers la forêt.

Plus tard, assouvi, fier de mes prouesses de mâle, je m'ébats au bord d'un lac avant de le traverser à la nage. Au passage, j'effraie des bernaches qui s'y reposaient avant de continuer leur migration vers des régions plus chaudes. Vexées, elles s'envolent dans un grand froufroutement d'ailes. Je remonte la berge et je déambule sans but le long de la rive. J'attends l'appel grisant d'une autre femelle en rut.

Accaparé par les souvenirs de ma récente aventure, je ne porte pas attention à mon environnement. Ce sont les senteurs de vie humaine qui m'alertent. J'ai atteint les abords d'un rempart. J'ai déjà vu ce genre de structure composée de troncs d'arbres deux fois plus hauts que moi. Même si j'en faisais le tour, je ne pourrais pas y pénétrer. Je ne le souhaite pas, bien sûr, étant donné que l'endroit est habité d'experts-chasseurs amérindiens. Je m'éloigne plutôt sans bruit. Je gravis une colline qui surplombe l'enceinte et je m'y arrête pour la nuit.

Je viens à peine de m'assoupir quand mon instinct, toujours en éveil, m'avertit d'un danger. Les oreilles aux aguets et le mufle au vent, j'interroge mon entourage. Les sous-bois bruissent de mille et un frissons. J'entends les pas feutrés de petits animaux qui détalent en vitesse suivis de la foulée lourde de gros mammifères qui quittent l'endroit à la hâte. J'entends faiblement, en arrière-plan, une vague de murmures étouffés qui se rapproche. Je capte la senteur des humains venus d'ailleurs, mêlée aux effluves musqués des Amérindiens. Qu'arrive-t-il ? Je passe la nuit sur le qui-vive.

Au lever du soleil, une clameur effroyable, féroce, écorche la quiétude ambiante. Le vacarme est ahurissant, pire que les combats entre mâles déterminés, qui s'affrontent pour gagner les faveurs d'une femelle. De mon perchoir, j'observe la scène. Le tonnerre ne cesse de gronder. Le sifflement aigu des flèches déchire l'air. Les humains crient, courent, grimpent, geignent. Le sang gicle. Les longs bâtons des inconnus crachent une fumée qui empeste les environs. Les étrangers, accompagnés d'une fourmilière d'Amérindiens, attaquent ceux qui vivent à l'intérieur de l'enceinte. Le carnage atteint son paroxysme quand la dangereuse lumière chaude jaillit au pied du mur droit devant. Les hurlements redoublent. On jette de l'eau sur la lumière. Mais les traînées de couleurs se répandent avec rapidité. Elles entourent le rempart et crépitent dru comme une pluie violente. La fumée est si dense que j'ai de la difficulté à respirer. C'en est trop ! Je pivote et file à toute allure dans l'immensité de la forêt boréale.

Dorénavant, j'irai vivre en bordure de la toundra, près de mes cousins les caribous. La température y est moins clémente, mais je ne m'en inquiète pas. Ma fourrure me protégera puisqu'elle s'épaissit au fur et à mesure que le temps refroidit.

Chapitre 19
Les Confessions de Champlain

Denis Sauvé

Nous sommes à la fin de l'automne 1615. Champlain et plusieurs centaines de guerriers hurons reviennent d'une campagne militaire contre un village onnontaqué[1] au cœur du territoire iroquois.

Comme il le leur avait promis, Champlain accompagne les guerriers hurons, algonquins et montagnais dans le but de faire la guerre à leurs ennemis. Il a besoin de leur aide pour réaliser son dessein : découvrir des contrées qui lui sont encore inconnues.

Arrivé plus tôt que prévu, Champlain insiste auprès de ses alliés autochtones pour que l'on attende Étienne Brûlé et quelques Hurons, qui doivent les rejoindre avec plusieurs centaines de guerriers andastes qui ont promis de leur prêter

---

[1] Les Onnontaqués font partie de la Confédération iroquoise des Cinq Nations.

main-forte. Impatients d'engager le combat, un groupe de guerriers désobéit cependant aux ordres et est pris dans une embuscade.

Champlain est déçu, car il comptait sur l'élément de surprise afin de remporter une victoire rapide. Il élabore alors une nouvelle stratégie et donne l'ordre de construire un cavalier. Du haut de cette plate-forme, qui s'élève au-dessus de la palissade, des arquebusiers français tentent de tirer sur l'ennemi, mais cette tactique ne donne pas les résultats escomptés. On envoie alors des guerriers mettre le feu aux palissades, espérant ainsi aménager des brèches, pénétrer dans l'enceinte et détruire le village.

Malheureusement, ce jour-là, un vent contraire souffle avec force et les grandes réserves d'eau de l'ennemi n'ont aucun mal à éteindre les feux. Il s'ensuit un combat dans un désordre complet, si tant que l'ennemi sort de l'enceinte fortifiée par vagues successives pour entreprendre le combat au corps à corps. Dans le feu de l'action, Champlain reçoit deux flèches dans une jambe. Grièvement blessé, il ne peut poursuivre le combat, et l'on donne l'ordre de battre en retraite. C'est la défaite, tout est terminé. On transporte les blessés dans des paniers. Le chemin de retour semble interminable.

Arrivé sur les rives du lac Ontario, où l'on avait soigneusement caché les canots, Champlain apprend qu'il ne rentre pas à Québec tout de suite, qu'il n'a d'autre choix que de passer l'hiver 1615-1616 en Huronie.

❖

Je suis transi. Je grelotte. Je tremble de tout mon être. Je claque des dents. J'essaie de combattre ce froid qui me transperce jusqu'à la moelle des os. Je crois que je ne m'habituerai jamais à l'hiver canadien. J'ai l'impression de tomber en dormance, comme tous ces arbres et toute cette nature qui m'entourent. J'aimerais bien en sortir, mais, à chacun de mes mouvements, mes blessures me font terriblement souffrir. Je me sens emprisonné, abandonné, enseveli sous toute cette neige. Si seulement je pouvais quitter ce lieu et retourner à Québec où l'on m'attend sûrement. Et dire que j'ai moi-même choisi cet emplacement pour établir un poste français permanent. Tout ça me paraît déjà si loin, comme un vague souvenir. Pour l'instant, tout ce que je peux faire, c'est écrire. Les mots prennent forme, se transforment. En attendant la guérison, je soigne mon âme et mon esprit qui me font, je dois l'avouer, encore plus souffrir. C'est comme si on prenait un malin plaisir à verser du vinaigre sur mes plaies encore rouges.

Les blessures que j'ai à la jambe, qui mettent un temps fou à cicatriser malgré les pommades du sorcier, sont vite devenues mes tortionnaires, car elles ravivent les souvenirs de cette bataille perdue contre les Iroquois. La honte et l'humiliation s'emparent de mon esprit comme une tourmente incessante et lancinante, pour me rappeler à quel point j'ai échoué. Pourtant, je n'en suis pas à mon premier échec. Mais toutes ces images me hantent l'esprit. Je me vois encore tomber de tout mon long, sur ce lit de feuilles mortes, atteint à la cuisse et au genou de deux flèches ennemies. Je hurle de douleur, je crois m'évanouir. En battant retraite pour rejoindre nos canots, on m'a encagé dans un panier qu'un Huron transporte sur son dos. Je ne peux plus marcher, je retarde le groupe, qui hâte le pas afin de ne pas tomber aux mains des Iroquois qui nous poursuivent, espérant faire de nous leurs prisonniers. Quelle humiliation! Nous avons perdu la bataille, et une bonne part de ma dignité gît désormais en territoire ennemi. J'avais long-temps hésité avant d'accepter de participer à cette campagne militaire. Nos alliés les Montagnais, Algonquins et Hurons me pressaient constamment de respecter ma promesse de com-battre à leurs côtés. J'ai été contraint de le faire pour ne pas me disgracier à leurs yeux. Quel échec lamentable! Je n'ai pas su les commander ni les diriger comme je l'aurais souhaité. Et moi qui, tout au long de mon existence, ai ressenti un besoin sans bornes pour que l'on me respecte, que l'on pense du bien de moi et que l'on m'admire.

Si je raconte tout ceci, c'est non pas pour être lu mais bien pour trouver un sens à ma vie, à tout ce qui m'est arrivé depuis les débuts de mes voyages et de mes aventures ici, en Nouvelle-France. Ma soif intarissable, mon désir si fort de réaliser mes rêves les plus grands et les plus justes ont fait naître de beaux espoirs que le destin semble prendre un malin plaisir à défaire à la moindre occasion. Je prends, à titre d'exemple, le beau projet de l'Acadie. J'ai mis tant d'efforts et présenté tant d'ar-guments pour convaincre mon entourage de s'y implanter en permanence. J'ai exploré et parcouru le territoire à la recherche de minerais précieux, en gardant toujours l'espoir de trouver le chemin menant à la mer de Chine. À chaque occasion, à chaque rencontre, j'ai interrogé les sauvages sur cette route, qui demeure encore aujourd'hui inaccessible. C'est une obsession chez moi, je veux être le premier à découvrir ce raccourci, ce qui ferait de moi le plus heureux des hommes. Je me rends compte que je n'ai pas eu la main chanceuse. Tout homme a le droit de rêver, de se construire mille et un projets d'avenir, même si la tâche et le chemin peuvent sembler ardus et la cible presque impossible à atteindre. C'est ce qui me pousse à agir.

Je me surprends en ce moment à prononcer à haute voix «Québec», ce simple mot évoquant tant de choses à la fois. Depuis la fondation de l'Habitation, en 1608, ce lieu occupe toute la place dans ma vie. Son emplacement est idéal, et j'ai la conviction qu'il est appelé à devenir le cœur même de cette Nouvelle-France. Je suis attristé de devoir mettre tous les efforts pour convaincre mon roi, les marchands et notables de France, de m'accorder leur soutien. Il me faut à tout prix disposer des moyens nécessaires pour faire prospérer cette jeune colonie. Je ne peux et ne dois pas échouer. S'il était là, devant moi, voici ce que je dirais à mon roi: «Votre Majesté, grâce au soutien de la Nouvelle-France, nous pourrons facilement accéder au Royaume de la Chine et des Indes orientales, d'où nous tirerons de grandes richesses. À Québec, l'on percevra la douane sur toutes les marchandises en provenance et à destination de l'Asie, montant que j'estime à plus de dix fois supérieur à tous ceux qui se lèvent actuellement en France.» Tous ces marchands, avides de gain et aveuglés par la cupidité, pourquoi ne voient-ils pas toutes les promesses d'un négoce lucratif? Malgré l'engagement de certains, je constate qu'il reste tellement de choses à faire pour permettre à ce rêve de prendre racine. Je me désole du peu de progrès accompli et je maudis le sort qui s'amuse à défaire tout ce que je bâtis, à fabriquer d'innombrables obstacles qui freinent l'essor de Québec.

Ma gorge se serre. Je me sens impuissant, ici, loin de tout, et mon cœur bat à tout rompre. Je me sens si seul, à rêver qu'un jour ce territoire apportera gloire et puissance à mon roi, que les gens venus de France se mêleront aux braves sauvages et que partout en cet immense terre, une nation nouvelle jaillira, qui sera un modèle pour tous les hommes : une nation française de foi catholique, saine et forte.

Ce dernier mot m'entraîne dans une rêverie bienfaisante. Je reste là, immobile, à revivre les beaux moments qui meublent mes souvenirs. Je ne souffre plus de mes blessures, je me sens plutôt imprégné d'une douce sérénité. Pendant toutes ces années, j'ai cherché en vain la route menant à la mer de Chine, ce qui m'aurait permis de me faire valoir aux yeux de tous. En ce moment, je prends conscience que cette quête n'était peut-être qu'accessoire, et qu'ailleurs se jouera mon destin. Cette intuition, je le sens, vient d'ouvrir une nouvelle voie. Elle se précise dans mon esprit. À partir de maintenant, je concentrerai tous mes efforts à administrer et à gérer Québec. Je mettrai derrière moi les campagnes militaires, les tracasseries avec les marchands, les grandes explorations. Si la Nouvelle-France se développe et devient ce que je crois qu'elle peut devenir, je serai par la force des choses reconnu pour cette œuvre. Tous salueront « Samuel de Champlain », l'homme passionné et déterminé qui est allé au bout de son rêve.

Soudainement, je sens que l'on m'observe. Je lève les yeux. Le sorcier vient me rendre visite, comme à chaque jour, pour s'enquérir de mon état de santé. Je devine qu'il juge que j'ai meilleure mine et me fait comprendre à sa manière que je serai bientôt sur pied. Le printemps venu, je pourrai enfin rentrer à Québec. À mon grand bonheur, je dédierai toutes mes énergies à mon œuvre de colonisation.

Chapitre 20
L'homme de Champlain :
Gaston Lheureux (dit le Triste)

Daniel Marchildon

Fin novembre 1615

Si Champlain ne sort pas vivant de la forêt bientôt, que va-t-il m'arriver ? On n'avait pas du tout prévu passer l'hiver parmi les Wendats. Surtout pas moi, et encore moins sans mon maître. Même disparu, il continuera à me rendre malheureux.

Pour faire passer mon énervement, je me promène dans le camp de chasse. Les Wendats me regardent avec suspicion. Ils trouvent que je suis une drôle de bête. Je pourrais en dire autant à leur sujet.

On se pose tous la même question : si Champlain meurt, quelles mesures faudra-t-il prendre ? Moi, j'aurai perdu mon maître et eux, la personne sur qui repose leur alliance avec les *Agnonha*, les « hommes de fer » dans leur langue. En ce moment, je me sens loin d'être un homme de fer ; je suis plutôt un homme de glaise, de glaise surchauffée au feu qui risque d'éclater d'une minute à l'autre.

Ça fait trois jours qu'il s'est égaré dans la forêt.

« Gaston, mes bottes ! Gaston, encore du vin. »

En ce moment, j'aimerais bien entendre sa voix fatigante aboyer ses ordres habituels.

– Lheureux, tu as l'air encore plus triste, me décoche Desfosses, qui m'agace pour la millième fois.

Il est lassant, celui-là. Rien que bon à tirer de l'arquebuse. Et encore, il vise plutôt mal d'après ce qu'on me dit. Il a beau faire le brave, je sens son angoisse aussi. Comme nous tous, sans Champlain, il va se retrouver dans une drôle de galère. Sans capitaine. Et surtout sans possibilité de retour à Québec avant le printemps et, là encore, seulement si les Wendats consentent à nous y ramener.

C'est Desfosses qui m'a conféré cet affreux sobriquet : le triste. Les autres n'ont pas hésité à le reprendre. Si bien que, pour eux, je suis devenu Gaston Lheureux, dit le Triste. Au moins, ils ne m'appellent pas ainsi devant Champlain. Mon maître se fâcherait de voir son domestique humilié. Cela porterait atteinte à son honneur.

Mais c'est vrai que la plupart du temps j'ai l'air triste. Enfin, ma mine sérieuse donne cette impression. J'ai de bonnes raisons d'être triste. Au cours de mes longues années au service de Champlain, j'ai connu de minuscules hauts et de gigantesques bas.

Quelle attitude les Wendats adopteront-ils si Champlain ne revient pas ? Quelle misère ! Nous vivons une série de descentes aux enfers : d'abord cette bataille chez les Iroquois qui a mal tourné, voilà déjà six semaines. Puis la retraite, et ensuite la neige qui s'est mise à tomber le 18 octobre. Et voilà que les Wendats ont décidé qu'il était trop tard dans la saison pour nous ramener à Québec comme prévu.

Je ne veux pas de mal au sieur de Champlain, mais je dois avouer que ça m'a fait un peu plaisir de le voir désarçonné par les deux flèches qui l'ont touché à la jambe et au genou au cours de la bataille. J'ai fait ce que j'ai pu pour sa blessure, mais il ne pouvait plus marcher. Il n'arrêtait pas de pester contre moi, contre les Wendats et leurs guerriers désorganisés qui ne suivaient pas ses ordres. Quand un des sauvages l'a pris sur son dos pour le transporter, je l'ai entendu hurler. Plus il souffrait, plus j'en tirais un malin plaisir. D'autant plus qu'il ne pouvait pas m'accuser, comme d'habitude, d'en être responsable.

Peut-être vaudrait-il mieux pour moi que Champlain ne sorte pas vivant de la forêt. S'il s'est perdu dans les bois, c'est de ma faute. J'aurais dû m'assurer qu'il ne parte pas sans sa boussole. « Gaston, assure-toi de vérifier mes charges de poudre, ma boussole et mon arquebuse tous les jours. » Consigne formelle au domestique. Contrarié, Champlain est capable de n'importe quoi – il a déjà menacé de pendre un homme pour moins que ça. Surtout dans l'état où il doit se trouver. Il ne m'a jamais roué de coups, mais a déjà failli le faire. Pour une affaire d'astrolabe.

C'était voilà deux ans, lors de cet autre voyage qui a pris une mauvaise tournure. Nous remontions depuis plusieurs jours la grande rivière, la Kitchissippi[1], à bord des petites embarcations des sauvages. De longues et dures journées. Nous avons dû contourner une section de la rivière avec force rapides et sauts. Ce fut alors de longues heures à porter bagages

---

[1] La rivière des Outaouais aujourd'hui.

et équipements. On m'avait, pour ce portage, chargé comme une mule. Harassé par les bestioles, j'avais grand-peine à voir devant moi. J'ai chuté de nombreuses fois. Chaque fois, il me devenait de plus en plus pénible de me relever.

«Allons, Gaston, un peu de courage! me haranguait mon maître. Il faut montrer à nos amis notre force.»

Champlain transportait quelques pagaies pour donner l'exemple, une charge symbolique comparée à la mienne ou encore à celle de nos guides. Aveuglé par les gouttes de sueur qui tombaient de mon front assailli impitoyablement par les moustiques, je bouillonnais de rage.

Un peu plus loin, je suis tombé et un des ballots que je transportais s'est ouvert. J'ai vitement ramassé le contenu éparpillé par terre. Je ne voulais surtout pas qu'on me laisse en arrière. Enfin, quelques heures plus tard, nous sommes arrivés à la fin de ce supplice. Nous avons pu regagner un cours d'eau qui nous a ramenés à la Kitchissippi.

Le lendemain, quand le sieur de Champlain m'a demandé son astrolabe, j'ai constaté avec horreur qu'il ne se trouvait plus dans le ballot, le même qui s'était ouvert. Quand j'ai expliqué ma faute à mon maître, son courroux a été terrible. J'ai cru qu'il allait me tuer. Mais, comme toujours, sa raison a repris le dessus sur sa colère. Après tout, que ferait-il sans son domestique?

Sa capacité à retrouver son sang-froid rapidement après un éclat de rage, voilà un des traits que j'admire chez le sieur de Champlain. N'empêche que, dans les jours qui ont suivi, il n'a pas raté une occasion de me lancer une remarque désobligeante, me priant, chaque fois qu'il me confiait un objet, de ne point le perdre.

Lors du voyage de retour, j'ai failli me venger. Je me demande si j'aurais réussi.

Pendant la traversée d'un saut périlleux, l'embarcation de mon maître a chaviré, et celui-ci s'est retrouvé à l'eau, se démenant comme un homme perdu. En fait, il l'était. Champlain ne sait point nager ; voilà un talent que je possède de plus que lui.

Mon embarcation s'était déjà posée sur la berge. Du rivage, j'avais vu mon maître tomber à l'eau. Mais pas les autres, car ils avaient déjà entamé le portage. Je voyais la forme de Champlain monter et descendre dans le tumulte. J'ai été assailli d'un questionnement : et si je lui tournais le dos, tout simplement ? On ne pourrait m'accuser de n'avoir rien fait pour le sauver. Je pense que j'ai esquissé le geste. Je ne suis plus sûr. Je sais que je me suis arrêté. J'ai hésité.

Je ne m'étais pas encore décidé lorsque j'ai entendu un de nos guides se jeter à l'eau. Le temps de le dire, il avait tiré mon maître sur la berge. Le destin avait décidé à ma place. Je voudrais quand même savoir…

Je m'éloigne de Desfosses. À l'autre bout du camp de chasse, il y a les animaux abattus. Cent-vingt-cinq cerfs ! J'ai été aussi impressionné que mon maître de voir les Wendats les chasser fort ingénieusement, en groupe, en les attirant dans un enclos qu'ils avaient érigé.

Champlain avait même retrouvé sa bonne humeur : c'est probablement ce qui l'a poussé à s'aventurer, si imprudemment, hors du groupe, voilà trois jours.

À l'orée du camp, je retrouve la prisonnière ligotée à un arbre. C'est une Iroquoise capturée juste à l'extérieur de son village avant que notre armée n'entame le siège de la bourgade.

Je lui souris. Elle reste d'une contenance de glace. Je lui

tends un morceau de gibier. Elle hésite, mais finit par le prendre et l'avaler tout rond. Ici, on ne sait jamais qui pourra nous rendre service ni quand. C'est pourquoi j'essaye d'être gentil avec tout le monde, même les prisonniers, même Desfosses.

L'Iroquoise finira probablement par être adoptée par une famille wendate. C'est la coutume, ici.

Les femmes du Nouveau Monde. Des énigmes insondables! Elles ne sont pas du tout comme les Françaises. Même mon maître a de bons mots pour elles, tant sur leur physique que sur leurs qualités.

J'ai pu témoigner des curieux rapports qu'il entretient avec les femmes, la sienne comme les autres. Quand je suis avec lui en France, ses rapports avec sa dame demeurent plutôt formels. Cela n'étonne guère, vu que Madame est presque une gamine.

Au mois d'août, arrivés dans le pays des Wendats, nous avons été reçus avec force festins et attentions. J'en ai plus profité que mon maître. C'est pourquoi, même si l'idée de passer l'hiver chez les Wendats m'effraie, j'ai une raison de vouloir y retourner : Andicha.

Une des premières nuits où nous dormions dans le village qui nous recevait, j'ai vu mon maître se lever et sortir de la cabane. Instinctivement, je me suis levé aussi. Peut-être aurait-il besoin de mes services? Avec les années, je suis devenu un peu mère poule. Je l'ai donc suivi dans la pénombre. Une silhouette s'est approchée de lui. Une menace? J'ai tendu l'oreille.

J'ai entendu la voix d'une jeune femme. Au cours des années passées avec mon maître en Nouvelle-France, je me suis efforcé d'absorber, autant que mes capacités le permettaient, les langues des nations que nous rencontrions. Contrairement à lui, qui dépend complètement des truchements pour comprendre et parler à nos amis, je parviens souvent à décortiquer des parties de leur discours et même à me faire comprendre.

Ce soir-là, nul besoin d'un truchement pour saisir que cette femme s'intéressait à mon maître et cherchait à lui plaire. Il lui a murmuré de douces remontrances en français et, brusquement, s'en est retourné dans la cabane. Je m'apprêtais à le suivre quand la fille, qui s'appelait Andicha, comme j'allais l'apprendre plus tard, m'a interpelé. Elle était curieuse et voulait savoir pourquoi je les avais épiés. Je le lui ai expliqué du mieux que je pouvais. Elle a ri de bon cœur et m'a invité à me promener avec elle. La soirée était douce comme les mots que nous avons échangés. Ce n'est qu'à l'aube que j'ai retrouvé la cabane après avoir passé une nuit à partager avec Andicha ce cadeau dont mon maître n'avait point voulu.

Si jamais nous retrouvions Champlain vivant, peut-être qu'au cours de l'hiver, je pourrai revoir Andicha et lui témoigner ma vive reconnaissance.

Je sens de l'agitation du côté des chefs wendats, qui confèrent à cette heure. Chaque jour que Champlain demeure introuvable, la tension entre eux monte. Ils ont peur de ce que notre grand capitaine français, de l'autre côté de l'océan, va dire ou faire s'il apprenait qu'ils sont responsables de la disparition de son représentant. Je crois qu'ils pensent surtout au commerce qu'ils pourraient perdre.

Discrètement, je m'approche de leur cercle de discussion. Je tends l'oreille. Je glane un mot par-ci et par-là. Un des chefs m'aperçoit, se lève et d'un ton menaçant m'invite à disparaître. Je deviens blême. Je ne me fais pas prier.

Je me repasse en tête ce que je crois avoir entendu. Ai-je bien compris? Si le truchement Étienne Brûlé était là, je pourrais en être sûr. Mais lui aussi est introuvable. Peut-être s'est-il également perdu, car il devait nous retrouver au pays des Iroquois avec des alliés... mais on ne l'y a point vu. Au moment où nous sommes partis du pays des Wendats pour aller faire la guerre aux Iroquois, Brûlé, avec l'accord de Champlain, s'est joint à un groupe d'émissaires pour se rendre plus au sud et solliciter l'aide d'une nation alliée, les Andastes. Champlain n'aurait pas dû accéder à sa requête. Brûlé est le meilleur de nos truchements auprès des Wendats. Et moi, je l'aime bien, même s'il est condescendant à mon endroit. Pas autant que Champlain, mais condescendant tout de même.

En fait, j'avoue que je l'admire. Il est libre, lui. Il se promène presque à son gré. Il dépend beaucoup plus des volontés des Wendats que de celles de Champlain. En plus, il a la possibilité de s'enrichir par son commerce.

«Gaston, tu es un esclave, me répète-t-il sans cesse. Ton maître n'a guère plus de considération pour toi que pour un chien.»

Des fois, je dois admettre qu'il n'a pas complètement tort. Mais je suis né sans le courage de Brûlé et sans la détermination de mon maître. Au fond, je n'existe pas. Même si je suis là depuis le début, Champlain ne m'a jamais mentionné dans ses écrits; il ne le fera jamais. Au mieux, je figurerai parmi ceux qu'il désigne comme «un de mes hommes». Personne ne saura qu'il parle de Gaston Lheureux. C'est aussi triste que mon surnom.

Et le titre que Champlain s'est donné lui-même ne vaut guère plus que mon anonymat. J'étais là quand Samuel

Champlain a signé pour la première fois un de ses récits de voyage en y ajoutant la particule «de», devenant ainsi Samuel de Champlain le noble.

– Cela fait belle figure, n'est-ce pas, Gaston?

– Oui, monsieur *de* Champlain.

Je tremble comme une des dernières feuilles dans les arbres en continuant à retourner dans ma tête les mots des chefs wendats. Témoins… pas savoir… supprimer. Les Wendats songeraient-ils à trucider ceux qui pourraient dénoncer leur négligence entourant la disparition de Champlain? Je redoute encore plus cette menace que le courroux de mon maître. Si seulement Brûlé était ici pour nous aider à démêler tout ça.

Voilà une troupe d'une dizaine de chasseurs qui arrivent. Ils ont rapporté du gibier, mais pas celui qu'ils cherchaient. Toujours pas de Champlain. La nuit vient de tomber. Champlain s'est-il endormi au pied d'un arbre? Tout ce que je peux faire, c'est me coucher. Comme s'il était possible de fermer l'œil avec un couteau sous la gorge! Peu importe la suite, je suis perdu.

⁜

Le lendemain, je me lève aussi agité que la veille. Les seuls conseils que la nuit a portés sont mauvais. Je suis tellement fâché contre Champlain que si jamais il finit par reparaître, je me demande si je ne vais pas le tuer moi-même. Au diable les conséquences!

Ce matin, la forêt me semble particulièrement tranquille, comme si elle retenait son souffle. Les Wendats reniflent quelque chose dans l'air. Une brume froide enveloppe le camp de chasse.

Soudain, un cri fend le voile opaque. Une figure se profile lentement tel un spectre. Mais est-ce un mort ou un vivant qui avance vers nous ?

Des chants jubilatoires résonnent soudain pour accueillir celui qu'on n'attendait plus. Je retiens mon souffle. Mon maître a des allures d'outre-tombe, mais il tient toujours debout. Des Wendats l'entourent. Hésitant, je m'approche. Je suis décidé à subir avec sérénité le châtiment qu'il me réserve.

Quand Champlain me voit, son visage se transforme. Je recule d'un pas devant cette expression que je ne reconnais pas.

– Oh ! Gaston, mon ami, tu m'as sauvé la vie.

Ébahi, je l'écoute m'expliquer qu'après avoir vidé son arquebuse en tirant sans succès sur l'oiseau étrange qu'il poursuivait, il a constaté qu'il s'était égaré. Allant tantôt d'un côté et tantôt de l'autre, ce n'est que des heures plus tard qu'il a découvert les quatre charges de poudre en trop, bien au sec, que j'avais placées dans son sac parce que j'avais été trop paresseux pour les ranger. Ainsi, il a pu abattre des canards dont la chair l'aura soutenu à travers cette épreuve.

– Gaston, tu es vraiment mon homme.

Maintenant, il s'agit de survivre à l'hiver chez nos hôtes. Je me demande ce que les Wendats diront à l'avenir, lorsqu'ils se raconteront entre eux cette histoire. Si jamais ils se la racontent.

Chapitre 21
Dernier voyage en Ontario

JEAN SIOUI

« Je suis wendat, un fier descendant du grand chef Aenon. » Le mot *wendat* est le nom par lequel se désignaient les cinq nations confédérées du territoire de Wendake (Huronie ontarienne) que connurent et décrivirent les Français – surtout les jésuites – de 1615, année de l'arrivée du missionnaire récollet Joseph Le Caron et de Samuel de Champlain. Samuel de Champlain, pour sa part, ne s'est jamais rendu compte, malgré les trente années passées en Nouvelle-France, du nom qu'utilisaient les Wendats pour se désigner ; il fut le premier à employer de façon courante le terme dépréciatif « Hurons » pour nommer les Wendats.[1] Pour votre connaissance, le mot *wendat* désigne les « habitants d'une île ». Le mythe de la création chez les Wendats dit que la terre où vivent tous les hommes est une île sur laquelle est descendue d'un monde céleste une femme,

---

[1] Georges E. Sioui, *Les Wendats – Une civilisation méconnue.*

nommée Aataentsic. Cette femme fut recueillie sur le dos de la Grande Tortue, à la demande des animaux, qui n'étaient alors qu'aquatiques. Le plus humble de ceux-ci, le crapaud, réussit à ramasser, en plongeant, une poignée de terre, que la Petite Tortue étendit sur la carapace de la Grande Tortue, laquelle s'agrandit jusqu'à former le monde tel que le connurent les Amérindiens. De là serait née la grande île.

Je ne sais si c'est un honneur ou une erreur, mais je puis confirmer que c'est mon ancêtre qui le premier a accueilli Champlain amicalement à Wendake. Une statue de bronze a même été érigée en commémoration de la rencontre du chef Aenon et de l'explorateur Champlain à Penetanguishene. Ce beau témoignage rappelle que pour les Wendats, il n'existe qu'une seule façon de voir la vie sur Terre : il s'agit d'un cercle sacré de relations entre les êtres de toutes formes et de toutes espèces. Face à son frère humain, le Wendat adopte une attitude égale : chaque être est sacré. Il n'est pas de peuples, de races, de civilisations au sens strict ; il n'y a que l'espèce humaine. Il n'y a qu'une civilisation propre à l'existence humaine : la civilisation du Cercle, le Cercle sacré de la vie. Chacun peut entrer dans ce cercle avec son orenda (son pouvoir particulier). L'orenda de Champlain semblait être son bâton cracheur de feu.

En août 1615, Champlain, avec son allure fière et tout son attirail de grande parade, pointe son nez dans la baie Georgienne. Dans un canot l'accompagnent deux athlétiques Hurons qui pagaient avec force et dont Samuel de Champlain savoure chaque mouvement. Sur la rive, certains jeunes qui voient un Européen pour la première fois se moquent entre eux de l'homme aux grands sourcils, tandis que d'autres se questionnent sur ce à quoi peuvent bien servir, dans un pays de lacs et de forêts, toutes ces dentelles, cette culotte bouffante et ces beaux bas blancs montés jusqu'aux genoux.

Enfin Champlain accoste en Huronie, trébuche contre son épée en descendant du canot, perd dans le lac son chapeau à plume de paon, le ramasse et le remet tout mouillé sur la tête, comme si personne n'avait rien vu. Voilà comment Champlain arrive chez nous et comment il est introduit dans notre cercle sans plus de question. L'atmosphère est à ce moment-là plus au rire qu'à la solennité. Champlain a moins de mal à écrire qu'à se tenir dans un canot. Les Wendats ont bien compris qu'il est préférable de le voir écrasé dans le fond du canot plutôt qu'à la pointe à lutter contre vents et marées. Dans un de ses écrits, Champlain dit que le pays wendat est un véritable paradis terrestre. Le pays est fort beau dira-t-il et la plus grande partie désertée, accompagnée de force collines, et de plusieurs ruisseaux, qui rendent ce terroir agréable. Puis, parlant de l'accueil chez les Wendats, il dira : « Nous fûmes reçus des habitants desdicts lieux fort aimablement, nous faisant la meilleure chère de leurs blés d'Inde en plusieurs façons, tant ce pays est très beau et bon, par lequel il fait beau cheminer. » Champlain, qui pourtant a eu la chance de visiter de part en part le pays wendat, ne relève que la nation des Attignawantans, la plus nombreuse et l'une des deux plus anciennes nations à avoir occupé le Wendake, l'autre étant les Attignéénongnahacs. Il y avait aussi les Arendahronons et encore les Tahontaenrats. Et même les Ataronchronons. Une chance que Champlain n'ait pas connu toutes ces nations, car on peut facilement imaginer tous les noms desquels il les aurait baptisées, quand on sait qu'il ne savait même pas prononcer le mot *wendat*.

Tout le monde le sait, les Hurons-Wendats sont de très bons conteurs et de grands moqueurs. Dans la vieille Huronie, bien au chaud en hiver dans leurs maisons longues, ils passaient de longues soirées à se raconter des histoires autour du feu central. Leurs contes étaient parfois des récits d'aventure de guerriers, des exploits de chasse ou des histoires qui parlaient de leurs ancêtres. Mais ils aimaient aussi beaucoup rire et raconter toutes sortes de faits cocasses leur revenant en mémoire. Souvent, les mêmes histoires se répétaient de soirée en soirée, avec toujours une couleur bien particulière au conteur du moment. Encore aujourd'hui, cette coutume se perpétue et mille contes sont encore racontés dans nos salons devant un bon feu de foyer. Forcément, certaines histoires ont bien changé avec le temps. Les histoires que je préfère et qui me font le plus rire sont celles qui évoquent Champlain et ses aventures à l'époque où il a habité malgré lui chez nous, en Huronie.

Par exemple, on rappelle souvent la vision qu'avait Champlain de la gent féminine chez les Hurons-Wendats : « Les femmes et les filles sont fort belles et agréables, tant en la taille, couleur (bien qu'olivâtre), qu'aux traits du visage, le tout à proportion, et elles n'ont point le sein ravalé que fort peu, sinon qu'elles ne soient vieilles ». Pourtant, on raconte qu'une nuit que Champlain dormait dans une cabane avec bien d'autres Indiens, il fut assailli par les puces. Il se leva donc en pleine nuit pour errer dans le village. Mais, à sa grande surprise, des jeunes gens se promenaient aussi la nuit avec d'autres intentions que de se débarrasser de puces. Ils cherchaient un partenaire sexuel. C'était, comme on peut le dire aujourd'hui, un mariage à l'essai. Belle coutume pour les jeunes femmes que de s'unir avec parfois jusqu'à vingt hommes avant de fixer leur choix. Ce fut, semble-t-il, l'invention du magasinage pour les femmes. Mais Champlain refusait d'être considéré comme une marchandise. Allez donc savoir pourquoi. On relate qu'une jeune et jolie femme brûlante de désir vint s'offrir à lui, certaine que s'il était sorti la nuit, c'était sûrement pour profiter de la pleine lune et des rondeurs d'une femme. À la grande surprise de tous, Champlain retourna se coucher avec ses puces. Tout le monde rit beaucoup quand on raconte cette histoire. Certains osent même supposer que Samuel eût préféré être accosté par un de ces Wendats qu'il a défini comme bien proportionné de son corps, bien formé, fort et robuste. Il y a quand même une belle morale à toute cette histoire; il vaut mieux donner nos puces aux invités bien intentionnés que coucher sous leurs couvertures remplies de variole et passer le mal aux autres.

Aujourd'hui, les jeunes Amérindiennes qui sortent la nuit risquent fort de se faire arrêter sur un terrain de Walmart et d'être conduites par des policiers sur un étroit chemin de boisé à l'écart de la ville.

Champlain était un tendre. Il aimait les animaux, les oiseaux et les plantes. On raconte qu'un jour qu'il chassait, il s'éloigna du reste du groupe de chasseurs pour courir après un oiseau qu'il trouvait fort beau. Un oiseau étrange, qui ressemblait à un perroquet et était de la taille d'une poule. Excité, il se perdit dans le bois. C'est un jeune cueilleur de petits fruits qui le trouva trois jours plus tard couché sous un arbre, à demi-mort. «Samuel, mon ami, lui dirent les vieux du village, ne sors plus sans avoir un guide attaché à ta culotte.» Une chanson composée par les enfants du village va comme suit: «Samuel… Samuel sans son compas dans le bois… Champlain… Champlain et son astragale en pleine mer… il a perdu la trace de l'oiseau… il cherche toujours la route de la Chine… »

Plusieurs parents ont perdu toute trace de leurs enfants à l'époque des pensionnats. Une chance qu'il y avait toutes ces soutanes de nuit pour veiller sur eux.

C'est pas moi qui l'invente, c'est Samuel de Champlain lui-même qui a écrit, au sujet d'un étrange animal la description qui suit: « Il y a aussi des dragons d'étranges figures, qui ont la tête comme celle d'un aigle, les ailes comme une chauve-souris, le corps comme un long lézard, deux grands pieds et une queue couverte d'écailles. Il est gros comme vingt moutons, pas dangereux, ne fait aucun mal à personne même si quelqu'un osait dire le contraire. » Nos ancêtres ont toujours trouvé que M. Champlain aurait dû diminuer sa consommation de tabac indien. Même au zoo de Granby, impossible de jamais voir une bête de cette espèce.

Enfoncés dans des réserves, des jeunes des Premières Nations cachent leurs peines dans des vapeurs d'essence.

Qu'à cela ne tienne, Champlain est porté comme un grand découvreur dans la mémoire des Hurons-Wendats. Voici ce que l'on raconte après que Champlain fut blessé par deux flèches à une jambe, dont l'une dans le genou, lors d'une bataille aux côtés des Hurons-Wendats: il aurait alors été contraint de battre en retraite puis d'être porté quelques jours durant, garrotté dans un panier au dos d'un Huron, comme « un petit enfant en son maillot». Soit le Huron était très costaud, soit Champlain était fluet!

Aujourd'hui, nous sommes encore régis par une Loi sur les Indiens qui fait de nous les pupilles de l'État.

Quand on veut paraître sérieux, on se rappelle la nature compatissante de Champlain. C'est presque à genoux qu'on remercie l'explorateur de nous avoir convertis, nous les âmes du démon. C'est qu'on reconnaît bien le côté humaniste de Champlain, qui nous aimait comme un père aime ses enfants adoptifs même dans leur état sauvage, sans foi ni loi, ni roi. Son espérance ultime était de nous convertir au christianisme pour enfin coexister avec nous. Il eût été dommage que les créatures que nous étions continuassent à vivre, et mourussent même sans avoir connaissance du Dieu européen accroché à une croix, au cou des robes noires. Je vois encore le sage du village nous pointer du doigt en criant: «Fils de Caïn, sans connaissance de Dieu, sans religion ni loi, pas plus divine que politique ou civile. Vous vivez comme des bêtes.»

Dans des cathédrales aux longues allées mon peuple prie un dieu qui ne sent pas les arbres.

J'en ai fini avec les contes et je passe aux choses plus sérieuses. C'est en effet à l'été 1615 que Champlain poussa ses expéditions jusqu'au Wendake Sud, le «pays des Hurons». Il arriva le 1er août au village huron-wendat de Toanché, sur les rives de la baie de Penetanguishene. Le Français participa de nouveau aux actions militaires de la nation huronne-wendate en guerroyant dans une autre bataille, cette fois en octobre 1615, contre un fort de l'Haudenausonee. Blessé au combat, Champlain passa l'hiver sous la protection des Hurons-Wendats, qui l'accueillirent parmi eux. Il visita plusieurs villages, participa à des séjours de chasse et connut plus en profondeur notre culture, notamment les rouages subtils des structures politiques et diplomatiques fort raffinées de notre peuple. C'est ainsi que la Confédération huronne-wendate en vint à occuper une place centrale dans la géopolitique mondiale de l'époque.

Il faut pourtant rappeler que pour la nation huronne-wendate, la venue d'Européens de l'époque de Champlain sur nos terres ancestrales marquait le début d'un long processus de dépossession, et le point de départ d'importantes épidémies aux impacts des plus néfastes sur notre peuple. Les épidémies d'origine européenne ont à l'époque décimé les 90 % de nos populations.

À l'instar de Champlain, «les sociétés humaines qui ont oublié que la vie est un grand cercle sacré de relations croient que la vie fonctionne selon un mode linéaire. Suivant cette pensée linéaire, la vie est corollaire d'un progrès, et tout progrès va dans une direction précise. Il n'y a ici plus rien de sacré : tout doit engendrer le "progrès". Les seuls êtres qui soient encore sacrés et qui puissent déterminer ce qui est sacré sont ceux qui ont eu la force et l'ingéniosité de se placer aux commandes du processus de progrès. Leurs "religions" leur ont affirmé, par voie sacrée, que leurs institutions humaines étaient l'expression de la volonté d'un Dieu unique qui leur a conféré le pouvoir et le devoir de dominer et d'arranger Sa création selon certains intérêts (sacrés).

Cette attitude linéaire face à la vie ne peut que détruire la vie. Les sociétés à pensée linéaire sont celles qui détruisent l'existence et la pensée circulaires autour et à l'intérieur d'elles. Elles sont celles qui, après avoir compromis leur propre existence, doivent délaisser leurs lieux d'origine pour chercher d'autres lieux où la vie est encore sacrée, et donc riche et abondante, pour y transplanter leur "civilisation" et continuer d'exister. Évidemment, l'intrusion de ces sociétés parmi celles du Cercle signifie toujours une destruction très importante, souvent complète des sociétés à pensée circulaire. »[1]

Champlain est entré dans notre cercle avec son orenda de colonisateur et il a tout désorganisé. Les bons Hurons ont été détruits par les méchants Iroquois, nous a-t-on longtemps fait croire, afin de détourner toute la vérité de la vraie histoire de l'accaparement colonisateur de notre pays. Rappelons-nous encore que ce sont les microbes et non les hommes qui ont dicté l'histoire de notre Wendake. Comme les épidémies, les Européens ont détruit l'ordre établi par les Wendats depuis d'innombrables générations. Le cercle a été ébranlé mais la nation wendate s'est relevée et ne s'éteindra jamais. Aucun Champlain ne viendra plus poser chez nous ses grandes bottes.

---

[1] Adapté de Georges E. Sioui, *Les Wendats – Une civilisation méconnue.*

Chapitre 22
Journal d'une femme de l'ombre
Eslayne Boullé

Olivier Salon

Note liminaire: En 2005, les travaux d'agrandissement de la bibliothèque de Meaux ont permis d'exhumer, sur le site de l'ancien monastère Saint-Augustin, sur lequel s'appuyait la toute nouvelle médiathèque, les *Chroniques de l'Ordre de Saint-Augustin*, qui furent déposées aux archives nouvelles. La conservatrice de ladite médiathèque, Valérie Rouxel, se mit à les étudier et découvrit, à l'écart des Chroniques, un volumineux grimoire qui ne retint pas immédiatement son attention. Quelques années plus tard, désireuse de répertorier le grimoire, Valérie Rouxel le lut intégralement: il s'agissait du journal personnel de la mère supérieure du monastère, intitulé *Journal d'une femme de l'ombre*, couvrant la période 1610-1654. Comme elle connaissait mon intérêt pour Samuel de Champlain, Valérie Rouxel me transmit le précieux grimoire, pour mon plus grand bonheur. Aussi ai-je plaisir à livrer ici quelques pages parmi les plus marquantes du journal d'Eslayne Boullé, alias Eslayne de Champlain, alias Eslayne de Saint-Augustin.

✣

LE 31 DU MOYS DE DÉCEMBRE 1610

J'ai douze ans et je me crois être encore assez jeune. Si hasard faisoit que ledict journal tomboit sous des yeux inconnus, mon nom est Eslayne Boullé. Les récents événements qui ont bousculé ma famille m'ont donné idée de commencer journal. Poinct ne sais quelle en sera la durée. Peut-estre mesme m'accompagnera-t-il toute ma vie durant.

C'est que mon père m'a donné hier pour époux le sieur Samuel Champlain en l'église de Saint-Germain l'Auxerrois, ce à quoy je ne m'attendais poinct et ne me sentais en aucune façon préparée.

Ledict sieur connaissoit déjà mon frère Eustache, qu'il avait emmené dans la vallée du fleuve Saint-Laurent, au nord du continent des Amériques que le sieur Champlain vouloit explorer. Le sieur avait doncques rencontré mon père Nicolas Boullé, qui occupe une très importante fonction d'huissier des phynances du Roy.

J'ai cru comprendre qu'à la suite de l'assassinat du bon roy Henry IV, le sieur Champlain avoit besoin de nouveaux appuys, et qu'il a manigancé certain arrangement avecque mon père. Le vingt et sept courant, ung contrat a été establi devant notaire, par lequel mon père offrait une conséquente dot et le sieur Champlain m'assurait ung versement annuel pour me soutenir lors qu'il serait hors de France.

Mais je suys bien jeune pour cette nouvelle attribution, mon père a dit que je n'étois poinct nubille encore et que pour cette raison, qui me demeure incomprise, je continuerais de vivre chez mes parents pendant deux ans encore, ce qui me rassure.

Car le sieur Champlain, pour élégant qu'il soit, n'en est pas moins un vieillard d'au moins quarante ans, et dont je redoute de partager la vie, moy qui n'en ai mesme pas trois fois moins en ce jour. Avecque tout le respect que je dois à mon père, je lui en veux beaucoup qu'il ait joué de mon destin de cette façon, m'attribuant ung époux dont je n'ai aucune attirance de quelque façon. « C'est précisément que tu ne le connais poinct », a rétorqué mon père à toute fin de me clore le bec de toute répartie possible.

Le 27 du moys de septembre 1611

Le sieur Champlain, que j'ai du mal à appeler mon époux, surtout dans mon journal, est rentré en France le 10 de ce moys. Il était parti depuis le premier du moys de mars de l'année en cours, et il est venu nous informer de son activité d'explorateur. Cet homme est ung fort beau causeur et il s'est entrepris de nous raconter son voyage par le détail, depuis le 28 du moys de mai où, ayant longé le fleuve de Saint-Laurent, il était parvenu jusques au Mont Réal, ainsi que l'avoit nommé son prédécesseur Jacques Cartier, et à son grand sault. Las, il étoit arrivé en retard pour retrouver des Indiens qui ne l'avoient poinct attendu. Pour lors, c'est en ung mauvais canot et avecque deux seuls hommes que le sieur Champlain étudia les berges du fleuve sur huit lieues. Il remarqua au nord du Mont Réal une isle de trois quarts de lieue de circonférence, laquelle était vierge de tout habitant. Comme cette isle, dont la terre parais-soit fort fertile, était très abondamment pourvue en animaux et en hérons, mais qu'elle était vierge également de dénomi-nation, le sieur Champlain lui attribua le nom d'isle Sainte-Eslayne, en l'honneur de son épouse, nous affirma-t-il, ce qui m'emplit d'aise, bien que je n'y eusse été pour rien.

À l'autre bout du monde, il est ainsi une isle vierge qui revest mon nom.

Le 4 du moys de mars 1612

On m'a fait estudier la religion catholique, qui n'étoit poinct mienne, jusqu'à ce que je la connusse bien, et que j'embrassasse cette foy nouvelle à ce jour.

Le 22 du moys d'aoust 1613

Mes parents m'ont intimé ordre d'aller rejoindre mon époux. J'avois jusqu'à ce jour vécu dans l'oubli de la promesse à laquelle m'avait contrainte mon père, et le temps m'a rattrapée.

Le sieur Champlain m'a dict ne plus vouloir laisser filer l'Eslayne ; lui et moi vécusmes quelques semaines dans la même demeure, mais le sieur Champlain me fait assez peur, quoiqu'il soit plein de prévenance pour moy qui ai tout juste quinze ans.

Le 5 du moys de janvier 1614

J'avois en notre maison ma chambre personnelle, où je me sen-tois rassurée, mais mon époux – que j'ai toujours bien du mal à nommer de ladicte façon – a souhaité hier que je le rejoignisse en sa propre chambre pour la nuictée.

Comme il m'impressionne fort avecque sa barbe d'abon-dance et sa haute stature, moi qui suis plutost menue, j'ai pris peur et me suis enfuie avecque mon seul petit journal sous le bras. Mais je ne sais où aller, me doutant fort que retournant chez mes parents, j'y serois aussitost retrouvée et de force remmenée.

Le 11 du moys de janvier 1614

Je m'en suis allée, moy par les champs Boullée, car je ne me considère poinct encor ayant pour nom Champlain. Or j'ai pris fort grand froid dans lesdicts champs et m'en suis venue me réchauffer à l'astre de mes parents, lesquels m'ont convaincue, après ung abondant échange, d'aller vivre pleinement avecque mon époux. Que nous avons été mariés, a assuré mon père, pour le meilleur et pour le pire, et que si je crois vivre en ce tel moment le pire, c'est que le meilleur est à venir. Que la coutume enfin veut que la femme dorme dans la même chambre que son mary, quand bien même il porterait une barbe noire et qu'il aurait une oreille percée, tant il est vrai qu'avant que je le connusse, il avait bataillé avecque les Montagnais et contre les Agniers, et qu'une flèche indienne l'avait failli perforer au cou, se limitant cependant à lui transpercer l'oreille et à lui effleurer le cou, ce dont traces sont désormoys restantes.

Le 24 du moys de mai 1616

Je me suis accommodée depuis longtemps de la manière de vie commune, d'autant plus aisément que je ne rencontre guère le sieur Champlain, lequel est toujours par monts, à commencer par le Réal, et par mers. Et quand il n'est poinct par là-bas, c'est qu'il est à la Cour où il tente de négocier avecque Marie de Médicis ou avecque le cardinal de Richelieu qui ne lui rendent poinct aisée la tasche, ou encore à Rouen ou à La Rochelle à négocier avecque d'aucuns commerçants, lesquels sont assez mal accommodants.

Les fois où le sieur Champlain est à la maison se faisant rares, j'ai fini par accepter de dormir dans sa chambre et en mesme lit, à la condition qu'il n'y pust entrer que lors que je porterois ma chemise de nuict. Il prend grande attention à ne poinct me toucher durant les nuicts, ce qui risquerait de me réveiller, après quoi, j'aurais grand mal à retrousver le sommeil.

À ce jour, voilà ung an que je vis toutefois seule, puisque le sieur mon époux s'en est parti au printemps de l'année en cours avecque des pères récollets, lesquels doivent évangéliser la Nouvelle-France, et n'est toujours poinct revenu, ayant eu volonté de passer une année de plus en place de Québec.

Le 23 du moys de novembre 1617

Le sieur Champlain s'en est revenu en juillet de cette année. Comme je me plaignais de la trop bruyante solitude dont je me sentais victime, le sieur Champlain a pris ma déclaration en considération et nous en sommes allés devanct notaire où nous fîmes contrat m'attribuant la présence d'une dame de compagnie, laquelle a pour nom Isabelle Terrier, pour une durée de quatre années pleines à mon côté.

Tout à coup, la vie me parut plus agréable et je commençai de me désennuyer.

Le 30 du moys de décembre 1617

Le sieur Champlain mon époux a été très attentif à mes souhaits et m'a offert certain collier serti de pierres précieuses et de diamants, lequel valoit pour nos sept années de mariage, c'est dire les noces de laine, que le sieur Champlain a vouslu nommer les noces d'Eslayne.

LE 10 DU MOYS DE MAI 1620

Après le faux départ de l'an passé du fait des vilaisnes manouvres des commerçants de Rouen, je me suis laissée convaincre par le sieur de Champlain, maintenant anobli par sire Louis XIII, lors qu'il est capitaine ordinaire du roy en la marine de Ponant, de tenter l'aventure en la ville de Québec. Mon époux m'a tant et tant raconté de récits inouïs et pharamineux que je l'accompagne, cette fois, pour vivre l'expérience de Québec. J'ai mis pour conditions de conserver le confort de ma maison de la rue Saint-Germain l'Auxerrois, et partant, imposé la présence de ma dame de compagnie et de plusieurs laquais pour assurer la domesticité. Mon époux est pour sa part lieutenant du vice-roy de Nouvelle-France, et commandant à Québec. Nous sommes partis de Honfleur avant et hier à bord du *Saint-Étienne*.

LE 20 DU MOYS DE JUILLET 1620

Vif a été mon déplaisir en voyant les quatre murs de torchis qui devaient nous servir de demeure définitive, au bout de plus d'ung moys d'ung éprouvant voyage. Ce déplaisir a toutefois été compensé par la grande joie de revoir mon frère Eustache qui s'était installé à Québec il y a deux et pleines années.

LE 24 DU MOYS D'OCTOBRE 1620

Pour la première fois de ma courte existence, qui ne comporte encore que vingt et deux années, je vis avecque mon mary. Nous occupons la même demeure, quand il n'est pas en retraite chez les Hurons pour guerroyer, chasser ou pétuner.

Nous n'avons qu'ung seul et unique lit et sommes bien obligés de faire couche commune.

Mais depuis que je suis par ces lieux parvenue, mon époux a trouvé une bien heureuse manière de me souhaiter la doulce nuit. Lors qu'enfin je suis revestue de ma blanche chasuble nocturne, il entre poliment dans la chambre, s'assied sur le bord opposé du lit où me suis allongée dans ma longueur, et commence à me narrer telle ou telle de ses aventures. «Ma chère et tendre Eslayne, l'Eslayne pure», commence-t-il par exemple, en variant chaque fois le qualificatif. Et le voilà parti dans une longue disgression où il me conte sa rencontre première avecque les Hurons et les habilles façons dont il s'est arrangé pour les approcher sans crainte d'iceux, puis apprivoiser, alors que tant de différences opposaient les deux civilisations. Il me conte cela jusqu'à sa première pétunerie, et c'est lors que mes paupières, lourdes en général quand elles me voient allongée, se closent pour la durée d'une longue nuict. Quand je me réveille au matin prochain, mon sieur de mary de Champlain dort à mon côté sans m'avoir nui le moins du monde.

Le 25 du moys d'octobre 1620

Justement, pour rester en continuité de mon récit précédent, le sieur de Champlain m'a raconté au moment de ma nuict: «Ma chère et tendre Eslayne, la pure Eslayne vierge», a-t-il débuté, puis enchaisnant sur la guerre que se livrèrent les Montagnais et les Agniers, lui-même aidant les Montagnais en apportant l'élément décisif de l'arquebuse, au moyen de par laquelle il parvint à estourbir deux chefs et ung guerrier d'ung seul coup, tant il est vrai que son arquebuse peut envoyer jusqu'à quatre projectiles en même temps. Je n'ai plus souvenir de la suite, mais retrouvai mon époux au lendemain matin à sa juste place.

Le 6 du moys de février 1621

Et c'est ainsi que, nuict après nuict, mon mary me raconte ses exploits, mais parfois également ses déconvenues et déplaisirs, tant il est vrai qu'il se veut être le plus impartial possible et me conter la vérité telle qu'elle a eu lieu et non poinct telle qu'elle seroit desformée par le prisme du souvenir ou par l'embellissement de celui qui veut paraistre grand lors qu'il ne l'est poinct.

Je crois alors être telle princesse de Perse à qui, par ung retournement de situation, l'on conterait nuict après nuict une nouvelle histoire pour la faire endormir et lui garantir meilleur sommeil possible, en dépit de la froideure de l'hiver qui m'est infiniment plus aiguë que dans le pays de France, et j'en suis reconnoissante à mon époux de me traiter de la sorte.

Une autre fois, m'ayant abordée par « ma chère Eslayne, vous qui estes l'Eslayne à peloter », j'eus le courage de lui répliquer « mais faites donc, faites donc, mon époux ». Il m'a répondu que je l'avais mal compris et qu'il entendait me signifier que j'étois doulce comme pelote des laines. Puis il m'a conté les tortures qu'infligent les Iroquois aux Hurons et pour se venger desquelles les Hurons font de mesme avecque les Iroquois qu'ils ont pris, et qui sont d'une telle cruauté, tout autant lors que les femmes indiennes maltraitent les prisonniers à leur tour, que je m'endormis aussitôt, n'en voulant poinct davantage entendre.

Le 13 du moys de juin 1621

«Ces histoires que je vous narre de façon quotidienne», m'a dit mon époux Samuel, «sont comme les fils de notre relation». Me méprenant sur les intentions de mon époux, je lui rétorquai que nous n'avions poinct d'enfant, et partant poinct de fils. «Non poinct, non poinct», enchaîna-t-il, «ce sont les fils du tissu de notre histoire, dont je vous parle. Pour moy, les fils d'Eslayne sont uniquement ceux que je tisse avecque vous, à défaut de les pouvoir élever. Vous m'estes à la fois l'Eslayne et l'écheveau.» «Je suis bien loin de connaistre ces animaux-là», lui répondis-je, «encore moins de m'identifier à iceux, qui sont, à ce qu'il paroist, de mâle assurance.» Mais Samuel mon époux s'en fut dans son coin, bougonnant que je me méprenais à nouveau. Nous avons bien du mal à nous bien souvent comprendre.

Le 28 du moys de novembre 1621

Je commence à m'habituer à la vie à Québec, en dépit de la froideure de l'hiver qui n'est qu'ung vislain, et me suis fait quelques connoissances auprès des femmes amérindiennes, en particulier grâce au petit miroir que je porte en sautoir eu égard à ma qualité, et qui ne laisse pas de les intriguer de la plus estonnante manière. Dès lors qu'elles m'aperçoivent, mes compagnes de l'autre culture s'approchent de moy et s'observent longuement dans ledict petit miroir, estudiant leur image. L'une d'elles me demanda comment il se faisait qu'elle pust se voir si près de moy. Je lui rétorquai alors: «C'est parce que vous êtes si proche de mon cœur.» Ce à quoi l'Indienne répliqua: «Une femme qui nous guérit de nos maladies et qui nous aime au poinct de porter notre image tout près de son cœur doit être plus qu'une créature humaine.»

LE 30 DU MOYS DE JANVIER 1622

Je fréquente aussi fort régulièrement les pères récollets, à la messe desquels je ne manque poinct aucune, et qui m'assurent de la solidité de ma foy, tout en m'apportant le réconfort que je ne trouve guère en notre demeure.

LE 2 DU MOYS D'AVRIL 1623

Nous sommes toujours dans la saison de l'hisver, qui n'en finit jamais de finir en cette contrée. Nous vivons de nos réserves de blé d'Inde et du produict des chasses auxquelles s'adonnent les hommes de notre phalanstère, tant pour leur propre occupation que par la nécessité de manger de la viande fraische, à toute fin d'éviter le scorbut qui fit mourir tant d'occupants des premières années à Québec.

«Heureusement que nous sommes ici d'orignaux les champs pleins, de loutres les champs pleins, de castors les champs pleins!» affirme mon époux, qui ne manque parfois pas d'à-propos.

LE 29 DU MOYS DE JUILLET 1623

Mon mary passe beaucoup de temps à la recherche de son fameux passage de la Chine. Il dit que c'est par là qu'il gagnera la pleine confiance de tous, et que la découverte de ce passage assurera les pleins pouvoirs à Québec de France et sa prospérité entière. C'est pourquoi il consacre tant de temps avecque ses alliés les Indiens, afin qu'iceux lui permettent de gagner en connoissance de la partie ouest de cette contrée, laquelle détient le passage vers la Chine. J'ai compris l'importance que revest aux yeux de mon époux cette découverte, qui luy permettrait d'accrocher ce trophée à sa patte, selon la formule qu'il utilise à chaque fois qu'il parle de cette queste.

Je suis d'autant plus impressionnée du panache dont faict preuve mon époux lors de ses échanges avecque les hommes, qu'ils soient roy, commerçant, ministre influent, Huron de terre inconnue, capitaine de vaisseau, guerrier, truchement ou père religieux, et d'autant plus surprise que ledict panache est moins resplendissant lors que mon mary se présente devanct moy, s'esvanouissant presque comme si j'étois le seul être au monde à lui inspirer de la crainte, qui n'est autre que la crainte de lui-mesme, comme je l'ai bientost compris.

Le 2 du moys d'aoust 1623

Champlain mon époux m'a narré les dommages que pouvoit causer l'herbe à la puce, qui est une plante qui pousse par ici et contre laquelle il faut prendre garde de ne pas touscher, ni mesme effleurer, sous peine que de fort méchantes cloques ne viennent à boursoufler la peau sans disparition bien au contraire. Pareille mésaventure arriva à l'ung des pères récollets, lequel ne put mesme plus s'asseoir, victime en région postérieure de cette pendarde d'herbe à la puce.

Le 17 du moys de novembre 1623

Cette fois-ci, comme tous les soirs depuis que nous vivons à Québec, mon époux m'a bercé de quelque aventure de son cru. Alors qu'il vivait chez les Hurons, il y a sept années, il fut réveillé ung soir par l'attaque d'ung régiment de puces, à telle enseigne qu'il dut sortir de sa cabane pour éviter le prurit de la démangeaison. Une jeune Indienne s'offrit alors à luy, comme le veut la coustume huronne tant que les femmes ne sont poinct encore mariées, et qu'elles essaient de trouver celuy qui leur sera meilleur. Mais contrairement aux us indiens, il la renvoya, avecque doulces remontrances, selon ce qu'il me dit, et regagna son lit de puces. Or j'ose bien volontiers croire mon époux et, sur ce, me suis endormie.

Le 25 du moys de décembre 1623

C'est en grande joie avecque le Seigneur que nous avons festé la naissance du Christ. Cependant, je me dois l'honnesteté à ce journal, qui ne parle qu'à moi-mesme, de dire que l'ennuy m'est revenu, en dépit de la ferveur des femmes indiennes, de la gentillesse de notre petite communauté, des égards des pères récollets, de la compassion de mon frère Eustache et de la constante doulceur de mon mary qui m'endort toujours avecque force histoire de son cru.

M'est surtout venu en resve que mon histoire ne changeroit plus jamais ici, que tout seroit figé, quand bien mesme mon époux trouveroit la route de la Chine; il m'en parle tant et plus que je vois bien qu'il est devenu ung obsédé de la Chine où il ne parvient toujours poinct à ses fins.

Je lui ai fait sçavoir cet ennuy qui estoit le mien, et le souhait que je portois conséquemment de rentrer en mon authentique demeure de Paris. Mon époux en a éprouvé du déplaisir, mais il a compris que ma volonté estoit prise de m'en aller de cette terre de Nouvelle-France où je ne m'épanouis poinct, si ce n'est en communion avecque notre Seigneur.

Le 2 du moys d'octobre 1624

Nous avons remis le pied sur terre d'ancienne France, et ma joie en estoit d'autant plus manifeste que le voyage de retour a duré plus de deux moys. Mon époux a déjà pour plan de repartir à Québec, et je sens que de luy je me détasche de plus en plus. Ung trop grand projet s'interpose entre nous deux, et la molle distance qui nous sépare nous empesche d'envisager quelque enfanct que ce soit. Je m'interroge de plus en plus sur ma destinée et les raisons qui m'ont faict naistre sur terre où je n'ai plus de but hormis Dieu.

Le 3 du moys de décembre 1629

Mon mary est rentré il y a tout juste deux jours d'ung nouveau séjour de trois années pleines à Québec, et j'ai vouslu consacrer notre éloignement en luy proposant que nous nous séparassions et que je rentrasse dans les ordres, attendu que le divorce n'est poinct envisageable entre nous.

Mon époux, qui a tousjours esté d'une grande doulceur envers moy, parfois mesme d'une trop grande doulceur, s'est offusqué de ma proposition. Nous avons longuement parlé, et nous sommes finalement mis d'accord pour que nous vécussions sous le mesme toit, mais comme frère et sœur, ce qui ne changeoit pas beaucoup de notre ancien quotidien, si ce n'étoit que j'avois perdu la narration quotidienne qui me faisoit trousver sommeil.

Le 13 du moys de janvier 1630

Le chagrin s'est enparé de moy et ne me quitte plus. Cher Journal, ma vie est devenue si tryste que je m'en vais t'abandonner.

LE 20 DU MOYS DE JANVIER 1636

J'ai appris que feu mon époux a rendu son dernier soupir le jour de Noël dernier, raison pour laquelle je rouvre mon journal. Cela m'a causé beaucoup de peine, controirement à ce que je m'imaginois. On m'a dit que feu Champlain mon époux a déclaré sur son lit, où il a eu le temps de voir la mort approcher, que j'avois été la seule femme qu'il eust jamais aimée. Mais je crois aussi être la seule à parfaitement comprendre cette affirmation qui me tousche en mesme temps qu'elle m'est douloureuse. D'autant que, d'après le récit fidesle qui m'en a été faict, il a ajouté que pour le comble de son double malheur, il n'est jamais parvenu à mettre la Chine à la patte.

Ce qui me relie à la terre terrestre est bien peu de chose désormais.

LE 2 DU MOYS DE DÉCEMBRE 1645

Il m'aura fallu dix années pour me destascher enfin des affaires terrestres. Feu mon époux m'avoit légué toutes ses possessions sises en terre francoise, mais c'estoit sans compter sur l'acharnement de sa cousine, qui a tout faict pour faire annuler le testament, arguant du fait que le souhait de Samuel de Champlain que « la très Saincte Vierge soit héritière de ce que j'ai ici de meuble, d'or et d'argent » étoit impossible à combler, ce que la Justice a confirmé.

Comme les possessions terrestres ne m'étoient d'aucun désir ny utilité, j'abandonnois tout recours et ne conservois que ce que ma cousine ne pouvoit m'arracher. Au cours du moys précédent, je suis enfin entrée au monastère des Ursulines de Paris, et ai pris le voile blanc et le nom de sœur Eslayne de

Saint-Augustin. Je pense qu'aucune femme mariée qui auroit faict le même choix que moy pour diverses raisons n'a jamais porté ung voile blanc autant immaculé que le mien.

Le 6 du moys d'avril 1649

Mes tout derniers biens, dont ma maison de Paris, qui m'était restée, ont été vendus, me permettant de fonder ung nouveau monastère, dans la ville de Meaux. Je suis humblement passée de novice à mère supérieure. Feu mon époux aurait sans doute été fier de moy, qui ai pu à son instar créer une communauté : la mienne comporte cinq asmes pour l'heure, mais Québec n'en possédait guère plus après que le premier hiver eut décimé sa population.

C'est aussi pour moy le seul moyen de devenir mère, et quand bien mesme j'ai dépassé l'asge de cinquante années. Parvenue à ce stade où certains poincts sont sans retour, je commence à regretter que Samuel ne soit jamais arrivé à mettre la Chine à la patte, quoiqu'il ne siée poinct à une personne qui a confié son âme à Dieu de se laisser aller à des idées qui ne seraient tournées que vers elle-mesme. Alors, à regret je l'avoue, j'évacue ce regret.

Le 13 du moys de décembre 1654

Ce sera bientôt le dix et neuvième anniversaire de la disparition de mon époux Samuel de Champlain. Mais depuis hier, certaines douleurs intérieures me sont devenues fort pénibles et je ne sais si je parviendrai au 25 de ce moys, pour honorer le Christ notre Sauveur et la mémoire de celui qui a orienté toute ma vie.

✣

Note conclusive : Le journal s'achève là ; on sait depuis qu'Es-layne Boullé, alias Eslayne de Champlain, alias Eslayne de Saint-Augustin, s'en est allée le 20 décembre 1654, au terme de huit jours d'une douloureuse maladie.

Deux lignes de burin imaginées et dessinées par Michèle Audin, 2015.
D'après la carte de Champlain de 1632 (graveur inconnu).

Chapitre 23
Les auteurs de la carte

MICHÈLE AUDIN

Lorsque le graveur se met au travail, le cadre de la carte, constitué d'échelles noires et blanches graduées, est déjà prêt. C'est à 53 degrés, au *nortouest*, c'est-à-dire à droite, que le graveur pose son burin. Au-dessus, c'est la « Mer du nort glacialle », dont le nom sera gravé en belles capitales. Une bande de mer grisée, hachurée, courra le long de la côte. C'est un aide du graveur qui sera chargé des hachures.

Pour animer l'espace blanc de la mer glaciale, le graveur dessinera une baleine qui souffle, grisée elle aussi. Le graveur n'a jamais vu de baleine. Sur les terres, il placera des montagnes, des arbres, des forêts même. Il n'a jamais vu de montagne non plus. Il n'a jamais quitté Paris. Sur la carte, le territoire ne sera pas vide. Il faut prouver que la Nouvelle-France n'est pas une terra incognita. Faire figurer des animaux sur les cartes est une tradition. Celle-ci représente le pays des fourrures. Pour le graveur, les fourrures, ce sont le feutre de castor de son chapeau, le manchon, les écharpes de son épouse. Pourtant, le graveur est capable de dessiner des animaux vivants. Un renard, une martre d'Amérique? La martre zibeline, allez, c'est plus joli, se dit le graveur. La carte doit être jolie. Elle ira orner les bibliothèques, les salons peut-être d'amoureux de cartes et d'estampes, de plus en plus nombreux.

Ce que le graveur reproduit, fixe, n'est pas la réalité. Pas seulement parce qu'il n'a jamais vu les animaux qu'il représentera. Le sieur de Champlain, capitaine pour le Roy en la marine, ne s'est jamais rendu dans ces régions du Nord. Le graveur le sait. Cette partie de la carte a été dessinée par ouï-dire. L'explorateur a écouté les renseignements donnés par les voix des coureurs de bois, des hommes de la forêt. On lui a parfois menti. Il s'en est parfois aperçu. Il a aussi utilisé d'autres cartes, dessinées par d'autres, on ne sait comment.

À la suite de l'explorateur, le graveur visite à son tour le pays. Il suit la ligne du littoral sans lever le burin. Il remonte les rives gauches et descend les rives droites de fleuves impassibles. La présence de ces cours d'eau sur la carte semble plus décorative, plus vraisemblable, que véridique.

Le burin remonte vers le nord. Un de ses informateurs a dit à Champlain que des Anglais ont navigué jusque là, à la recherche d'un passage vers la Chine et les Indes orientales. Le graveur le sait. S'il y a un passage pour la Chine aussi septentrional, ce sont les Anglais qui le trouveront, le graveur le sait aussi. La côte descend et le burin dessine une grande baie. Le graveur s'attarde avec plaisir sur les délicates circonvolutions du rivage. Les îles seront dessinées plus tard. Le burin se dirige à nouveau vers le nord. Il y aura la place d'ajouter un poisson à la nageoire dorsale épineuse qu'imaginera le graveur, et un navire à deux mâts, qu'il laissera à son aide. La reproduction sera trop petite pour que l'on reconnaisse s'il navigue sous pavillon français ou anglais. Un nom de lieu, C. Harles, est indiqué sur le manuscrit. C'est le premier le long de cette côte. L'emplacement exact de ce point, sur le littoral, ou sur une des îles, n'est pas clair pour le graveur. La même ambiguïté figurera sur la carte. Le burin remonte, jusqu'au soixante-troisième parallèle à nouveau. L'aide du graveur placera là un autre navire. Heureusement, les terres ne montent pas plus au nord. Le pays occupera agréablement le rectangle de cuivre.

Passées les élégantes découpures de la côte, la grande île rectangulaire, les embouchures des fleuves descendant de lacs inconnus, le graveur atteint maintenant le détroit. Cette fois les noms sont franchement anglais. Le burin suit la côte et le graveur calcule. Il restera de la place pour un autre bateau entre cette côte et celle plus septentrionale, tout en haut de la carte qu'il dessinera plus tard. Ce cap a la forme d'un pin. Le graveur dessinera donc des conifères dans cette partie de la carte. La carte manuscrite ici devient plus précise, pour la côte des terres de *la Brador*. L'envie prend au graveur de faire voler un poisson vers la *Greenlandia*.

Brest, face à Belle-Isle, est le nom du point le plus à gauche de ce tracé. Le burin revient maintenant vers la droite et le graveur s'applique à reproduire exactement les découpures de la *Grande baye*. Ici il inscrira que Champlain a vu des Esquimaux.

Le travail du graveur consiste aussi à assembler diverses cartes manuscrites partielles. À recoller de petits morceaux, des cartes locales. Les anses et les baies, les caps, les criques, les détroits, les embouchures, les golfes et les havres. Lorsqu'il rencontre un estuaire, le burin suit la rivière et chacun de ses affluents vers l'amont, dessine les sources et les lacs, puis les avals, jusqu'à l'estuaire, en face, de l'autre côté, le littoral à nouveau, puis Chisdec, la *Baye des rochers*. Que sont ces rochers, se demande le graveur? Des brisants, des écueils, des bancs de sable?

L'épouse du graveur est entrée dans l'atelier. Elle regarde les manuscrits et la plaque de cuivre. Elle dit que l'explorateur ne connaît pas les mathématiques, la géométrie et la mesure des triangles. Que les cartographes savent que le triangle nautique est source d'erreurs. Que Champlain a expliqué le moyen de prendre la ligne méridienne, mais qu'il n'en sait pas beaucoup plus. Que ses cartes sont forcément fausses. Que la Terre est ronde et le papier plat, et donc que recoller des petits morceaux de cartes exactes peut ne pas fournir une grande carte exacte. Que sa carte n'est peut-être pas bonne pour la navigation.

Le graveur dit que Champlain est curieux des hommes, des plantes, des animaux, des paysages qu'il a rencontrés. Qu'il ne s'agit pas d'une carte maritime mais d'une carte de géographie. Le long du tracé du burin, les habitations des hommes de la forêt figureront sur la carte. La progression du tracé le long du fleuve est ralentie par les rivières qui s'y jettent. Le burin suit la branche de gauche, rencontre un confluent, suit toujours la branche de gauche, la source, redescend jusqu'au confluent, remonte, redescend, parvient à la *baye des ballaines*. Le graveur rêve aux baleines que les navigateurs ont vues, aux joyeux bélugas à tête ronde qu'il n'aura pas la place de dessiner dans le port de Tadoussac. C'est à ce point de la rive pourtant qu'il plantera son premier drapeau. Le burin explore la rivière du Saguenay. Sur la carte, presque aucune rivière ne sera nommée. Il y aura des habitations des *Montagnairs*, encore des lacs et des confluents. À Québec, le graveur plantera deux drapeaux. Confirmer la présence française, alors que les Anglais se sont emparés de Québec, c'est une des raisons pour lesquelles le graveur travaille à cette carte aujourd'hui. Après avoir doucetaillé les parcours des Trois rivières, et même davantage, le graveur a affaire, le long de la petite nation des *Algonquains*, à différents *saults*. Le grand explorateur n'a pas été plus précis pour les *saults* que pour les rochers. Il est difficile de deviner s'il s'agit de simples rapides ou de véritables chutes. Le graveur indiquera simplement *sault*. Le burin n'a pas besoin de portage pour remonter le fleuve. Il suit son chemin plat le long du rivage. Le graveur n'oubliera pas de placer là un rond tout à fait clos finissant par du trait formant croix, représentant une église. Suivre la rivière entraîne le burin loin vers l'ouest, puis le ramène vers la gauche, à travers la grande étendue cuivrée. Il y aura de la forêt sur la carte. Le burin revient presque en arrière. Lieu où il y a *forse* cerfs, dit le manuscrit. Le graveur se réjouit. Il placera là un cerf. Le dessin des bois ne sera pas assez précis pour que l'on reconnaisse le genre exact du cervidé, cerf, orignal ou caribou. Rien ne permettra non plus de savoir ce que l'animal a pensé de ces hommes à la senteur différente qu'il rencontrait, puisqu'il n'y aura pas d'être humain sur la carte. Le burin a terminé de remonter et de descendre la rivière aux cerfs et longe la côte nord du lac Saint-Louis. *Hurons*, dit le manuscrit.

Debout derrière l'artisan, la femme regarde le trait continu. Puis la carte manuscrite. «Hurons», dit la femme. Elle suggère au graveur d'ajouter aussi le mot *puces*. Ensemble, ils ont lu, dans les récits de voyages du grand explorateur, qu'il y avait là *forse* puces et qu'il a préféré passer la nuit avec elles qu'avec une jeune femme, une gaie Huronne qui lui proposait de rire avec elle. Le graveur rit avec son épouse et dit qu'il dessinera une biche.

C'est une bande de terre assez étroite, sur laquelle sera portée l'inscription *cheveux relevés – gens de pétun*, que dessine l'instrument. Le graveur l'emplira de petits parallélogrammes représentant des terres labourées, d'habitations surmontées de panaches de fumée. Le burin revient vers la gauche pour la rive escarpée au sud de la mer Douce. Le sieur de Champlain cherchait depuis toujours une mer, il a trouvé un lac. Il avait promis au roi de trouver le passage vers la Chine.

Voilà ce qu'on appelle vendre la peau de l'ours, dit la femme. C'est d'ailleurs ce qu'il faisait, vendre des peaux.

La déception du grand explorateur a été immense. Les riches marchandises n'arriveront pas à Québec à pied par les Indes orientales. Le lac a été nommé mer Douce et c'est ce nom que le graveur portera sur la carte, avec celui du découvreur et les dates de sa découverte, 1614, 1615 et 1618. Le burin dessine le tour du lac, il y a des chasses de caribous, des champs cultivés, un lieu *où les sauvages sèchent framboises et blues* tous les ans. Le grand explorateur a pêché ici une truite de six pieds de long mais ne l'a pas indiqué sur son manuscrit, alors ce lieu n'apparaîtra pas sur la carte.

L'épouse du graveur demande si les sauvages dessinent des cartes sur lesquelles ils indiquent qu'ils ont découvert des populations barbues qui vivent en tribus nomades et ne comportent pas de femmes. Le graveur suit encore un cours d'eau, en arrondit la courbe pour dessiner une rive du lac des *Biserenis*, remonte presque jusqu'à la mer du *Nort*, qu'il a dessinée depuis plusieurs heures, et redescend, un autre fleuve jusqu'aux terres de la nation des *Puans*, le long d'encore un lac. Le graveur remarque avec satisfaction qu'une île de ce lac contient une mine de cuivre. Il trace la rive nord d'un grand lac et se cogne au bord droit de sa plaque de cuivre, par 47 degrés de latitude nord.

Ici le graveur n'a pas le choix. Il doit lever son burin. Il prend donc un moment de repos, au cours duquel lui et son épouse se livrent à de ces activités de l'espèce humaine dont il est difficile de faire un roman, parler, manger, boire, aimer, rire, lire, rêver peut-être.

Pendant ce temps, sur la plaque de cuivre, la ligne élégante dessine un tracé étrange, le Grand Nord, la rive gauche du Saint-Laurent et ses affluents.

Le burin reprend sa course au quarante-cinquième degré de latitude et s'attaque maintenant à la rive droite. Il dessine successivement la rive sud du grand lac, des rapides, un peu de la mer Douce, le long de laquelle le graveur plantera un village avec son église, et la rive droite du fleuve *Saint-Laurens*, où le manuscrit commande d'écrire la Nation neutre. Le graveur sourit en retrouvant, au-delà du lac Saint-Louis, de l'autre côté ce qu'il imagine comme des gouffres cataractant sur le fleuve, le lieu où sa biche ira boire. Une rivière oblige le burin à descendre vers le sud-ouest pour dessiner le contour compliqué du lac d'où elle s'écoule. *Lac de Champlain*, faudra-t-il écrire, comme si de rien n'était, car le grand explorateur a donné son nom à ce lac. Pour aussitôt en faire un champ de bataille. La bataille ne sera pas mentionnée sur la carte. Le graveur avance son burin pendant qu'il se fait ces réflexions, passe en face des Trois rivières, puis de Québec. En face de Tadoussac, il écrira *Le Bic*. C'est l'emplacement exact où il aurait aimé placer un béluga blanc. Ce maudit Bic, et pas de baleine blanche! Dans cette partie de la carte, sur la rive droite du *Saint-Laurens*, on écrira *Nouvelle-France*. On l'écrira aussi, lorsque l'on gravera les textes, en grandes lettres capitales, sur toute la largeur de la carte, jusqu'à la rive gauche, au niveau du cinquantième parallèle. Ceci est la nouvelle France.

Le graveur a atteint, sur la rive droite, le cap des Rosiers, il passe un lieu nommé *Gaspay*. Le graveur le sait, c'est la partie du pays que le cartographe Champlain connaît le mieux. Ici il a mesuré des distances à l'estime, à partir de la vitesse du navire. Il s'est approché, en chaloupe. Il a pris des relevés avec son astrolabe. Il a dessiné des dizaines de cartes des ports, des îles.

La femme du graveur dit que, comme le dessin de la carte, la reconnaissance sur le terrain ne peut pas être le fait d'un homme seul. Qu'il y a des rameurs sur les chaloupes et même sur les canots d'écorce, qu'il y a des porteurs et des domestiques, sans parler des charpentiers qui ont construit les maisons dans lesquelles l'explorateur a dormi. Elle s'assied près de son mari et ouvre un livre.

Le burin ne peut représenter les ressacs et les courants, la houle à l'assaut des récifs, les clapotements furieux des marées. Le graveur en est un peu frustré. Il n'a jamais vu la mer mais l'a beaucoup représentée. Il dessine les sinuosités de la côte, ses angles abrupts, c'est tout ce qu'il peut faire. Il se réjouit de la longue liste de noms de lieux qu'il lui faudra inscrire au bord de ce qui est maintenant l'océan, un peu comme sur un portulan. Chacun de ces noms est empli de significations, l'Isle-Verte, le Cap-Nègre, le Cap de Sable, la baie Blanche, le *Cap blan*, évoquent l'aspect sous lequel ils sont apparus aux voyageurs, de même le Cap Fourchu, l'Isle-Longue, l'Isle Haute. D'autres racontent des histoires, sait le graveur. Port-au-Mouton, un mouton est tombé du bateau, mais les marins l'ont repêché et ils l'ont mangé. D'autres sont comme un inventaire de la faune du pays. L'île aux Loups Marins, celle aux Tangueux, celle aux Corneilles, la rivière aux *trettes*, ces animaux y étaient nombreux sans doute. Le graveur décide de placer l'image d'un loup marin sur la mer à proximité de son île. Il s'inquiète de ce qui a pu provoquer le nom du ban des Orphelins. L'isle de Bonne-Aventure lui sourit. Le port de Sainte-*Hélaine* l'étonne. Le graveur sait que l'épouse du sieur de Champlain se nomme Hélène. Il sait aussi, c'est de notoriété publique, que ces deux-là ne sont pas heureux ensemble. Le graveur sourit à son épouse.

Le trait de burin rive droite va s'achever dans le quart inférieur droit de la plaque. Même en ajoutant les grandes îles et les bancs de morues, il va rester un bel espace de mer à l'est et au sud. Le graveur y placera quelques bateaux que dessinera son aide et quelques monstres marins qu'il se réserve. Il n'a pas connaissance des monstres des légendes locales, ni de ceux du lac ni de ceux du fleuve, alors il inventera les siens, des sortes de poissons nageant à la surface de l'eau, sur des vagues stylisées, comme sur les estampes chinoises. Il ajoutera une amphore tombée à l'eau et flottant sur l'océan. Il y mettra une échelle et un compas à pointes sèches, surmontant l'inscription «faicte l'an 1632 par le Sieur de Champlain». Cela sera sobre, sans ajout de rubans entrelacés. Il faudra aussi placer les deux roses des vents, chacune de trente-deux vents, chacune surmontée d'une fleur de lys, à la hauteur du quarante-deuxième parallèle, et les vents issus de ces roses et irradiant la carte. L'une sera un simple disque gradué. L'autre, plus au centre de la carte et plus près des côtes, aura la belle forme géométrique d'un soleil stylisé. Le graveur laissera à son aide le soin d'exécuter l'écusson aux trois fleurs de lys et la croix de Malte sous la couronne royale, qui occupera une place centrale sur la carte. C'est une image complètement symétrique, du travail pour débutant.

Il n'y aura pas de portrait, ni de Champlain, ni du roi. Il y aura juste la place, encore plus à gauche, sur la terre ferme, d'écrire dans un cartouche, tout ce que l'auteur de la carte a demandé que l'on y mît. *Carte de la nouvelle France, augmentée depuis la dernière, faicte en son vray Méridien par le Sr de Champlain, Capitaine pour le Roy en la Marine, lequel depuis l'an 1603 jusques en l'année 1629, a descouvert plusieurs costes, terres, lacs, rivières et Nations de sauvages par cy devant incognuës, comme il se voit en ses relations quil a fait imprimer en 1632. ou il se voit cette marque ce sont habitations qu'ont faict les françois.*

La femme compte sur ses doigts et dit que le nom de Champlain sera cinq fois sur la carte : il a découvert la mer Douce, un lac et une rivière portent son nom, il signe la carte sous l'échelle et dans le cartouche. Elle demande où seront les noms du graveur et de son aide. Ils ne seront pas davantage sur la carte que les noms des marins, domestiques et aides de Champlain ne sont dans ses récits de voyage.

❖

Sur la plaque de cuivre, le dessin de la carte est terminé. Le nord est en haut, l'est à gauche. La carte imprimée contribuera à la gloire de Champlain. Elle comporte des arbres, feuillus et conifères, des archipels, les armes du roi de France, des baleines, des bancs de morues, une biche et un cerf, des caps, un compas, des croix, des drapeaux, une échelle, des églises, des forêts de formes géométriques, des îles, des lacs, des maisons avec leurs cheminées, des monstres, des montagnes, des navires, des poissons, un renard, des rivières, des vents, une zibeline, mais pas un seul être humain. Pourtant...

Dans la rose des vents soleil, un visage serein sourit.

Chapitre 24
Entrevue avec Samuel de Champlain

Cette entrevue avec Samuel de Champlain a été réalisée sur le train Océan Limité de VIA Rail en provenance de Halifax à destination de Montréal. Les longs paragraphes qui précèdent les extraits d'entrevue sont tirés d'un texte qu'il m'avait apporté et dont je me suis inspiré pour formuler les commentaires et questions qui me sont venues à l'esprit en le lisant. On peut se demander par quelles circonstances nébuleuses je suis entré en contact avec un personnage historique d'une telle ampleur. Mais, comme je lui ai promis de ne rien divulguer des conditions de notre rencontre, je m'en voudrais de trahir sa confiance en dévoilant sa tentative de retour dans le monde des vivants.

Comment dire ce qui ne peut se dire? Sinon revenir, sinon refaire le monde autour de soi comme un souvenir dans lequel on a jadis habité, comme une carte qu'on déplie et qui n'a plus de frontière, ni de littoral, ni de terres inconnues à découvrir, ni de peuplades remplies de mystères à explorer, ni de légendes à raconter et encore moins de merveilles qu'on ne verra plus de ses propres yeux. Je suis le fantôme de Samuel de Champlain. Cela peut sembler prétentieux et improbable, mais cela correspond peut-être mieux à ce qui reste de moi, de ma présence telle qu'elle a été transmise, fabriquée, bricolée même, par des gens savants qui ont fait ce qu'ils ont pu avec ce qu'ils avaient en mains. En ce qui me concerne, il y a peu de preuves qui ont résisté à l'épreuve du temps. Dans ces conditions, il est difficile de produire un parcours parsemé de certitudes comme ces personnages historiques qui ont sans doute moins fait mais dont la chronique a conservé les preuves irréfutables et foisonnantes de leur parcours.

– Vous avez des noms de gens qui …

– La charité chrétienne fait en sorte que je ne peux médire…

– La charité chrétienne. C'est un concept qui nous échappe souvent en cette époque du chacun pour soi. Je suis curieux de savoir ce que vous entendez par charité chrétienne.

– C'est l'amour du prochain. C'est pourtant tout simple.

– L'amour du prochain?

– Oui, l'amour du prochain. À l'époque il y avait beaucoup de gens qui y puisaient leur réconfort. Je suis certain que cela doit exister pour vous aussi. Sinon, comment arriverions-nous à trouver la paix de l'âme?

– La paix de l'âme. Ça aussi ça demande explications.

– Ça se voit sur le visage. Si vous regardez certaines peintures de l'époque où j'ai vécu, vous pourrez la voir sur le visage des saints, sur leur visage transfiguré.

– Oui, mais de vous? Il n'y a aucune image de vous.

Dans mon portrait le plus connu, j'ai le visage d'un certain McMichel Ponticelli d'Emery peint par Balthazar Moncornet, deux personnages dont je n'ai jamais entendu parler. En raison de cette confusion, on me représente toujours un peu bellâtre, la barbe bien taillée, les cheveux longs et frisés, habillé comme si je me rendais à la Cour. C'est une image avenante qui me donne une certaine allure, mais dans les faits ce n'est rien d'autre qu'un énorme mensonge.

— Une sorte de portrait-robot…

— Je ne sais pas de quoi vous parlez.

— C'est une idée qui viendra plus tard.

— Voilà. Il y a beaucoup de choses qui sont venues plus tard, comme ce visage que je n'ai jamais eu.

— Vous semblez revenir souvent sur cette idée de ne pas avoir de visage, de ne pas avoir d'identité finalement.

— D'identité?

— C'est aussi une idée qui viendra plus tard. En gros, ça veut dire ce qui vous identifie, ce qui fait qu'on reconnaît quelqu'un. Mais consolez-vous parce qu'il n'y en a pas tant que ça, des portraits de votre époque qui ont traversé l'épreuve du temps. Et on se demande toujours si la personne représentée ressemblait vraiment à ça.

J'aurais dû retenir les services d'un graveur de talent qui aurait fixé avec minutie les traits de ce personnage qui me ressemblait jadis et dont l'histoire a effacé le visage. Pourquoi a-t-il fallu que mon intérêt se porte sur Marc Lescarbot, ce poète latiniste qui, plus tard, s'est appliqué à contredire mes écrits qui sont d'une honnêteté sans faille. Lescarbot, qui n'est sorti de Port-Royal qu'une seule fois et qui a gardé, vis-à-vis des Souriquois, une distance hautaine même s'il a tenté de les instruire dans les mystères de notre foi. Lescarbot, ce ligueur qui mettait en doute la conversion d'Henri IV et qui se méfiait de moi parce que j'avais fait la guerre, les armes à la main aux côtés de ce roi courageux. Heureusement que j'ai eu l'occasion de le contredire à mon tour car mes écrits sont fondés sur la vérité profonde de cette époque, celle de l'île Sainte-Croix et de Port-Royal, celle de l'émerveillement de découvrir cette terre et ses habitants, celle de ces soirées joyeuses de l'hiver de 1606 où l'on faisait bonne chère et bon vin. De tout cela non plus il ne reste rien, sinon quelques lignes dans l'un de mes ouvrages.

– Lescarbot serait-il l'un de ceux qui sont passés à l'histoire en ayant peu fait?

– Il écrivait. C'est un grand avantage d'écrire. Un avantage et un privilège. Si je n'avais pas écrit, vous croyez que je serais passé à l'histoire? J'en doute fortement et on aurait vite fait de m'oublier comme de Mons ou Poutricourt, qui étaient des hommes de grande valeur mais qui n'ont pas laissé d'écrits de conséquence. Mais écrire prend du temps et se faire publier, à cette époque, était une véritable corvée.

– Il y avait tout de même des lecteurs et, pour vous, c'était une sorte de publicité, une forme de propagande. Non?

– Publicité? Pro… pa… gande?

– Je veux dire que l'intérêt pour vos écrits servait à intéresser le monde ordinaire, ceux qui savaient lire en tout cas, ou la Cour ou mieux encore, le roi lui-même, à vos projets.

– C'est vrai, le roi était très curieux de toutes ces nouveautés mais j'aurais pu lui en faire un simple rapport manuscrit. Non, je voulais laisser des traces…

– Revenons à Lescarbot…

– Il ne faisait pas vraiment partie de notre confrérie. Il était ailleurs. Il avait ses quartiers à lui dans l'habitation de Port-Royal. Quartiers que je lui avais concédés. J'avais du respect pour ce qu'il faisait. Il a pu écrire en paix. Je savais qu'il laisserait une chronique.

– À quoi, selon vous, tient le différend qui vous a éloigné l'un de l'autre ?

– De toutes petites choses, maintenant que je vois tout ceci avec une certaine distance. Il m'a reproché par exemple d'avoir été aussi crédule que les Souriquois dans leur peur de la Gougou. Mais je n'ai rien inventé. J'ai vu la frayeur sur leur visage et puisqu'ils en tremblaient de peur en m'en faisant le récit, de quel droit aurais-je mis en doute cette frayeur… ?

– Vous avez revu Lescarbot lors de votre retour en France.

– Je ne tenais pas à le revoir.

Ma date de naissance est le fruit de calculs imprécis. Mon nom aussi fait problème car on se demande souvent d'où vient cette particule, ce « de » qui me placerait dans le panthéon de la noblesse. Mon tombeau aussi, inexistant. À l'heure qu'il est, il est probable que je sois enseveli dans les environs de Québec, sous les fondations d'un édifice quelconque ou recouvert de mauvaises herbes dans un champ abandonné ou peut-être qu'un arbre s'est nourri de mon cadavre. Je vous laisse deviner.

– Vous devenez cynique.

– Cynique.

– Oui, c'est très courant de nos jours.

– Qu'est que cela veut dire ?

– C'est un peu comme la charité chrétienne à votre époque. Ce sont des idées qui voyagent mal.

– Moi aussi, je me rends compte que je ne voyage pas très bien.

– Ce serait bien, comme dernier geste, avant de vous retirer définitivement, de donner un signe qui pourrait situer le lieu de votre repos éternel, si je peux dire. Ça permettrait d'entreprendre des fouilles…

– Ce qui est en terre doit rester en terre. Je ne tiens pas à remonter au grand jour. *Memento homo qui a pelvis est et in pulverem reverteris.*

– Ce qui veut dire ?

– Souviens-toi, homme, que tu n'es que poussière et que tu retourneras en poussière.

Et même mes écrits, je ne dis pas ceux que j'ai publiés sous mon nom et qui sont depuis passés à l'histoire, mais plutôt ce récit d'un voyage en Nouvelle-Espagne que j'aurais fait en 1599 et qui porte le titre impressionnant de *Brief discours*. Puisque mon nom n'apparaît nulle part dans ce manuscrit, puisqu'il n'est pas écrit dans le style d'écriture qu'on me reconnaît et puisqu'il en existe trois copies, on en a conclu qu'il ne saurait être de ma plume. Je ne me serais donc jamais rendu en ces terres et il vaudrait mieux laisser en jachère cette période de ma vie en attendant de trouver autre chose qui remplirait ce moment entre les guerres de religion et ma brève apparition sur les côtes de la Nouvelle-France, en 1603, à Tadoussac d'abord ou, l'année suivante, à mon établissement de l'île Sainte-Croix en Acadie. Premier établissement européen au nord de la Floride, je tiens à vous le faire savoir.

– Premier établissement blanc au nord de la Floride.

– À l'époque, il n'y a pas encore cette idée de l'homme

rouge et de l'homme blanc. Les Souriquois, c'est le nom que portaient les sauvages...

— Vous savez que cette appellation est désormais considérée comme une insulte.

— Oui, mais à l'époque, le mot sauvage est un terme vague qui désigne ceux qui vivent en accord avec la nature, qui obéissent à un ordre naturel. Et dans leur manière d'être, on peut dire que les sauvages avaient des lois qui étaient très proches et je dirais même supérieures à...

— Oui, mais votre but, c'était quand même de les convertir.

— Ça n'a jamais vraiment marché. La plupart faisait semblant de s'adonner à nos pratiques religieuses et à nos rituels, mais en fait ils voyaient notre dieu comme un dieu étranger auquel ils ne croyaient pas vraiment.

Mais au moins je me console en me disant que j'ai vécu. J'ai quand même laissé des traces, des pistes, des écrits, des cartes géographiques, très minutieuses d'ailleurs, des cartes dont je suis fier, très précises et détaillées de même qu'un certain nombre de gravures d'habitations dont les plans et dimensions se retrouvent dans les ouvrages que j'ai écrits et fait paraître. C'est sans doute suffisant à me rendre essentiel à cette postérité qui me redécouvre d'anniversaire en anniversaire, des dates habituellement concentrées au commencement de chaque siècle, puisque c'est à ce moment-là que j'ai accompli le gros de mon œuvre. Cela commence avec l'anniversaire de mon installation en Acadie, dont la dernière célébration a eu lieu en 2004 ou encore celle de Québec en 2008 et maintenant 2015, en Ontario français.

— Vous êtes retourné à l'île Sainte-Croix ?

— Oui, quand on a célébré le quatre centième anniversaire...

— Vous savez que pour les autochtones, les sauvages, comme vous dites, cette date est loin d'être celle d'une célébration.

— J'ai cru m'en apercevoir, oui, mais j'ai quand même apprécié qu'un ministre français ait fait la traversée...

— Il n'a pas fait la traversée, il est venu en avion. Ça lui a pris deux cents fois moins de temps que vous pour se rendre jusqu'ici.

— Vous et votre magie toute-puissante...

— Vous savez que l'île Sainte-Croix fait maintenant partie du territoire américain.

— En y réfléchissant bien, l'île Sainte-Croix, elle n'appartient à personne. Les sauvages croyaient que c'était pure folie de vouloir s'accaparer la terre qui, comme l'air, la mer ou les arbres, appartiennent à tout le monde.

— Il y a une frontière entre nos deux pays et il est interdit d'y aller maintenant, ce qui fait qu'elle est toujours vide.

— Oui mais, à l'île Sainte-Croix cette année-là, en 2004, on y est allé en bateau. Une pluie froide tombait sur les dignitaires, le temps était gris autour de la plage de pierres rouges et je me suis souvenu du temps qu'il faisait cet hiver-là. Cet hiver où chacun se demandait s'il ne serait pas le suivant à périr dans le froid et la douleur. Trente-neuf sur soixante-quinze de mes hommes. Morts. C'est une chose de voir les gens mourir d'un coup comme à la guerre ; c'en est une autre d'assister impuissant à leur mort lente et désespérée. Le ministre a remis la Légion d'honneur au chef des Passamaquodis pour remercier ses ancêtres, quatre cents ans auparavant, de nous avoir porté secours au printemps de 1605. Je me suis demandé ce que cela voulait dire.

— Vous avez écrit – je cite de mémoire – qu'il est impossible de connaître ce pays sans y avoir passé un hiver. C'était peut-être le prix à payer.

— C'est pour cette raison que l'île Sainte-Croix, malgré les pertes que nous y avons subies, devrait être un lieu de pèlerinage. Car c'est là où tout a commencé. Le commencement. C'est là où nous avons subi les contrecoups de cette nature et où nous avons compris que nous ne connaissions pas ce pays, que nous ne le connaîtrions peut-être jamais, que nous serions toujours à la surface de la terre, contrairement aux Souriquois qui, eux, la portaient dans leur cœur et dans leur âme. Nous leur avons pris leur âme, nous leur avons pris le pays, il y a des fois où je me demande ce qu'on en a fait…

On dit que les fantômes sont des manifestations de l'esprit de ceux qui ne peuvent quitter définitivement ce bas-monde parce qu'ils ont des choses à régler avant de retrouver cette paix à laquelle il faut consentir quand il est temps de s'en aller. Alors je reviens au point de départ, je retourne sur les lieux pour me rendre compte que je ne suis jamais vraiment parti, je suis toujours là, implanté dans cette terre qui a été le point de départ troublant et une aventure mémorable si l'on se fie à la chronique qui en contient la preuve. Oui, j'ai parcouru ces lieux. J'ai marché ce pays. J'en connais l'odeur et la couleur. Les arbres se souviennent de moi.

— Justement, je voulais vous parler de ce qu'on pourrait appeler une certaine appropriation de votre nom par beaucoup d'entreprises. Comme vous n'êtes plus là…

– Qu'est-ce que vous voulez dire par appropriation ?

– Vous savez qu'un des plus grands centres commerciaux en Atlantique porte votre nom. La place Champlain…

– Un centre commercial ?

– C'est un édifice dans lequel on trouve plusieurs boutiques, plusieurs échoppes comme vous dites, mais abritées sous un toit pour se protéger du froid ou de la pluie, et tout autour, un immense terrain de stationnement… Oui, un terrain de stationnement, c'est un endroit où on gare les automobiles… … Les automobiles, ce sont nos carrosses à nous, excepté qu'il n'y pas de chevaux pour les tirer… … On se sert maintenant de moteurs qui fonctionnent au pétrole… Le pétrole, c'est… Non, écoutez vous irez vous-même et vous verrez votre nom au-dessus des trois portes d'entrée de ce temple des temps modernes.

– Temple des temps modernes. On dirait un nom protestant.

– Tout sous un même toit, c'est leur slogan.

– C'est tout ! Et les autres entreprises, les autres ap-pro-pri-a-tions ?

– Oui, en fait, il y en a une longue liste. Il y en a même en anglais.

– En anglais ?

– Ne me dites pas que vous ne savez pas qu'il y a des Anglais partout sur le territoire.

– Il y en avait déjà de mon temps.

– Bon. Eh bien, eux aussi, ils trouvent ça « cool » de prendre votre nom.

– Cool ?

– Pour vous donner une idée, il y a la bibliothèque Champlain, le pont Champlain, le Château Champlain, le Centre scolaire Samuel de Champlain, Antirouille Champlain, Carrossier Champlain, Taxi Champlain, Brasserie Champlain, Bar Le Champlain, Champlain pizza et restaurant, Nettoyeur Champlain, Champlain métal, Déménagement Champlain, Clinique dentaire Champlain, mais aussi Champlain Industrial Park, Champlain Circle K, Champlain Metal ou Champlain College. Et ça, ce n'est qu'un échantillon d'une liste beaucoup plus longue.

Je me souviens de mon enfance à Brouage, du temps où je commençais à vivre, où j'avais envie de prendre la mer. Je la regardais en me demandant jusqu'où elle aurait la force de me porter. Et maintenant, à l'aube d'une dernière traversée, je mesure l'ampleur de ces rêves qui ont fait et défait ma vie. J'ai cherché un passage vers la Chine que je n'ai pas trouvé. J'ai cherché des mines d'argent qui scintillaient dans le vide. On m'a parlé de villes fantastiques qui se sont révélées de décevants mirages. Tant de rêves qui se sont évanouis dans les remous de l'histoire et dans ces guerres éprouvantes où nous nous sommes tous épuisés au point d'y perdre notre âme. Tout de même, il reste le travail, l'acharnement, le courage d'habiter cette terre, de lui trouver un éclat et d'y entendre un écho qui l'embelliront. Pour le moment, je reste, je garde espoir, je suis encore là, conscient que ma présence continuera de voyager dans la mémoire qu'a laissée la France en cette terre d'Amérique. Mon œuvre suivra son cours comme la mer immense qu'il nous faudra toujours traverser pour nous rejoindre, cet océan porteur d'un rêve démesuré, cet océan que je retrouve à travers le regard de cet enfant qui, autrefois, s'est imaginé un monde grand comme la mer qu'il n'a cessé de parcourir pour en revenir chargé de merveilles.

Track 24

Musique de Anne-Sophie Roy
Paroles de Jeanne Béziers

Ils sont vingt-quatre
Ils n'ont pas peur
Ils sont vingt-quatre
En 24 heures

Aventuriers audacieux
Bercés par le tatactatoum
Aventuriers audacieux
Et pleins d'entrain, il sont en train
Du sieur Champlain tatactatoum
Aventuriers audacieux
Ils tracent le portrait en creux
Du sieur Champlain tatactatoum

Ils tracent le portrait en creux
Du sieur Champlain
Du sieur Champlain
Le mystérieux.

Tatactatoum tatactatoum tatactatoum tatactatoum (bis)

Au fil de l'eau
Au gré du vent
Nous remontons lentement le temps
Sans plume et quoi
Et sans canot
Nous remontons au fil de l'eau.

S'il faut le dire
S'il faut dire quoi
Nous remontons le fil du temps
Des Montagnais aux Iroquois
Nous zigzaguons au gré du vent.

La Rochelle en Charente : cette femme est inquiète
Son homme prend la mer
La foule est en goguette
Ell' serre un peu trop fort la main de sa cadette.

Soulevant son arcad' sourcilière et la main
Sur le front, l'Acadien est soucieux
Il scrute l'océan, des voiles à l'horizon.

En posant pied à terre, le chirurgien Estienne,
L'apothicaire Hébert, et Claude de La Tour,
Le noble Fougeray, Robert du Pont-Gravé,
Daniel Hay, Lescarbot, Capitaine De Boullay,
Charles de Biencourt, et enfin, Samuel.
Devant la France Nouvelle
Ils ont le souffle court.

De Halifax à Toronto
Nous remontons tout doucement
Sans plume et quoi
Et sans canot
Nous remontons au fil de l'eau.

Plumes d'écrivains ou de Hurons
Tout doucement nous remontons
Au fil de l'eau, dans l'air du temps
Nous zigzaguons au gré du vent.

Sortant de la cabane d'un Etchemin courtois
Le tout petit marin s'enfonce dans la neige
On ne voit plus de lui que son pompon de soie
Il fait une tranchée et poursuit son chemin.

Descendant la rivière Canada, le puissant Sagamo
Bras croisés, regard fier, ne prononc' pas un mot
Car s'il sait tout guérir, il ne sait pas nager
Et craint les chutes d'eau.

La rencontre inédite entre un Français pure laine et un
Almouchiquois
Ah le français trapu, trouv' l'autre monstrueux
Il a tête petite et genoux tortueux
Les deux prennent leurs jambes, courtes ou longues à leur
cou.

Au fil de l'eau
Au gré du vent
Nous remontons lentement le temps
Sans plume et quoi
Et sans canot
Nous remontons au fil de l'eau.

S'il faut le dire
S'il faut dire quoi
Nous remontons le fil du temps
Des Montagnais aux Iroquois
Nous zigzaguons au gré du vent.

Quand l'ogresse Gougou sur l'île aux cent rochers
Veut montrer son dégoût, elle crie crache et maugrée
Grande comme une montagne mangeuse de Montagnais.

Le sauvage Micmac qui était en cavale
Prend son élan et vlan
Grimpe sur l'orignal.

Au bord des berges rouges l'irascible Iroquois
Impassible, terrible, et la main au carquois
Dès que sa cible bouge vise le Souriquois.

De Halifax à Toronto
Nous remontons tout doucement
Sans plume et quoi
Et sans canot
Nous remontons au fil de l'eau.

Plumes d'écrivains ou de Hurons
Tout doucement nous remontons

Au fil de l'eau, dans l'air du temps,
Nous zigzaguons au gré du vent.

Quatre cents ans ont passé, et encore 24 heures
Sur le quai québécois, un Franco-Ontarien,
Un Français, un fran-quoi ? Et un Amérindien
Acadien, autochtone, Canadien, auto-quoi ?

Quatre cents ans ont passé, et encore 24 heures
Sur le quai québécois tout ce beau monde
Attend, attend le train, et guette et se tient coi.

Tatactatoum tatactatoum tatactatoum tatactatoum (bis)

Postface
Les funambules

Nous avons vécu un impensable parcours, d'autant plus impensable qu'il avait cependant été pensé. Là est la force d'Anne Forrest-Wilson.

Derrière un sourire immédiat et un abord très facile, il y a chez Anne Forrest-Wilson l'opiniâtreté, la détermination et l'enthousiasme, qualités nécessaires (et assez rares) pour qui veut monter un invraisemblable projet : réunir vingt-quatre auteurs dans un train, écrivant durant vingt-quatre heures un roman de vingt-quatre chapitres. Sur nul autre que Samuel de Champlain. Là réside l'invraisemblance : rassembler les différences ; faire converger les écarts ; faire se croiser les parallèles. Telle est la gageure que s'est imposée Anne Forrest-Wilson. Et l'invitation qu'elle nous a lancée.

Au nom de tous les auteurs, je puis dire la façon dont j'ai vécu ce moment de grâce.

Après deux mois de documentation et de lectures concernant Champlain : Champlain l'aventurier, Champlain l'explorateur, Champlain l'intrépide, Champlain le négociateur auprès de la Cour et du Roi, Champlain le mari, Champlain le médiateur, Champlain le pétunier (liste non close), je suis arrivé à Moncton et tout a commencé le mardi soir, de façon encore assez nébuleuse, lorsque les vingt-quatre écrivains ont été pour la première fois réunis. Là, les thèmes étaient attribués, les échanges entre écrivains permettaient d'explorer le tuilage des chapitres et le voile se dissipait, tout autant qu'on pouvait alors commencer à envisager la possibilité de ce qui n'était jusque-là que potentialité.

En même temps, la tension commençait à sourdre, puis à poindre.

Vendredi matin, nous sommes montés dans le train à Halifax. La tension était là à son comble, juste derrière le tapis rouge qui conduisait au marchepied : les funambules posaient le premier pied sur le fil.

C'est là qu'il s'est passé quelque chose d'étrange : je me trouvais dans un train qui déchirait la plaine, un train qui fendait les écorces de bouleaux et d'érables et, en même temps, je voyais le paysage comme au cinéma, avec un train qui le traversait, un train luxueux dont les voitures ne comportaient que dix cabines individuelles. Ce train grouillait d'activité, ruche bourdonnante ; je me voyais alors abeille au sein de la ruche, au sein de cet hôte-ruche qui nous accueillait en toute générosité (à ce propos, et pour faire écho au fameux « *traduttore – traditore* », signalons l'équivalent huron, qui est « craignons les échassiers et les traducteurs, car l'autruche ment », mais j'ai l'impression que je m'égare ici, tout comme c'est en cette terre de Québec qu'Eslayne s'égara – Eslayne Boullé, femme de Champlain –, et qu'il est temps de refermer cette parenthèse) et je nous voyais tous comme des personnages d'un film avec train. Était-ce *Docteur Jivago*? Était-ce *Il était une fois dans l'Ouest*? Était-ce *L'inconnu du Nord-Express*? Était-ce

Le crime de l'Orient-Express? Était-ce *Le train sifflera trois fois*? C'étaient tous ces films à la fois, mais c'était aussi tout autre chose, compte tenu de l'unicité de la proposition. Le film qui se tournait, c'était *Les vingt-quatre heures du roman*, et la réalisatrice, ou plutôt la conteuse de rendu, tant il est vrai qu'on évitera ici, par souci de pureté de langue, d'employer « réaliser » au lieu de « se rendre compte de », la conteuse de rendu n'était autre qu'Anne Forrest-Wilson à qui nous devions tous cela, et bien plus encore, dont certain détail que je réserve pour la fin.

Anne Forrest-Wilson, dans le cerveau de qui a germé ce projet insensé il y a plus de deux ans, et dont je ne laisse pas de m'étonner qu'il ait pu parvenir à son terme, eu égard aux innombrables difficultés, obstacles ou embûches qui n'ont pas manqué de se dresser sur le chemin de la conceptrice et conteuse de rendu du projet. Anne Forrest-Wilson, qui a foncé tête baissée, balayant d'un revers de main négligente et un à un tous les obstacles, car Anne Forrest-Wilson voit plus loin que cela et ne se laisse pas impressionner par les bariolages de son projet.

C'est à Anne Forrest-Wilson que nous devons tous ces rencontres. C'est à Anne Forrest-Wilson que nous devons le livre que vous avez entre les mains, grâce à la pétillante complicité de l'éditrice denise truax. C'est à Anne Forrest-Wilson que nous devons de faire revivre Champlain – Champlain notre Créateur est ressuscité – et c'est Anne qui l'a fait renaître : s'il ne s'appelait pas déjà Samuel, il faudrait le prénommer René. C'est à Anne Forrest-Wilson que nous devons un montage financier d'équilibriste, de clown, de circassien, aidée en cela par Martine Rheault au très malicieux sourire, montage qui dépasse les sommets vierges de l'Alaska et qui me feraient se dresser les cheveux sur la tête si… j'avais encore une tête.

C'est à Anne Forrest-Wilson que nous devons la conception, la mise en application et le suivi du projet, le tout dans une constante bonne humeur, en dépit de la charge extrême qui devait peser sur ses épaules. Un proverbe iroquois dit que «le sourire de l'opiniâtre évanouit la baleine», dont je crois saisir la portée en dépit de son apparente obscurité.

C'est à Anne Forrest-Wilson que nous devons ce train qui traverse encore mon rêve; c'est à Anne Forrest-Wilson que je dois d'avoir pu passer une nuit entière avec Eslayne (il s'agit toujours d'Eslayne Boullé).

Enfin, car il faut bien hélas finir quelque part, c'est à Anne Forrest-Wilson que je dois une première dans ma vie, dont je crains fort qu'elle soit tout autant une dernière: avoir pris une douche dans un train.

OLIVIER SALON
le 23 octobre 2015,
dans la gare d'arrivée à Toronto,
extrémité du fil des funambules

Biographies

MICHÈLE AUDIN

Michèle Audin, née en 1954, est mathématicienne et écrivaine. Outre ses livres de mathématiques, elle est l'auteure du récit *Une vie brève* et du roman *Cent vingt et un jours*, parus dans la collection l'Arbalète-Gallimard en 2013 et 2014, et des récits *Mademoiselle Haas*, dans la même collection, en 2016.

HERMÉNÉGILDE CHIASSON

Né en 1946 à Saint-Simon, dans la Péninsule acadienne du Nouveau-Brunswick, Herménégilde Chiasson est considéré comme l'un des principaux artisans de la modernité acadienne. Il a été recherchiste, journaliste et réalisateur à la radio et à la télévision de Radio-Canada, réalisateur au cinéma et professeur à l'Université de Moncton. Il a publié plus de quarante livres, écrit une trentaine de textes pour le théâtre, réalisé plus de quinze films et participé à près de cent cinquante expositions d'art visuel. Il a été président et fondateur de plusieurs organismes culturels d'importance en Acadie, et a reçu plusieurs prix et distinctions pour son travail.

GRACIA COUTURIER

Gracia Couturier est une Acadienne qui habite la côte atlantique. Romancière, dramaturge et scénariste, elle s'aventure dans les structures fractales pour explorer les méandres de la nature humaine, jusqu'aux permutations entre la lucidité et la folie. Elle a écrit pour les adultes et pour la jeunesse : une douzaine de pièces de théâtre, cinq romans, quelques albums, et une série pour la télévision. Elle privilégie la fiction, qui selon elle recèle souvent plus de vérité que l'essai. Son plus récent roman, *Chacal, mon frère*, lui a valu le Prix des lecteurs Radio-Canada et le prix France-Acadie.

Yara El-Ghadban

Yara El-Ghadban est romancière, anthropologue et musicienne. D'origine palestinienne, elle s'établit à Montréal en 1989 après un long parcours de migration : Dubaï, Buenos Aires, Beyrouth, Sanaa et Londres. C'est dans le croisement de ses recherches menées au Québec, dans le monde arabe et en Afrique du Sud, de son imaginaire d'écrivain et de son rapport intime à Montréal qu'elle réfléchit et écrit. Elle a signé son premier roman, *L'ombre de l'olivier*, en 2011 (Mémoire d'encrier). Chez le même éditeur, elle a également codirigé l'essai *Le Québec, la charte, l'autre. Et après ?* (2014) et publié son deuxième roman, *Le parfum de Nour*, en 2015.

Jean M. Fahmy

Jean M. Fahmy est un auteur franco-ontarien né en Égypte. Il est l'auteur de deux essais sur Voltaire, de plusieurs articles sur Rousseau et de centaines d'analyses politiques, culturelles et sociales, parues au Canada, aux États-Unis et en Europe. Il a également publié neuf romans et récits couronnés de nombreux prix littéraires, dont le prix Trillium et le prix France-Acadie. Ancien président de l'Association des auteures et auteurs de l'Ontario français, il a fondé en 2007 la Table de concertation du livre franco-ontarien.

Frédéric Forte

Frédéric Forte, né en 1973 à Toulouse, vit aujourd'hui à Paris. Il est poète et, depuis 2005, membre de l'Oulipo. Ses initiales sont celles de « formes fixes » dont il aime explorer les potentialités… Mais il ne s'interdit aucune voie, pas même la prose ou le vers libre. Il a publié *Discographie* (l'Attente, 2002) ; *Banzuke* (l'Attente, 2002) ; *N/S* (avec Ian Monk, l'Attente, 2004) ; *Opéras-minute* (Théâtre Typographique,

2005) ; *Comment(s)* (l'Attente, 2006) ; *Une collecte* (Théâtre Typographique, 2009) ; *Re-* (Nous, 2012) ; *33 sonnets plats* (l'Attente, 2012). *Dire ouf* est à paraître chez P.O.L en 2016.

PAUL FOURNEL

Paul Fournel est né en 1947. Il vit à Paris. Il a publié des nouvelles : *Les petites filles respirent le même air que nous, Les athlètes dans leurs tête* (Goncourt de la nouvelle), *Courbatures* ; des romans : *Chamboula, Un homme regarde une femme, La Liseuse, Anquetil tout seul* (Prix Jules Rimet) ; des poèmes : *Toi qui connais du monde, Le Bel appétit* ; du théâtre : *Foyer-jardin*. Il est entré comme esclave à l'Oulipo en 1971 et il en est le président depuis 2004.

VITTORIO FRIGERIO

Vittorio Frigerio est professeur au département d'études françaises de l'université Dalhousie d'Halifax (Nouvelle-Écosse). Critique, romancier et nouvelliste, il alterne les ouvrages d'histoire littéraire et la fiction. Son dernier livre s'intitule *La littérature de l'anarchisme – anarchistes de lettres et lettrés face à l'anarchisme* (ELLUG, Grenoble, 2014), et son dernier roman, *La cathédrale sur l'océan* (Prise de parole, 2009). Il a été pendant près de dix ans rédacteur en chef de la revue trimestrielle d'études littéraires *Dalhousie French Studies* et est présentement directeur de publication de la revue en ligne *Belphégor* (http://belphegor.revues.org).

DANIEL GRENIER

Né à Brossard en 1980, Daniel Grenier vit à Québec. Il a publié *Malgré tout on rit à Saint-Henri* en 2012, au Quartanier. Sa traduction du recueil de nouvelles *Sweet Affliction* d'Anna Leventhal (Invisible Press, 2014) est parue en 2015 sous le titre de *Douce détresse*, chez Marchand de feuilles. Il a complété une thèse de doctorat à l'UQAM sur l'histoire des représentations du romancier dans la fiction américaine du XIXe et du XXe siècle. Son premier roman s'intitule *L'année la plus longue* (Le Quartanier, 2015).

HÉLÈNE KOSCIELNIAK

Détentrice d'une maîtrise en administration de l'Université d'Ottawa, Hélène Koscielniak a œuvré dans le domaine de l'éducation. Désireuse de faire connaître son coin de pays, le Grand Nord de l'Ontario, Hélène situe presque toujours l'intrigue de ses romans dans sa région et s'assure d'en refléter le langage, la culture et le mode de vie. Deux fois finaliste au Prix des lecteurs de Radio-Canada et quatre fois lauréate du Prix littérature éclairée du Nord, l'auteure a signé cinq livres à succès, *Marraine, Carnet de bord, Contrefoids, Filleul* et *Frédéric*, dont trois ont été portés à l'étude dans plusieurs écoles secondaires, collèges et universités.

JEAN-CLAUDE LAROCQUE

Natif d'Alexandria, en Ontario, Jean-Claude Larocque montre, dès l'adolescence, de l'intérêt pour l'écriture par le biais de la poésie et des arts de la scène. Après des études en théâtre et en histoire à l'Université d'Ottawa, il poursuit des études en pédagogie. Suivra une carrière de plus de trente ans dans l'enseignement. Depuis 2010, il publie des romans historiques avec Denis Sauvé. Quatre œuvres ont vu le jour depuis, dont une trilogie sur Étienne Brûlé et le plus récent, en 2014, intitulé *John et le Règlement 17*. Ensemble, ils ont animé des centaines d'ateliers de lecture et d'écriture pour les adolescents. Leur participation à de nombreux projets d'écriture stimulent son imaginaire, fouette sa curiosité et enflamme sa créativité.

BERTRAND LAVERDURE

Poète, romancier et journaliste littéraire, Bertrand Laverdure s'intéresse à la multidisciplinarité en littérature. En poésie, il a notamment publié *Sept et demi* (Le Quartanier, 2007), *Rires* (Le Noroît, 2004) et *Rapport de stage en milieu humain* (Triptyque, 2014). Ses romans : *Lectodôme* (Le Quartanier, 2008), *Bureau universel des copyrights* (La Peuplade, 2011) et *L'agonie de Sandrine Berthiaume-Côté racontée par le médecin-poète Tirésias* (La Peuplade, à paraître). Les rouages de la vie littéraire contemporaine et l'atomisation ordinaire de nos identités dans le contexte des réseaux sociaux ou du futur de l'humanité l'inspirent constamment. Il a récemment publié un essai-récit de science-fiction, *Comment enseigner la mort à un robot?* chez Mémoire d'encrier. Il agira à titre de Poète de la Cité, à Montréal, de 2015 à 2017.

HERVÉ LE TELLIER

Hervé Le Tellier est né en 1957 et a été coopté à l'Oulipo en 1992. Formé en mathématiques et en journalisme, il a d'abord été journaliste scientifique, avant de publier ses deux premiers livres, *Sonates de Bar* et *Le voleur de nostalgie* (Seghers), tous deux dirigés par Paul Fournel. Il publie le billet «Papier de verre» dans Le Monde et collabore à l'émission de France-Culture «Les Papous dans la tête». La plupart de ses travaux oulipiens et de ses publications se situent dans le registre du texte court, voire très court. Il a soutenu une thèse remarquable sur l'Oulipo en 2002.

DANIEL MARCHILDON

«Avec ou sans raison, mais toujours avec passion», telle est la devise qui inspire Daniel Marchildon. Il habite Lafontaine, à environ 160 km au nord de Toronto. Écrivain, rédacteur, scénariste, interprète historique et traducteur pigiste, il a incarné le père de la Nouvelle-France le 1er août 2015, lors de la commémoration du 400e anniversaire de l'arrivée de Champlain en Ontario. Son œuvre comprend neuf romans pour jeunes et quatre romans pour public adulte. Sa saga familiale, *L'eau de vie (Uisge beatha)* publiée aux Éditions David, figure dans la liste des cent livres canadiens incontournables selon Radio-Canada.

MARIE-JOSÉE MARTIN

Franco-Ontarienne d'adoption, Marie-Josée Martin est née à Montréal et s'est enracinée à Ottawa au début de sa vie adulte, après des études en lettres et en traduction. Elle a publié un premier roman en 2005. Son deuxième roman, *Un jour, ils entendront mes silences* (David, 2012), a remporté quatre prix littéraires, dont le Prix du livre d'Ottawa, le Prix littéraire Le Droit et le Prix Émergence-AAOF. Elle signe depuis plusieurs années la chronique livres du magazine *À bon verre, bonne table,* et tâte à l'occasion de la critique littéraire dans les pages de la revue *Liaison*. Pour en savoir plus : www.mariejoseemartin.com.

MIREILLE MESSIER
Après avoir complété des études en théâtre et en radiodiffusion, Mireille Messier se lance tête première en édition. Étourderie ? Coup de chance ? Qui sait ! Quoiqu'il en soit, ce nouveau milieu lui colle à la peau. Depuis la parution de son premier livre jeunesse en 1999, Mireille a publié une vingtaine d'œuvres pour les enfants. Elle est aussi scénariste pour la télévision, rédactrice pigiste, chroniqueuse, réalisatrice, comédienne et maman. Elle habite à Toronto. Pour plus de renseignements au sujet de ses projets et de ses livres, rendez-vous au www.mireille.ca.

IAN MONK
Ian Monk est né à Londres et vit actuellement à Lille, en France. Il a publié des livres en anglais (*Family Archaeology*, *Writings for the Oulipo*, Make Now Press), en français (*Plouk Town*, *Là*, Cambourakis), et même les deux à la fois (*N/S*, l'Attente, avec Frédéric Forte) Il donne des lectures-performances aussi bien en France qu'ailleurs (Londres, Bruxelles, Berlin, Luxembourg, Los Angeles, New York…). *Twin Towers* (Les mille univers) et son livre numérique bilingue *Les Feuilles du Yucca / Leaves of the Yucca* (Contre-mur) viennent de paraître.

VIRGINIA PÉSÉMAPÉO BORDELEAU
Née en Abitibi, Virginia Pésémapéo Bordeleau est une artiste multidisciplinaire d'origine crie. Artiste peintre reconnue au Québec et à l'étranger, elle a exposé ses œuvres en France, au Mexique, au Danemark. En 2006, elle obtient le prix d'excellence en création remis par le Conseil des arts et des lettres du Québec et reçoit la mention Télé-Québec en poésie. En 2012, elle est lauréate au Prix littéraire de l'Abitibi-Témiscamingue. Elle a publié un recueil de poèmes chez Mémoire d'encrier, *De rouge et de blanc*, puis a fait paraître les romans *L'amant du lac* en 2013 et *L'enfant hiver* en 2014 (Mémoire d'encrier).

RODNEY SAINT-ÉLOI
Rodney Saint-Éloi est poète, écrivain, essayiste et éditeur. Né à

Cavaillon (Haïti) en 1963, il a fondé les éditions Mémoire dans son pays natal, puis les éditions Mémoire d'encrier à Montréal, en 2003, devenues aujourd'hui la référence pour une littérature de la diversité. Il est l'auteur d'une dizaine de livres de poésie. Son œuvre, à l'écoute du monde, a été traduite dans plusieurs langues. Rodney Saint-Éloi est un «activiste littéraire», il appartient à cette race qui croit que l'être humain vit d'eau, de pain, d'air et aussi de livres. Lui a été décerné le prestigieux prix Charles-Biddle 2012, qui «souligne son apport exceptionnel au développement des arts et de la culture au Québec». Il est membre de l'Académie des lettres du Québec.

Olivier Salon

Olivier Salon est docteur en mathématiques. Devenu membre de l'Oulipo en 2000, il publie *El Capitan* aux éditions Guérin. En 2009, il publie *Les gens de légende*, au Castor Astral, et en 2014, *Trilogie des cimes*, aux éditions Transboréal. Il tourne avec les Oulipiens des films très courts: c'est le DVD *L'Oulipo court les rues de Paris*, en 2012. Il joue aussi au théâtre: *Pièces détachées*, montage de textes oulipiens; *L'augmentation*, de Georges Perec; *Conférence en forme de poire*, autour d'Erik Satie; *W*, d'après Perec. Les nuits de pleine lune, il joue du piano. En compagnie des loups-garous.

Denis Sauvé

Natif d'Hawkesbury, en Ontario, Denis Sauvé étudie l'histoire et le français à l'Université d'Ottawa, puis obtient un baccalauréat en éducation. Au terme de sa carrière, il a été récipiendaire du Prix du Premier ministre de l'Ontario pour l'excellence en enseignement (carrière exceptionnelle). Depuis 2010, il coécrit des romans historiques avec Jean-Claude Larocque. Leur passion commune pour les mots et l'histoire les a amenés à écrire une trilogie sur Étienne Brûlé en 2010-2011. En 2014, ils ont publié *John et le Règlement 17*, qui fait revivre un épisode déterminant dans l'histoire récente des Franco-Ontariens. En 2013, les auteurs ont reçu le Prix Huguette-Parent en reconnaissance de leur contribution remarquable à la mise en valeur du patrimoine de l'Ontario français.

JEAN SIOUI

Jean Sioui a publié deux romans jeunesse, *Hannenorak* puis *Hannenorak et le vent* (Le Loup de Gouttière), ainsi que sept recueils de poésie : *Le pas de l'Indien* et *Poèmes rouges* (Le Loup de Gouttière), *L'avenir voit rouge* et *Entre moi et l'arbre* (Écrits des Forges), pour lequel il a été finaliste au Prix Alain-Grandbois de l'Académie des lettres du Québec, *Je suis île* (Cornac), *Avant le gel des visages* (Hannenorak) et *Mon couteau croche* (Mémoire d'encrier).

DANIEL SOHA

Né à Aix-en-Provence, Daniel Soha a aussi vécu à Bolton (Grande-Bretagne), New York, Boston (États-Unis) et Singapour. Il est actuellement traducteur et écrivain à Toronto. Auteur de quatre romans, il a été finaliste du prix Trillium en 2009 pour *La Maison* et en 2012 pour *Le Manuscrit*, et lauréat du prix Christine-Dumitriu-Van-Saanen en 2009 pour *L'Orchidiable*. Il a traduit deux recueils de poèmes (*User's Guide to a Blank Wall et How Things Got Like This*) et publié un recueil de nouvelles (*Amour à mort*) et une compilation d'éditoriaux et de recettes de cuisine (*Du cœur au ventre*).

DANIÈLE VALLÉE

Originaire de Sherbrooke, Danièle Vallée vit dans le quartier Vanier, à Ottawa, depuis plusieurs années. Elle a fait paraître huit livres, dont quatre recueils de nouvelles qu'elle porte à la scène en leur conférant une étonnante dimension artistique, accentuée de musiques blues et jazz. Elle est lauréate de prix littéraires et artistiques. Elle collabore à la revue culturelle *Liaison* en tant qu'ambassadrice et rédactrice. Danièle est également directrice artistique de la série « Les Contes Nomades » présentée à la Quatrième salle du Centre national des arts d'Ottawa.

Table des matières

Achevé d'imprimer
en novembre deux mille quinze sur les presses
de l'Imprimerie Friesens, à Altona (Manitoba)